長編推理小説／ミリオンセラー・シリーズ

終着駅《ターミナル》殺人事件

西村京太郎

光　文　社

目次◆終着駅《ターミナル》殺人事件

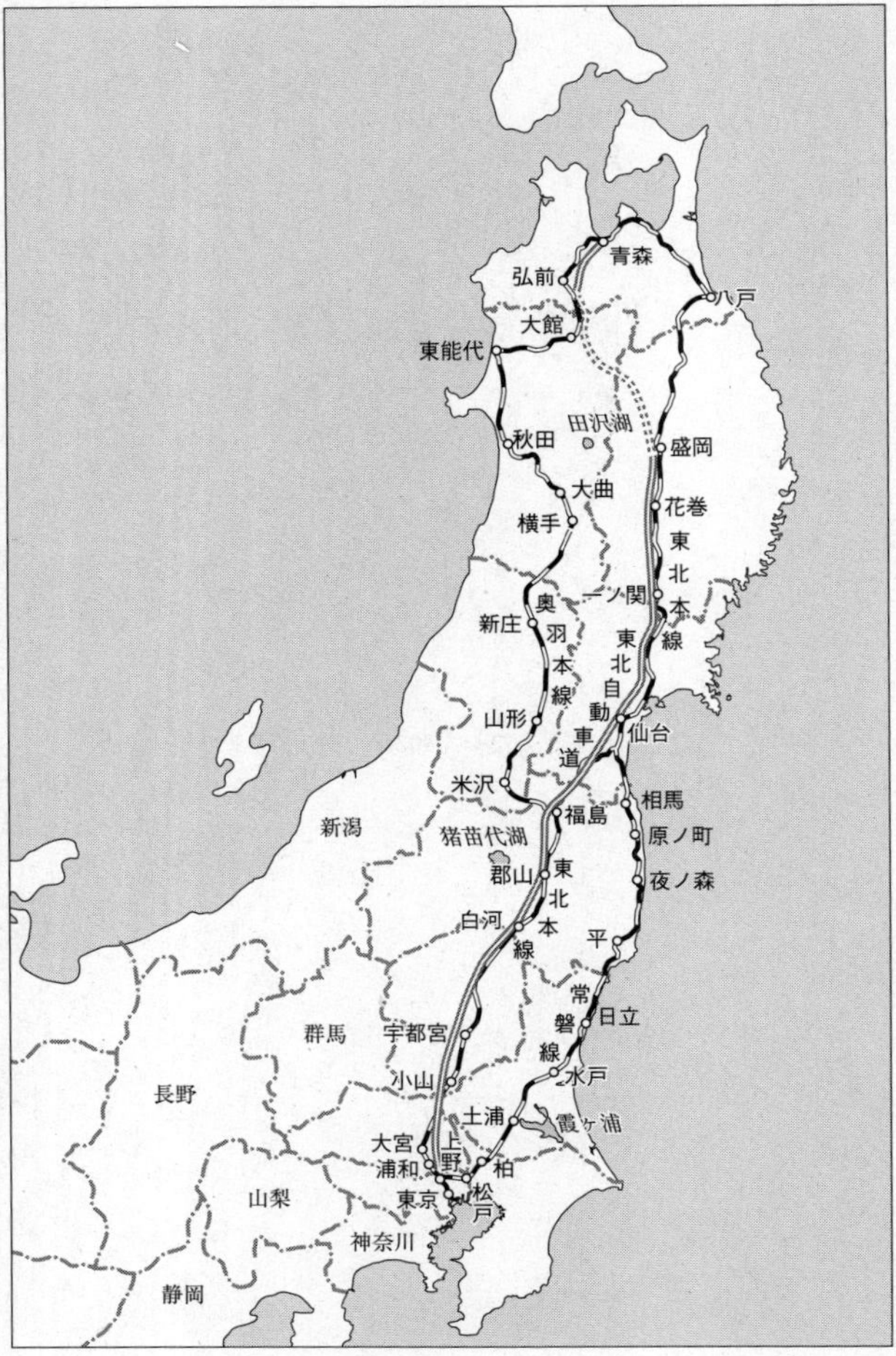
青森
弘前
八戸
大館
東能代
田沢湖
盛岡
秋田
大曲
花巻
横手
東北本線
一ノ関
奥羽本線
新庄
東北自動車道
山形
仙台
米沢
相馬
福島
新潟
猪苗代湖
原ノ町
郡山
夜ノ森
東北本線
白河
平
常磐線
日立
群馬
宇都宮
小山
水戸
長野
土浦
霞ヶ浦
大宮
上野
浦和
柏
山梨
東京
松戸
神奈川
静岡

第一章　終着駅《ターミナル》「上野」

1

「明日、休暇をとらせて頂きたいんですが」

亀井《かめい》刑事が、遠慮がちにいった。

この男にしては、珍しいことである。

警察官にも、一応、年次休暇が与えられているが、事件に追われて、満足にとれることは少ない。

特に、昭和一ケタ生まれで、昔気質《かたぎ》の亀井は、自分から休暇をとりたいと申し出たことは、ほとんどなかった。

直接の上司である十津川《とつがわ》警部は、「ほう」と、亀井を見た。

「明日は、父兄参観日か何かかい？」

亀井の長男は、確か、小学六年生だったはずである。それを思い出していったのだが、亀井は、笑って、

「まだ、春休みですよ、警部」

と、いった。

そういえば、今日は四月一日だった。子供のいない十津川は、どうも、こういう問題には、オンチである。自分の子供時代を思い出せば、すぐわかることなのだが、それが、すぐ思い出せないのは、十津川も、年齢《とし》をとったということだろうか。

「実は、夕方おそく、高校時代の友人が、故郷から上京してくるんです。明日は、一日、彼とつき合いたいので」

「君が生まれたのは、東北だったね？」

「仙台で生まれました。親父の仕事の都合で、すぐ青森に移って、高校は、青森です」

「その時の友人かい？」

「そうです。森下という男で、大学を出たあと、母校の教師をやっています。高校時代は勉強が嫌いで、野球ばっかりやってたんですが、そいつが教師になるんですから、おかしなもんです」

と、亀井は、笑った。

笑ったのは、亀井自身も、高校時代、まさか自分が刑事になると思っていなかったからで

ある。

亀井の父親は、国鉄の人間だったから、彼も、将来は、国鉄に入るつもりだったのである。

それが、警察に入り、刑事生活すでに二十年になる。

森下は、「はつかり6号」で、上京するといって来た。

上野到着は、午後六時九分である。

亀井は、有楽町《ゆうらくちょう》から山手《やまのて》線に乗って、上野に向かった。

亀井は、十年前、母親が死んだときに、青森に帰ったが、それ以来、帰っていなかった。

父は、母より二年前に死んでいて、青森には、妹夫婦しかいないということもあるが、毎年、年末になると、青森に帰ろうとは思うのだ。高校時代の友人にも会いたいとも思う。だが、毎年、年の暮れになると、凶悪事件が発生し、それが、たいてい、解決までに、年を越してしまう。

だから、森下にも、十年間会っていなかった。

高校時代、さほど親友というわけでもなかったから、この十年間、森下から、手紙も来なかったし、電話がかかって来たこともなかった。

それが、突然、手紙が来た。

速達で、四月一日のはつかり6号で上京する。どうしても、君の力を借りたいので、翌二日を一日あけておいて貰《もら》えないかという内容だった。

それが、どんなことなのか、内容については、一言も触れていなかった。

東京駅で、眼の前の座席が空《あ》いたので、そこに腰を下ろし、亀井は、森下が何を相談に来るのだろうかと、あれこれ考えてみた。

十津川にいったように、高校時代の森下は、勉強はそっちのけで、野球に励んでいた。三《サ》塁手《ード》で、なかなかの強打者だったが、学校自体が、弱かったから、甲子園には行けなかった。

それでも、森下は、あわよくばプロ野球でと考えていたらしい。高校を卒業したあと、内緒で、巨人軍のテストを受けているからである。もちろん、落第。森下は、一年浪人したあと、大学に入り、なぜか、母校の教師になったのだった。

担当は英語だが、やはり、雀《すずめ》百までというのだろう、母校の野球部監督になって、後輩をしごいている。相変わらず、県大会でも、ベスト8に入れないが。

結婚していて、亀井と同じく、一男一女にめぐまれている。

家庭問題で、わざわざ、相談に来るわけでもないだろう。なぜなら、亀井は、そういうことが、もっとも不得手だからだ。

森下が、何か刑事事件を起こして、ということでもなさそうである。青森で起きた事件に、東京警視庁の亀井は、何の権限もないし、第一、それなら、拘留されているだろう。

（わからないな）

と、亀井は、呟《つぶや》いた。

2

気がつくと、秋葉原《あきはばら》だった。

亀井は、山手線に乗るのが好きだった。彼は、青森の高校を出ると、上京して、警察学校に入ったのだが、そこの生徒の頃は、休みごとに、山手線に乗りに出かけたものだった。時には、二周三周したこともある。

各駅ごとに、乗客の層が違うのが面白いからだ。

時間にもよるが、新宿や渋谷《しぶや》は、若者の街といわれるように、圧倒的に若者が多い。有楽町は何といっても、サラリーマンである。神田《かんだ》では学生で車内が一杯になる。

だが、際立って異質なのは、上野駅だ。

渋谷か新宿に、夕方乗ってみると、一番よくわかる。

ラッシュ・アワーだから、当然、車内は満員だ。若いサラリーマンや、ＯＬで、一杯である。

高田馬場《たかだのばば》、池袋《いけぶくろ》と、電車が着くたびに、どっと乗客がおり、また、どっと乗ってくる。

だが、上野が近づくにつれて、様子が変わってくる。西日暮里《にっぽり》、日暮里、鶯谷《うぐいすだに》と、停車すると、何人かの乗客がおり、また、乗ってくるのは、前と同じだが、乗ってくる乗客の数は少なく、車内は、いつの間にか、がらがらになってしまう。

東京駅の方向から行っても同じことだ。秋葉原、御徒町《おかちまち》と進むにつれて、車内は空《す》いてくる。山手線は、終着駅のない循環線なのに、まるで、上野駅に近づくにつれて、そこが終着駅でもあるかのように、乗客は少なくなり、乗って来る乗客がいなくなる。

もう一つ面白いのは、上野駅に近づくにつれて、乗客の様子が変わってくることだった。新宿あたりや、東京駅周辺では、乗客の大半は、サラリーマンや学生である。朝夕のラッシュ・アワーには、それが著しい。しかし、電車が上野駅に近づくと、客ダネが、がらりと変わってしまう。

ラッシュ時でも、サラリーマンやＯＬの姿は、あまり見られなくなり、東京駅あたりでは、絶対に見ることのできない、例えば、セッタ履きで、眼を光らせながら、競馬、競輪の予想新聞を読んでいるような男が、乗って来たりする。

もう一つは、大きな荷物を持った旅行者だ。明らかに、上野駅から、東北、信州へ行く旅行者だが、東京駅から、西へ向かう旅行者とは、外見からして違っている。

東京駅から出発する旅行者は、新幹線の場合は、忙しげなビジネスマンが多いし、他の旅行者も、スマートに見える。

上野駅から出かける旅行者たちは、それに比べると、少しばかり、野暮ったく見える。流行のドレスに身を包んでいる若い女性でも、そのドレスが、何となく身についていないのだ。

中年の男たちは、一層、それが著しい。明らかに、東京に出稼ぎに来ていたとわかる中年の男たちは、まるで、故郷に錦を飾る晴着のように、真新しい背広を着ている。それに、ぴかぴかの靴だが、ほほえましいほど、その背広姿が似合っていないのだ。

今日も、亀井刑事は、そうした乗客たちと一緒に、上野駅におりた。

ホームにおりたところで、亀井は、大きなくしゃみをした。

東京や新宿駅とは、匂いまで違うような気がするのは、気のせいだろうか？

駅のたたずまいも、何となく田舎くさく、古めかしい。東北新幹線の開通に備えてだろうか、通路の壁を、ところどころ塗り変えたり、表示板が新しくなっていたりしたが、同じ終着駅《ターミナル》の東京駅に比べると、天井が低いし、薄暗い。

いったん改札口を出て、上野駅特有の鉄傘の下の広場に出た。

大きなドームのようにも見えるこの場所が、亀井の、上野駅で、一番好きなところだった。

北海道、東北、それに上信越へ向かう列車を、乗客は、このドームの中で、時間待ちする。行列をしたり、仲間同士でかたまったり、時には、ひとりぼっちで、改札が始まるのを待つのだ。

もう一つの終着駅東京には、こんな人間臭い雰囲気《ムード》を持った場所はない。

東京駅にも、八重洲口《やえすぐち》側、丸ノ内側に、いくつかの入口があり、そこで、時間待ちしている人々の姿もある。

だが、その人々の表情は、上野駅のドームの中で、列車を待つ人々とは、どこか違っている。

落着きがなく、あたふたと改札口を抜けて、ホームに駈け上がって行くのだ。

別に、乗る列車が新幹線だからとは限らない。夜行列車の乗客でも、まるで、通勤電車にでも乗るような気ぜわしさで改札口を抜け、階段を駈け上がり、発車のベルに追われるように列車に飛び乗る。

上野駅と東京駅を利用する人たちの違いもあるだろうし、もう一つ、二つの駅の構造の違いもありそうだ。

東京駅の場合、近郊電車も、長距離列車も、同じ改札口を通って、乗らなければならない。その上、改札口の手前から、自分の乗るべき列車が、全く見えない。つまり、終着駅らしくないのだ。

上野駅は違う。

巨大なドームの正面に中央改札口があり、その向こうのホームには、長距離列車が、出発に備えて、身体を休めている。改札口の傍《そば》まで行けば、自分の乗る列車を見ることができるのだ。

そういえば、映画「終着駅」に出て来たローマ駅に、もっともよく、その雰囲気が似ているのは、上野駅だと、亀井は思っている。

3

森下の乗ったはつかり6号が到着するまでには、まだ、三十分近い時間があった。

亀井は、ドームの中央に掲げられている大きな時刻表を見あげながら、煙草《たばこ》を取り出して、口にくわえた。

亀井が、青森の高校を出て上京したのは、二十七年前である。

まだ、蒸気機関車が走っていた。金がないので、鈍行列車で、えんえん、二十数時間かけて、青森駅から上野駅まで上京した。

列車は、蒸気機関車が消え、近く、東北新幹線が走るようになったが、上野駅の持つ雰囲気は、全く変わっていないような気がする。

二十七年前に、ドームの下の構内の端に、うす暗い便所があって、その前に、靴磨きが出ていたが、今も、全く変わっていない。

上野の町は、浅草と並んで、もっとも東京らしい場所のはずだが、上野駅に入ると、ここの構内はどこか東北の匂いがする。

毎日、北から到着する列車や、乗客が、東北の匂いを運んで来るからだろう。二十七年前には、亀井も、東北の匂いを運んで来た一人だったのだ。

構内に掲げてある看板も、「北の誉」とか「コシヒカリ」といった東北や上信越、北海道の地酒や米のものが多いのも、いかにも、上野駅の感じだった。

亀井は、駅前の喫茶店で時間を潰《つぶ》してから、駈け足で、駅の構内に戻った。

はつかり6号は、二分ほどおくれて、六時十一分に到着した。

疲れた顔の乗客が、改札口を通って、どっと、吐き出されて来る。

「和霊会」と書いた小旗を持ったコンダクターに引率された老人グループが降りて来たが、全員が、手に数珠を持っているところをみると、下北の恐山《おそれざん》を見て来た一行なのかもしれない。

その一団のあとから、見覚えのある顔が現われた。

「おーい」

と、亀井のほうから、森下に向かって手を上げて、近寄って行った。

昔は、運動選手らしく、筋肉質の、どちらかといえば、痩せ形の体格だったのだが、中年になった今では、頭も薄くなり、でっぷり太ってしまった。

それでも、眼や口元あたりには、昔の面影《おもかげ》が残っていた。

少しばかりつかれた背広に、レインコート姿で、

「ありがとう」

と、亀井にいってから、

「これ、詰まらねもんだけど、お土産だ」

と、律義《りちぎ》に、青森の地酒を差し出した。

亀井は、森下の訛《なま》りに懐かしさを覚えながら、

「悪いな。重かったろう」

「東京は、何でもあるからの。何を買ってきたらいいかわからなかったんだ。あんただば確か、飲めるほうだったの？」

「ああ、酒は好きだよ」

と、亀井は、笑ってから、駅の大時計に眼をやって、

「泊まるところは、もう決まってるのか？　決まっていなければ、うちに来て貰っていいんだが」

「ホテルは、もう決めてるんだ。それより、腹がへってるんだけど、どうだ？　夕食でも一緒に」

「いいね」

と、亀井は、すぐ応じた。彼も、ちょうど、腹がすいていたところだし、森下は食事をしながら、亀井への頼みというのを話すつもりだろうと思ったからである。

お互いに安サラリーマンで、家庭もある。久しぶりに会ったといっても、豪華けんらんた

る夕食をとる気はなく、上野駅近くで、すき焼きを食べることにした。

酒をくみ交わし、鍋を突っつきながら、しばらくは、昔の思い出話に花を咲かせたが、森下は、なかなか、肝心の話を切り出して来なかった。

亀井のほうが、かえって、気になって、

「手紙でいって来た話というのは、いったい何なんだい？」

と、森下にきいた。

森下は、酒で少し赭《あか》くなった顔を、片手でなぜるようにしてから、

「刑事というのは、忙しいんだべ？」

「幸い、今、凶悪事件がなくてね。少なくとも明日一日は、君につき合えるよ」

「わざわざ休暇をとってくれたんなら申しわけなかったな――」

「どうってことないさ。話してくれよ」

「おれは、母校で英語を教えるようになってから、二十年近くなる」

「うん」

「おれが担任になって、社会へ送り出した生徒も、二百人近くになった。正確にいえば、一九六人だ。その中の七割は、大学へ進学してるけど、高校ば出て、すぐ就職した者もいる」

「君のことだから、スパルタ教育をしてるんじゃないのか」

と、亀井は、高校時代の森下を思い出しながらいった。森下は、三年のとき、野球部のキ

ャプテンになると、猛訓練で下級生をしごいていたからである。

「教師になりたての頃はな」と、森下が、笑った。

「中年になってからは、仏の森下先生さ」

「話というのは、君の教え子のことかい？」

「そうなんだ」

「東京で、警察の厄介《やっかい》になるような事件を起こしたのがいるのかね？」

「起こしてるかもしれない」

「かもしれない？」

「今話した一九六人について、現在、どうしてるか調べてみたんだ。教師としての責任があるからね。卒業してしまったら、もう責任がないでは、教師として失格だと思うな。女の子の中には、結婚して、もう子供のいるのもいるし、東京の大学出て、商社員になってアメリカに行ってる男もいる」

「全員の消息がわかったのか？」

「三人だけ、わからなかったんだが、今年になって、そのうちの二人も、消息がつかめてね。残っているのは、一人だけになった」

森下は、背広の内ポケットから、一枚の写真を取り出して、亀井の前に置いた。

二十歳前後の若い女の写真だった。美しいというより、聡明《そうめい》な感じのする顔立ちに見えた。

「松木紀子《まつきのりこ》っていうんだ」

と、森下は、テーブルの上に、指で、その名前を書いて見せてから、

「二十二歳になってるはずなんだ。頭のいい、まじめな娘《こ》でね。東京の大学さ進むつもりらしかったんだけど、三年生になったとき、父親が事故で死んでしまった。そいで、学校出ると、すぐ、東京の会社に就職した」

「この写真は、社会人になってからのものだろう？」

「卒業したつぎの年の正月に、戻ってきたときに撮ったものだよ」

「その時には、君も会ったのか？」

「会ったよ。眼をキラキラ光らせて、来年から、N大の夜学へ行くつもりだといってたんだ。ところが、また上京してから、ぴったり音信が途絶えてしまった。家には、姉と弟、それに母親がいるんだが、全く連絡がないんだ」

「彼女の働いていた会社に、問い合わせてみたのか？」

「ああ。新橋のスーパーで、会計の仕事をしていたので、問い合わせてみたよ。そうしたら、三年前の二月末に辞めたっていうんだ。帰郷した年の二月ということだ。実は、彼女の母親が、病気でね。どうしても、彼女に会いたいっていってるんだ」

「君は、春休みを利用して、探しに来たというわけかい？」

「一週間ばかり、こっちにいられるんでね。何とか見つけて、連れて帰りたいと思ってるん

だ」

「それで、おれには、どうして欲しいんだい？　一緒に探すにしても、明日一日しか駄目だが」

「彼女が、急に消えてしまったのは、ひょっとすると、事件を起こしたか、事件に巻き込まれたのかもしれないとも思ったんだ。負けず嫌いの娘《こ》だから、事件を起こしても、本名はいわないんじゃないか。だから、家のほうもわからないんじゃないか。そんなことも考えてね」

「わかった。調べてみよう。この写真は、借りていいかな？」

「いいよ。もう一枚持ってるから」

「名前は、松木紀子だったね？」

亀井は、森下に確認し、万年筆で、写真の裏に、その名前を書きつけた。

「じゃあ、彼女のことを、詳しく話してくれないか」

「やってくれるのか？」

「この娘は、おれの後輩でもあるわけだからね」

と、亀井はいった。

4

宮本孝《みやもとたかし》は、上野駅の構内に入ると、腕時計を見、壁にかかっている時計を見た。

彼の時計は、五分ばかり進んでいた。

リューズを引っぱり、九時十分に合わせる。いずれにしろ、青森行きの寝台特急「ゆうづる7号」が出るまでには、まだ四十三分もあるのだ。

宮本は、いつもそうだった。約束の時間に必ず、早く来てしまう。それも、一時間近くである。子供の時から、そうだったし、二十四歳になった今も、変わっていない。

要するに、小心なのだと、宮本は、自分で思っていた。小さい頃は、そんな自分の性格が、嫌《いや》で仕方がなかった。同級生と喧嘩《けんか》になると、腕力よりも何よりも、相手の気勢に負けてしまうし、ひとりで何かをやらされると、すぐ、あがってしまう。高所恐怖症でもあったし、暗い所も怖かった。

今でも、そうした性格は直っていなかったが、二十歳を過ぎる頃から、人間の長所や短所というのは、よく考えれば、同じものだと思い始めた。

小心ということは、短所に違いないが、同時に長所でもある。気が小さいから用心深くなる。将来が気になるから、無茶はしないし、努めて、貯金もする。働きながら、夜間の大学を出たのも、小心なせいだし、将来に備えて、司法試験を受けるために勉強をしているのも、小心なせいである。こう考えれば、気が小さいことは、あながち、悪いことばかりでもない。面白いことに、宮本は小心なくせに、時々、おやっというような、ミスをやってしまうことがある。

これも、あるいは、小心なせいかもしれない。気が小さいから、細かいことに気を使い過ぎて、肝心なことを忘れてしまったりするのかもしれないからだ。

宮本は、煙草をくわえて、火をつけながら、自分が、何か忘れていないかを、考えてみた。

七年前の約束に従って、全員に手紙を出したし、その中に、今夜のゆうづる7号に乗ることも書いておいた。六人それぞれに、気の利いた文章の手紙を書いたつもりである。書きながら、おれには、文章の才能もあると思ったものだった。

問題は、全員が、旅行に参加してくれるかどうかだった。

六人には、手紙と一緒に、今夜の「ゆうづる7号」のA寝台の切符も同封しておいた。参加、不参加の返事を待たずに、強引に切符を同封しておいたのは、常磐線のブルートレイン「ゆうづる7号」は、三段のB寝台が大部分で、二段式のA寝台は、一車両しかついていなくて、当日では、なかなか切符がとれなかったからである。

三人からは、喜んで参加するという返事が、ハガキで来ていた。あとの三人は、今日まで、参加するとも不参加とも、いって来ていなかった。

無理もないと、宮本は思っていた。今日は午後九時五十三分のゆうづる7号に乗るのだから、勤めには支障がないとしても、問題は、これが、二泊三日の旅行だということである。宮本が、四月一日出発にしたのも、今日が金曜日だったからだった。

四月二日（土曜日）青森
四月三日（日曜日）青森　夜行出発
四月四日（月曜日）午前中　東京着

このスケジュールなら、土曜日と、月曜日の午前中だけ休暇を取ればすむからである。それでも、全員二十四歳であれば、それぞれに勤めもあるはずだから、簡単に休暇が取れるかどうかわからなかった。

（何人来てくれるだろうか？）

宮本は、そんなことを考えながら、中央改札口の向こうに並ぶホームに眼をやった。列車の到着を待つ空《から》のホームもあれば、間もなく出発する夜行列車が、赤い尾灯《テールライト》をまたたかせているホームもある。

どちらかというと、感傷的《センチメンタル》なところのある宮本は、夜行列車の鈍く光る青い車体や、赤い尾灯を眺めていると、いやでも、七年前、高校卒業と同時に、上京して来たときのことが、思い出されてくる。

あの日も、四月一日だった。

集団就職で、青森から、上京して来たのである。

あの時、上野駅は、文字どおり、宮本にとって終着駅だった。少なくとも、ここを終着駅と考えて、がんばりたいと思った。

列車が上野駅のホームに入り、夜の気配のホームに降り立った時、十八歳の宮本は、若者らしく、将来への期待と、同じ将来への、全く逆の不安とを同時に感じたのを、今でも、はっきり覚えている。

それまで、東京に来たことがなかったわけではない。

高校二年の時、宮本は、修学旅行で、東京へ来ていた。東京に二泊して、皇居や、東京タワーや、新宿西口の超高層ビルを見物するというスケジュールだった。その時も、もちろん、上野へ着いたわけだが、終着駅へ着いたという感じはなかった。むしろ、東京見物の出発点に着いたという喜びのほうが強かった。

だが、集団就職で上京したとき、上野駅は、宮本にとって、終着駅だった。

その時、上野は、宮本にとって、東京の象徴だった。

東京で偉くなろうと決意して上京した宮本にはここで駄目なら郷里の青森へ帰るしかなかった。少なくとも、彼に行くところはない気がしていたし、青森へ帰る時は、東京で成功して、故郷へ錦を飾る場合か、東京に敗北して逃げ帰る場合の二つしかないと思っていた。

宮本は、上野広小路《ひろこうじ》のレストランで働きながら、夜学に通い、六年かかって、N大の法科を卒業した。その後、同じN大の大先輩で、四谷《よつや》に法律事務所を開いている弁護士のところで働きながら、司法試験を受けようとしている。

その七年間、宮本は、郷里の青森へ行くことを、努めて避けていた。

特に、仕事が上手《うま》くいかなくなったときや、東京という魔物に叩きのめされたときには、宮本は、上野駅へ近づかなかった。

宮本は、自分の気の弱さと、上野駅の持つ不思議な雰囲気を知っていたからだ。

東京駅も、新宿駅も、同じように、終着駅《ターミナル・ステーション》である。

東京駅からは、大阪行きや、九州行きの列車が出ているし、新宿駅からは、信州へ行く特急が出ている。

しかし、東京駅には大阪や九州の匂いはないし、新宿駅には、信州の匂いはない。二つの終着駅には、東京の匂いだけがある。まるで、二つの駅とも、この東京という大都会に呑み込まれて、細胞の一つになってしまったように見えてならない。

だが、上野駅は違っている、と、宮本は思う。

上野駅には、東京と東北の匂いが、奇妙に入り混じっている。いや、溶け合わないままに同居しているといったほうが正確だろう。

だからこそ、青森に生まれ育った宮本は、上野駅へ行くのをためらった。

上野駅の持っている東北の匂いが、自分の弱気を助長させ、尻尾を巻いて、青森へ引き揚げさせるのが怖かったのだ。

N大法科を無事卒業した時、宮本は、安心して、上野駅へ行けると思った。

同時に、集団就職で上京した仲間たちにも会いたくなった。

集団就職者の職場への定着率は、きわめて低いといわれるし、最近では、大学への進学率の高さと、地元企業への就職の増加などもあって、高校や、中学卒業者が、大挙して東京などの大都会をめざして上京して来るという集団就職の形自体が、まれになった。

恐らく、従来の集団就職の形は、宮本たちが最後かもしれない。

その宮本たちは、ほとんど、最初の職場を変わり、消息もつかめなくなっていた。

宮本が、高校時代に特に親しくしていた仲間が六人いた。

彼自身を含めて七人組といわれて、「たんちょう通信」という校内新聞を出すクラブに入っていた。

七人のうち、男三人は、高校を卒業と同時に、東京の大学に進学し、あとの男二人、女二人の四人が、宮本を含めて、東京に出て、就職したのである。

そのとき、七人は、ロマンチックな約束をした。

上野駅前のM銀行に、七人の中で、一番数字に明るい宮本の名前で、普通預金の口座を作り、毎年一回、各自が、それに一万円ずつ振り込むという約束だった。七年後の春になったとき、その積み立てた金で、一緒に、故郷の青森へ旅行しようというのである。その際の旅行プランは、宮本にまかされていた。

その後の七年間に、消息のわからなくなった者もいたが、約束の金だけは、間違いなく、宮本の口座に振り込まれてきた。いや、一人だけ、二年間、振り込みをしなかった者がいたが、何か事情があるのだろうと、宮本が、立て替えて、入れておいた。

そして、今、七年目を迎えている。

宮本は、まず、六人の消息をつかむことから始めた。

七年たっても、手紙なり、電話なりの連絡がある者もいたが、住所や職業のわからなくなっている者もいたからである。

幸い、宮本の働いている法律事務所の傍《そば》に、探偵社があって、この探偵社と契約して、裁判に勝つための資料の収集などを頼んでいた。

社長以下五人だけの探偵社だが、全員が刑事あがりで、優秀だった。

宮本は、この探偵社に頼んで、消息のわからなくなった仲間を探して貰ったのである。

餅は餅屋であった。

頼んで一週間目には、全員の消息がつかめた。六人の七年間の簡単な人生の経歴もである。

六人が、それぞれに苦労していることもわかった。

宮本は、彼らの消息がつかめた時点で連絡はとらず、わざと、いきなり、手紙と、ゆうづる7号の切符を送ったのは、七年前の約束というロマンチックな気持ちからと、多少のいたずら心からだった。

第二章　第一の犠牲者

1

改札口付近で、次々に出発して行く夜行列車を眺めていた宮本は、ふと、自分に注がれている強い視線を感じて、横を見た。

見なれない若い女が、うすいサングラス越しに、じっと、宮本を見つめていた。

洗練された都会の女だった。紫色の男物のトレンチコートを、わざとラフに羽おっている。白いスーツケースを提《さ》げているところを見ると、これから旅行に出かけるのだろうが、どうみても、東京の女が、田舎へ遊びに出かけるという感じだった。

女は、いぜんとして、こちらを見ている。

宮本のほうが、照れ臭くなって、視線をそらしたとき、その女が、

「宮本クンじゃない？　やっぱり、宮本クンだ」

と、大きな声でいった。

宮本が、それでも戸惑いの表情をしていると、女は、サングラスを外して、顔を突き出すようにしながら、

「私よ。村上陽子。『たんちょう通信』で、片岡君と一緒にカメラをやっていた村上陽子よ」

と、いい、ハンドバッグから、宮本の出した手紙と、ゆうづる7号の切符を取り出して、ひらひら振って見せた。

それでもなお、宮本の記憶の中の痩せて、色の黒い女生徒と、眼の前の華やかな女とがなかなか結びつかなかった。

「わかんない？」

相手が、いたずらっぽく笑った。

その口元に、やっと、七年前の村上陽子を見つけ出すことが出来て、宮本は、

「参ったな」

と、苦笑した。

「本当に、陽ちゃんなのかい？」

「ホンモノだわよ」

「本当にわからなかったなア」

宮本は、また、嘆声をあげ、女というのは、ものすごく変身するものだと思った。

「七年ぶりに手紙を貰って、嬉しかったわ」

村上陽子が傍に寄って来ると、むせかえるような香水の匂いがした。

「君が、芸能プロダクションで働いていると知って、プロダクション気付で手紙を書いたんだ」

「NFプロダクション。大手のプロよ」

「そこの社員なんだろう？」

「まあね」

「社員でも、そんな派手な恰好をするのかい？」

「そりゃあ、芸能界に暮らしているんだもの」

と、陽子は、得意そうに笑った。

宮本にとって、芸能界は、未知の世界である。未知なだけに、憧れの世界でもある。その中から飛び出して来た陽子は、宮本にとって、やたらに眩《まぶ》しかった。

陽子の美しさというより、彼女の持つ華やかな雰囲気に圧倒されたといったほうがいいだろう。

それに、あの背ばかり高くて、冴《さ》えない女の子が、かくも変身したのかという驚きも加わっていた。

宮本は、自然に、心が弾《はず》んで来るのを感じた。もちろん、七年ぶりに旧友に会えることで、豊かな気持ちにはなっていたが、その女友だちが、華やかな存在なら、一層楽しいというものである。

「よく来てくれたねえ」

と、宮本は、本心からいった。

「そりゃあ、七年ぶりに、みんなに会えるんだもの」

と、陽子は、楽しそうにいってから、

「それに、宮本クンの手紙が素敵だったからよ。本当に、一緒に青森に帰りたくなるもの。あれは、一人ずつ、内容を変えて書いたんでしょう？」

「そうなんだ。六人に同じ内容じゃあ、つまらないと思ってね」

「さすがに、元編集長だわ」

と、陽子にほめられて、宮本は、自然に、得意げな顔になった。

高校で新聞をやっていた頃、宮本は、ひとかどの文学青年だった。宮沢賢治ばりの詩を書いたり、同じ青森の太宰治《だざいおさむ》に傾倒して、彼の作品を読み耽《ふけ》ったりしたものである。

二十四歳になった今は、自分に作家的才能のないことがわかって、弁護士をめざす生活になっているが、それでも、まだ、どこかに、文学青年的なところが残っていたのだろう。六人の旧友に出す手紙は、一人、一人に違ったものを書いたし、自分では、気のきいた文章を作ったつもりだった。

だから、ほめられると嬉しかった。

「まだ時間があるから、お茶でも飲まないか?」

と、宮本は、陽子を誘った。

「いいけど、誰か、この辺りにいなきゃいけないんじゃないの?」

「構わないよ。十五、六分前に来ればいいさ」

「じゃあ、行きましょう。私も、のどが渇いて、何か飲みたくなったわ」

「駅の外の喫茶店がいいかな」

と、宮本が、陽子を促して歩き出したとき、大男が近づいて来て、

「おい。宮本」

と、身体に似合った大きな声で、呼びかけて来た。

2

片岡清之だった。

七人の中では、もっとも恵まれた家庭に育った男で、高校を卒業すると、東京のK大に入り、卒業したあと、親からの援助を受けて、東京に、津軽物産店を開いた。

もともと、彼の家は、青森市内で、大きな物産店を経営している。いわば、その支店が、

東京に生まれたようなものだった。

二十四歳で、社員五人を使う店の社長になった片岡は、得意げに、宮本を訪ねて来たことがあった。

だから、この片岡だけは、七年ぶりではなく、一年ぶりである。

一年前に会ったとき、片岡は、最新型のリンカーン・コンチネンタルを乗り回し、あと二、三年の間に、東京都内に、支店を五、六軒は作るつもりだ、もし、その時に、君が弁護士になっていたら、顧問弁護士に雇いたいと、宮本に向かっていった。

その時の感じは、あまりいいものではなかった。ひとりで、得意がっているところがあったからである。

しかし、探偵社に調べて貰ったおかげで、宮本は、片岡清之の津軽物産店が、あまり上手《うま》くいっていないことを知っていた。

片岡は、眼鏡越しに、じっと、村上陽子を見つめてから、

「陽子じゃないのか？」

「あんたは、片岡クン？」

「そうさ。驚いたな。アヒルの子が白鳥になったようなもんだ」

「ありがとう。片岡クンは、何してるの？」

「これでも社長でね。いってみれば、今はやりの青年実業家といったところかな」

「すごいわ」

陽子の眼が、急に優しくなったように見えた。

「君も、素敵だよ。すごく、洗練されたじゃないか」

「あんたの家は、もともと、お金持ちだったわね」

「まあね」

片岡は、また、得意げに、ニヤッと笑った。

宮本は、二人の会話から、弾《はじ》き飛ばされた形になってしまった。

そのことに、いささかむっとしながら、

「今、彼女とお茶を飲みに行こうと思っていたんだ」

と、片岡に向かっていった。そういって、二人の間に割り込んだつもりだったが、片岡は、
あっさりと、

「それなら、おれが、彼女を連れて行くよ。この近くで、美味《うま》いコーヒーを飲ませるところを知ってるんだ」

と、いってから、

「君は、ここに残ったほうがいいんじゃないか」

「まだ時間はあるよ」

「しかし、君は、今度の旅行の責任者じゃないか。駅にいなきゃまずいよ」

「あたしも、そう思うわ。他の人が来て、誰もいなかったら、困るもの。だから宮本クンは、駅にいたほうがいいわ」

陽子も、口を揃《そろ》えていった。明らかに、彼女も、青年実業家の片岡と二人だけで話したがっているのだ。それが、はっきりとわかるだけに、宮本は、それでも一緒に行くとはいえなくなって、

「わかったよ。僕は、駅に残っていよう」

と、いった。

大きな片岡は、満足した顔で、陽子の肩を抱くようにして、広小路口へ出て行ったが、急に、一人だけ引き返してくると、宮本に向かって、早口で、

「あの手紙は何だい？　全然、面白くなかったぜ」

「え？」

宮本が、面くらっているうちに、片岡は、もう背を向けていた。

3

宮本は、もう一度、中央改札口のところへ引き返した。

九時二十分になっていたが、周囲を見回しても、懐かしい顔は、見当たらなかった。

手紙には、上野駅のどこと、集合場所は指定しなかった。ゆうづる7号のA寝台の切符を同封したので、いざとなれば、列車の中で、会えるという気がしたからである。

（それでも、集合場所は、一応、指定しておいたほうがよかったかな）

と、考えた。

上野駅は広いし、入口がいくつもある。正面玄関、広小路口、浅草口、それに、公園口もある。駅の構内ではなく、そのどこかの入口で待っているのなら悪いなと思い、宮本は、ひと回りしてみる気になった。

まず、タクシー乗り場のある正面玄関を出て、広小路口のほうへ歩いて行った。

「でんわ」の家のところまで来たとき、ちょうど、かけ終わったらしく、若い女が出て来て、眼があった。

「宮本クン」

と、その女が、嬉しそうに呼んだ。

彼女は、村上陽子と違って、すぐ、顔を思い出すことが出来た。

「よく来てくれたね」

と、宮本は、笑顔でいった。

橋口まゆみだった。あの頃は、村上陽子よりも可愛らしくて、宮本たちのアイドルになっていたのだが、今は、いかにも平凡な娘だった。

「ちょうど、青森へ帰ろうと思ってたところなの」

「帰るって、ずっと帰るわけ？」

「場合によってはね」

「今は確か、デパートで働いているんだろう？」

「ええ」

「すると、結婚かい？」

宮本がきくと、まゆみは、照れたような顔になって、

「まあね」

「それは、おめでとう」

「まだ、はっきり決まったわけじゃないのよ」

と、まゆみは、あわてたようにいってから、

「さっき、町田クンに会ったわ」

「へえ。彼も、来てくれたのか」

宮本は、嬉しくなった。ある理由があって、一番、来ないのではないかと考えていた友人だったからである。

「町田クンは、今、テレビのシナリオを書いているんですって。やっぱり、私たちの中じゃ、一番の秀才だったから、頭を使う仕事をしてるわ。中西信ってシナリオライターがいるでし

ょう。あれ、町田クンのペンネームなのよ。知っていた？」

「いや。知らなかった」

「忙しいのに、来てくれたのは、やっぱり、彼も、一緒に青森へ行ってみたかったのね」

「彼は、どこへ行ったの？」

「寝台に横になってから読む週刊誌を買い込んで来るっていってたわ。ついでに、ウイスキーのポケットびんも買うんですって」

「酒を飲むと、よく眠れるからね」

「他に誰か来てるの？」

「村上陽子と、片岡が来てるよ。少し早く来過ぎたんで、二人で、お茶を飲みに行ってる」

「陽子ちゃんも来てるの。よかったわ。女が私一人じゃなくて」

と、まゆみは、ニッコリしてから、

「彼女、きれいになってた？」

「ああ。見違えたよ。すっかり変わってたね。片岡の奴《やつ》は、彼女を見て、アヒルの子が、白鳥になったなんて、キザなことをいってたよ」

「そう」

「あと、川島と、安田が来てくれれば、七人組の全員が揃うんだがな」

「来てくれると思うわ。きっと」

「君は、二人が、今、何をしているか知ってるの？」

「ぜんぜん。もうずいぶん会ってないもの。宮本クンは、もちろん知ってるんでしょう？手紙を出したんだから」

「どうしても会いたくて、苦労して、調べたんだ」

「二人は、今、何してるの？」

「何してると思う？」

「そうねえ」

と、まゆみは、指先で鼻の頭をこするようにして考えていたが、

「川島クンは、腕力があって、車が好きで、陽気だったから、車のセールスマンなんかやってるんじゃないかな」

「面白い見方をするんだな。じゃあ、安田は、何してると思う？」

「彼は、東京のS大に行ったんだったわね？」

「ああ。S大の経済だよ」

「安田クンはさ。男子生徒の中じゃ一番まじめだったし、大人《おとな》しかったから、大学をまじめに卒業してから、平凡なサラリーマンになっているんじゃないかな。ひょっとすると、もう結婚してるんじゃないの？」

「君は、占い師になると成功するよ」

と、宮本は、笑った。

「じゃあ、当たったの？」

「安田は、君のいうとおり、サラリーマンになってるよ。役人になったんだ。通商省の立派な役人さ。川島は車のセールスマンじゃない。残念ながらね。だけど、似たようなものかな。自分で運送業をやってるよ。小さくても、社長だ」

「結婚した人いる？」

「男は、全員独身みたいだな。正確なところはわからないがね。女性は、姓が変わってないから、二人とも、まだ、ミスだと思ってるんだけど、違うかね？」

「私は、まだ結婚してないわ」

まゆみは、ニッと笑ってから、

「高校時代の町田クンはさ。詩人で、哲学者だったわ。ああ、宮本クンも、宮沢賢治なんか読んでたわね」

「僕はニセモノさ。その証拠に、今は、法律の勉強をしていて、ここ何年か、詩集を開いたことがないんだ。だが、町田は本物だよ」

「彼も、東京の大学に行ったんだったかな？」

「いや。彼は、京都のF大に移って、印度《インド》哲学を勉強したんだ」

「そうだったわ。ずいぶん難しいものを勉強するんだなあって思ったもの」

「うん」

「じゃあ、今も、詩を書いたり、難しいことを考えたりしてるのかしら？」

「ああ、東京へ出て来て、今でも、詩を書いているみたいだね」

「やっぱりね。きれいな、澄んだ眼をしてたもの」

と、まゆみは、微笑してから、

「町田クーン」

と、手をあげた。

4

サファリスーツのポケットを、丸めた週刊誌と、ウイスキーのポケットびんでふくらませ、ボストンバッグを持って、町田が、二人のほうへ歩いて来た。

高校時代から、一風変わった生徒で、哲学者めいた雰囲気の持ち主だったが、二十四歳になった今も、その雰囲気は変わっていなかった。

まゆみは、きれいな澄んだ眼をしているといったし、詩人らしいともいった。が、見方を変えれば、孤高で、狷介《けんかい》といえなくもない。

「やあ」

と、宮本のほうから、町田に声をかけた。

町田は、長髪をかきあげるようにしながら、

「手紙をありがとう。あれを見て、来る気になったんだ」

「無い智慧《ちえ》をしぼって、いろいろと考えながら書いたんだよ」

「だろうね。なかなか面白かったよ」

「君にそういって貰うと、一番嬉しいね」

「一番——？」

町田は、ふと、眉を寄せた。

宮本は、あわてて、

「つまり、君が本物の詩人だからさ。詩人というのは、誰よりも、言葉を大事にする。そんな君に手紙を書くんで、君に笑われやしないかと思って、気を使ったということさ。それだけに、君に喜んで貰えたのが嬉しかったんだ」

「君が、僕への手紙を苦心して書いたのは、読んでみて、よくわかったよ。言葉もよく選んであるし、誤字もなかった」

「ありがとう」

「ところで、他の連中は？」

「片岡と、村上陽子は、早く来て、二人でお茶を飲みに行った。あと、安田と川島が来れば、

七人全員が揃うよ」

「彼らにも来て貰いたいな」

と、町田がいった。

「私も会いたいわ」

まゆみは、ニコニコ笑いながらいった。

宮本は、腕時計に眼をやった。

「そろそろ、ゆうづる7号の改札が始まる頃だ。中央改札口の辺りへ行ってみないか。他の連中も、来ているかもしれないから」

「行ってみましょう」

と、まゆみが、すぐ賛成した。

宮本が予想したとおり、中央改札口の近くに、川島が、女と二人で立っていた。

女は、二十七、八歳で、一目で水商売とわかる雰囲気を持っていた。

川島は、宮本たちを認めて、「おーい」と手をあげてから、その女に、

「お前は、もう帰れよ」

といった。

女のほうも、あっさりと、

「じゃあ、気をつけてね」

と、いい、タクシー乗り場のほうに、消えて行った。

「今の女性を、帰しちゃっていいのか？」

と、宮本が、川島にきいた。

川島は、いくらか得意げな顔になって、

「行きつけのバーのママなんだけどね。おれが、青森へ行くといったら、送りに行くといってきかないのさ。もし、誰も来なかったら、彼女と一緒に行こうかと思ってたんだ」

あははと、声を立てて笑った。

「川島クンは、運送会社をやってるんですってね」

まゆみがいうと、川島は、

「名刺をあげておくよ」

と、胸ポケットから、名刺を取り出して、宮本たちに渡した。

〈川島運送社長　川島史郎〉

と、印刷してある。

「社長さん？」

まゆみが、微笑した。

「ああ。だが、まだ、トラック五台の中小企業でね。あと二、三年以内に、今の十倍の五十台にともって行くつもりなんだ」

と、川島は、鼻をうごめかせてから、じろりと、三人を見回して、

「それにしても、みんな、大して変わらねえなあ。町田は相変わらず難しい顔をしてるし、まゆみは、ちんくしゃだし、宮本は、まじめくさってる。三人を見たとき、すぐわかったぜ」

「君も、全然、変わってないよ」

と、宮本は、笑ってから、

「村上陽子は変わったよ。きっと、びっくりするな」

「クロちゃんも来てるのかい？」

「片岡とお茶を飲んでる。すごくきれいになったよ」

「黒パンが、白パンになったのかい？」

「会えばわかるさ」

と、宮本はいった。

発車十分前になって、やっと、片岡と陽子が、やって来た。

恋人のように、手を組んでいるところをみると、喫茶店で話がはずんだのだろう。

宮本は、何となく、そのことに腹が立って、

「遅いじゃないか。心配したぞ」

と、片岡を睨《にら》んだ。

片岡は、平気な顔で、

「まだ時間はあるじゃないか」

「へえ！」

と、大声をあげたのは、川島だった。

「クロちゃんは、すげえ美人になったなあ」

「そろそろ、列車に乗ってくれ」

と、宮本がいった。

片岡が、切符を取り出しながら、

「あと、安田が来てないのか？」

「安田クンは、通商省のお役人ですってよ」

と、まゆみ。

「じゃあ、石油問題で忙しくて、休暇がとれねえのかな」

川島が、笑いながらいった。

「とにかく、君たちは、もう列車に乗ってくれ」

と、宮本はいった。

五人が、改札口を通って、十九番線ホームに入っている寝台特急《ブルートレイン》「ゆうづる7号」に向かって歩いて行ったあとも、宮本は、一人だけ、改札口のところに残って、安田が来るのを待った。

どうしても、七人揃って青森へ帰りたかったからである。

しかし、五分前になっても、安田は、現われなかった。

仕方なく、宮本は、改札口を通り、駈け足で、ゆうづる7号に急いだ。

十二両編成の青い車体が、静かに出発を待っている。ゆうづる7号は、最後尾が、荷物車になっていて、二段ベッドのA寝台車は、最後尾から二両目である。A寝台は、それ一両で、他の十両は、三段ベッドである。

宮本は、乗り込んでからも、ドアのところから、首を突き出して、改札口のほうを見ていた。

しかし、安田が現われないうちに、ベルが鳴りひびき、ドアが閉《し》まった。

「安田クン。とうとう現われなかったわね」

と、宮本のうしろで女の声がした。

甘い香水の匂いで、陽子とわかった。

「ああ。来なかったね」

「宮本クンは、彼の住所知ってるんでしょう?」

「知ってるよ」

「それなら、青森へ着いてから、みんなで、寄せ書きして、手紙を出しましょうよ」

「そうだね」

と、宮本が肯《うなず》いたとき、ゆっくりと、列車が動き出した。

速度が、少しずつあがって行く。

雨でも降り出したのか、流れ去る灯火が、急に、滲《にじ》み始めた。

5

森下と別れて、亀井刑事が、上野駅の近くまで来たとき、どんよりと、重く垂れ下がっていた空から、とうとう、雨が落ちて来た。いかにも春らしい暖かい雨だったから、濡れるのは、苦にはならなかった。

別に、急ぎ足にもならず、ゆっくり、駅に向かって歩いているとき、突然、後方で、けたたましいパトカーのサイレンの音が聞こえた。

(おや?)

と、立ち止まる亀井の横を、パトカーが走り抜けて行き、上野駅の前でとまるのが見えた。

(駅で、何か事件か)

と、思ったとたん、亀井は、自然に小走りになっていた。刑事の習性が出たのだ。

続いて、もう一台、パトカーがやって来た。鑑識の車も駈けつけて来る。

亀井は、浅草口から、中央広場へ駈け込んだ。

人々が、広小路口のほうへ走って行く。

亀井も、彼らについて走った。

赤帽室の奥にある広いトイレの前に、制服の鉄道公安官と警官がいて、人々を押し出しているのが見えた。

このトイレの前には、いつも、靴磨きが出ているのだが、彼らも、追っ払われて、おろおろしている。

亀井は、警官の一人に近づいて、

「中へ入れてくれないか」

と、声をかけた。

「あんたは?」

相手が咎《とが》めるようにきいた。

その時トイレから出て来た中年の刑事が、「いいんだ。その人は」と若い警官にいってから、亀井の傍《そば》へ来て、

「どうしたんだい? カメさん、こんな所へ」

上野署の日下《くさか》という刑事だった。上野周辺で起きた殺人事件を一緒に捜査したことがあった。年齢も、一つか二つしか違わない。

「ちょうど、通りかかってね。殺人事件《ころし》かい？」

「そうらしい。まさか、自殺の場所に、トイレは選ばんだろうからね」

「若いのか、死んだのは？」

「ああ、若いね」

「見せて貰えないか？」

「何か心当たりでも？」

「あるいはね」

「じゃあ、見てくれ」

日下は、亀井を、中に案内した。

男のトイレの一番奥の大便所のドアが開いていて、鑑識が、中に向かって、盛んにフラッシュを焚《た》いている。

「ちょっと、どいてくれ」

と、日下が、その鑑識にいい、亀井は、中をのぞき込んだ。

便器に顔を突っ込む恰好で、若い男が倒れていた。

三つ揃いの背広を着、横に、レインコートが丸まって落ちている。

亀井は、若い女でないことに、ほっとした。ひょっとして、森下に探してくれと頼まれた松木紀子ではあるまいかと思っていたからである。

「知らない人間だ」

と、亀井は、日下にいってから、

「刺されたらしいね」

「腹を刺されているんだ」

と、日下がいった。

死体が引きずり出された。そのあとの便器の周囲には、どす黒い血の痕《あと》が見えた。

死体は、コンクリートの床に、仰向けにされた。

どこからか、蠅《はえ》が飛び込んで来て、死体の顔に止まった。たった一匹の蠅だったが、亀井には、それが、ひどく無残な気がして、思わず、死体の傍に屈み込んで、手で追い払った。

「二十五、六ってところかな?」

日下が、同意を求める調子で、亀井にきいた。

「そんなところだろうね。サラリーマンみたいだな」

と、亀井はいった。

三つ揃いの背広を着ていたし、ネクタイも地味である。髪も短くしている。平均的なサラリーマンの感じだ。

「こりゃあ、通商省の役人だよ」

亀井が、断定的にいった。

「なぜわかるんだい？」

「バッジを襟《えり》につけている。このバッジは、通商省のものさ」

「そういえば、そうだな」

日下は、肯《うなず》いてから、所持品の調査にかかった。

「腕時計はつけていない」

「平均的なサラリーマンが、腕時計なしというのはおかしいね。恐らく、犯人が、持ち去ったんだ」

「財布《さいふ》も見当たらんね」

日下は、内ポケットを探りながら、亀井にいった。

「身分証明書なんかは？」

「ちょっと待ってくれよ」

日下は、二つに折れた封筒を、死者のポケットから引き出した。

封は切られていた。中から、便箋《びんせん》一枚と、切符が出て来た。

「今夜のゆうづる7号の切符だよ」

「ゆうづる7号というと、青森行きの寝台特急だったね」

「そういえば、カメさんは、青森だったな」

「ああ。ゆうづるで、帰郷したこともあるよ」

「この切符も、青森までのA寝台のものだ。発車は二十一時五十三分となっているから、四十分前に出ているね」

「可哀そうに、この仏さんは、もう、永久に、ゆうづるには乗れないわけだ。その手紙は何だい？」

「宛名《あてな》は、安田章《あきら》様となっている」

「それが、仏さんの名前かな？」

「らしいね」

と、肯きながら、日下は、便箋に書かれた文字に眼を走らせてから、亀井にも見せてくれた。

〈七年前の約束に従って、この手紙を送る。もちろん、あのロマンチックな約束は、覚えているだろうね。日時は、四月一日から二泊三日で、帰郷の旅というプランに決めさせて貰った。

「ゆうづる7号」の切符を同封するので、ぜひ、参加して欲しい。

君が、通商省のお役人になっていることは最近になって知った。いかにも君らしい職業を選んだものだと思う。今、役人の不正が、いろいろと問題になっているが、誠実な君なら、間違っても、そんな役人にはならないだろう。

他の連中も、それぞれ、いろいろな分野で活躍しているよ。

全員に、手紙と切符を送ったので、君にも、ぜひ来て貰いたい。一人でも欠けると寂しいからね。

では、再会を楽しみに。

青森F高校七人組　宮本〉

「F高というのを知っているかい？」

日下がきいた。

「ああ、おれの出た高校の近くで、野球じゃライバルだよ。もっとも、いつも向こうのほうが強かったがね」

と、亀井は、微笑してから、

「仏さんは、一緒に青森へ行くつもりで、上野へやって来たのかな？　それとも、行けないと、断わりに来たのかな？」

「スーツケースでも見つかれば、ゆうづる7号に乗るつもりだったとわかるのだがね」

「まだ見つかっていないのか？」

「ああ。凶器もだよ」

「切符には、まだ、鋏《はさみ》が入っていないね」

「しかし、それだけじゃな、仏さんが、ゆうづる7号に乗るつもりだったのか、見送りに来たのかわからんよ」

「おれは、乗るつもりだったと思うね」

と、亀井は、じっと、死者の顔を見下ろしていった。

「なぜ、そう思うんだい？」

「理由は二つある」

「ふーん」

「第一は、七年ぶりの再会ということさ。しかも、東京に来ていて、同郷の友人に会えるんだ。何かまずいことがない限り会いたいと思うのが人情だ。仏さんは、どうやら、通商省の役人になっているんだから、故郷に帰っても大きな顔ができる」

「もう一つの理由は？」

「これは、青森というより、東北の人間でないとわからないことなんだがね」

「ふーん」

「君は、どこの生まれだい？」

「東京で生まれて、東京で育っている」

「じゃあ、無理だな」

「どういうことだい？」

「この上野駅というのは、おれみたいな東北の人間にとって、一種独特の匂いがするんだ」

「おれは、いつも、通勤にこの駅を使ってるが、小便くさい駅だと思うだけだがね」

「それは、君が東京の人間だからだよ。おれみたいに、東北の人間にとっては、この上野駅は、他の駅とは違うんだ。東京駅も、新宿も、渋谷も、完全に東京だよ。東京の匂いしかしない。しかし、この駅は違う。東京の匂いと共に、なつかしい故郷東北の匂いもするんだ」

「それは、君の錯覚じゃないのか？　ここは、東北じゃなく、東京だぜ。周囲《まわり》を見てみろよ。どこに、水田がある？　どこに美しい小川が流れてる？　あるのは、うす汚れた空気と、緑のないコンクリートの街だけだ。もっとも、おれは、この薄汚れた街が好きだがね。だから、君のそういいたい気持ちはわかるが、錯覚じゃないのかね？」

「確かに、錯覚といえば、錯覚かもしれん。ここは、東京だからな。だが、この上野駅には、おれたち東北の人間に、錯覚を与えてくれる何かがあるのさ。それを、おれは、匂いと思ってるんだ。今、着いたばかりの列車から降りて来る東北の人間たちが持ち込む匂いかもしれないし、この上野駅が、東北から上京して来る人たちにとって終着駅だということからくる、この駅にしみ込んだ東北の匂いかもしれない。おかしないい方かもしれないが、何かを求めて上京して来る東北の人間は、この終着駅上野に、東北というものを落として、東京人になるべく、散って行くんだ。だから、この上野駅には、東北の匂いがしみ込んだんじゃないだろうか。いずれにしろ、ここには、おれたち東北の人間を感傷に誘うものがあるんだよ。おれは、東京に来て、もう二十年以上たっている。それでも、ここに来るたびに、感傷に誘われるんだ。仏さんは、まだ七年しかたっていなかったんだから、なおさらじゃなかったかな」

「君のいいたいことが、よくわからんが」

「おれのいいたいのは、東北生まれの人間にとって、東京駅へ友人を見送りに行くのと、上野駅へ行くのとでは、違う気持ちのはずだということなんだ」

「それは、何となくわかるような気もするがね」

「仏さんは、今夜のゆうづる7号の切符を持っていた。それを見せて中央改札口を通れば、寝台特急《ブルートレイン》が、否応《いやおう》なしに、故郷へ連れて帰ってくれるんだ。もし、ここが東京駅で、九州の人間が、九州行きの切符を持っていたとしても、何かの都合で、ひょいと友人の見送りに寄ったと考えられる。その切符を友人にあげるか、返すためにとね。だが、上野では違う。故郷へ帰れる切符を持っていたら、その人間は、列車に乗って、故郷へ帰る気で、この駅に来たのさ。これは間違いないよ」

亀井は、自信を持っていった。それは、刑事の勘とは違ったものだった。日下にいったように、亀井自身が、東北の生まれで、若くして上京したということから来る、彼自身の経験からの結論だった。

亀井も、青森の高校を卒業して上京したのは、十八歳の時である。

東京に来てから、最初の二、三年は、どうしても、この大都会の生活がなじめなくて、亀井は、何度、青森へ帰ろうと思ったかわからない。幸か不幸か、彼の家は、彼を黙って食わせていくほど豊かではなく、それに、帰郷しても、当時の青森には、これといった仕事がなかった。だから、亀井は、東京にしがみつき、警察官になった。

それでも、足が、自然に上野駅に向かってしまうこともあった。そんなとき、駅の構内に入り、東京の中の東北の匂いを嗅《か》ぐことはあっても、絶対に、切符だけは買わなかった。それは、ただの切符以上の重味を持っていることを、無意識に感じていたからである。

この被害者は、すでに東京で職についていた。が、その心情には、共通したものがあるはずだと、亀井は思った。彼が、東北の人間で、ここが、上野駅である限りは。

「十一時二十三分か」

と、日下は、腕時計に眼をやって、

「仏さんの乗るはずだったゆうづる7号は、今、どの辺を走っているのかね？」

「確か、あと五、六分で水戸のはずだよ」

と、亀井がいった。

日下は、ちょっとびっくりした顔で、

「よく知っているな」

「おれは、青森へ帰る時、たいてい、ゆうづる7号を利用するんだ。青森へは、翌朝の九時少し前に着く。そう早くもなく、遅くもない時間で、迎えに来て貰うにも、適当なんでね。だから、だいたいの時刻表も、自然に覚えてしまっているんだ」

第三章　ゆうづる7号

1

寝台特急《ブルートレイン》「ゆうづる」は、東北の夜の主役である。

愛称の「ゆうづる」が、北海道釧路《くしろ》湿原の丹頂鶴からとられていることでもわかるように、北海道内の特急「北斗」などとの連絡に便利だから、青森までの客の他に、北海道へ渡る客が利用することも多い。

ゆうづる7号は、A寝台車一、B寝台十、それに、電荷車（電源・荷物車）一の十二両の客車で編成されている。

A寝台は二段ベッド、B寝台は上中下三段である。

特に、ゆうづる7号のA寝台は、横向きではなく、進行方向に沿ってタテに並んでいるので、ゆれが少ない。

A寝台の車両は、最後尾についている。といっても、ゆうづる7号の場合、最後尾は、電荷車だから、正確にいえば、客の乗る寝台車としては最後尾ということである。

A寝台車には、ベッドが、上1下1から、下14まで合計二十八が、中央通路の両側に並んでいる。

宮本たちの他に、このA寝台に乗っていたのは、名古屋から、恐山の霊場へ出かけるという老人の団体客だった。

上野を発ってからしばらくの間は、名古屋弁で、ぺちゃくちゃとおしゃべりに余念がなかったが、午後十一時の消灯になると、名古屋からの強行軍に疲れたのか、各自のベッドにもぐり込んで、カーテンを閉めてしまった。

宮本は、上のベッドにあがった。かなり高いし、おもちゃのような梯子《はしご》なので、ちょっとあがりにくい。だから、二人の女には、下のベッドをあてがった。

車内には、狭いながら、更衣室があるが、それを使う乗客は、ほとんどいなかった。

宮本も、上段のベッドに入り、カーテンを閉めてから、着がえに取りかかった。三段ベッドに比べると、頭上の高さはあるといっても、座って、やっと腰を浮かせるぐらいの余裕しかない。

座って、まず上衣とワイシャツを脱ぎ、それから、寝転んでズボンを脱ぐ。そして、用意されている寝巻に着がえる。ずいぶん窮屈だが、久しぶりに青森へ帰るのだということが胸にあるせいだろう。高校時代、修学旅行に行った時のような、甘い楽しさがあった。

他の五人の中には、着がえもせず、消灯になってからも、他の者と、おしゃべりを楽しんでいる者もいたが、十二時近くなると、さすがに疲れて来たのか、「おやすみ」といって、カーテンを閉め出した。今日が金曜日で、一日の仕事を了《お》えてから、この列車に乗った者も多かったからだろう。

宮本は、寝巻姿になると、枕元の明かりをつけて、横になった。

上のベッドには、窓はない。が、ちょうど、横になった眼の高さのところに、新書判の本を横にしたくらいの小さな窓があいている。窓というより穴である。ふたがしてあって、そのふたを引くと、流れ去る夜景が、眼に飛び込んで来た。

宮本は、しばらくの間、小さな窓から、夜景を眺めていた。

幸い、雨はあがったらしい。

(安田は、どうして来なかったんだろう?)

彼のためにとったベッドは、一つ、空いたままになっている。

最初の停車駅は、水戸だった。

十一時二十九分着。時刻表によれば、二十七分着となっているから、二分ほど遅れている。

ここでは、九分停車である。

宮本の寝ているあたりが、駅構内の照明の近くで、小窓から、強い光が入ってくる。仕方がないので、ふたを閉めたら、いつの間にか、うとうとしてしまった。

眠って、宮本は、高校生だった頃の夢を見た。

高校を出て上京した頃は、やたらに、学校生活の夢を見たものだった。不思議に、楽しい夢が少なくて、失敗の夢ばかりが多かったが、この頃になって、高校時代の夢を見ることが、なくなっていたのである。

夢の中には、川島も、町田も、片岡も、橋口まゆみも、村上陽子もいた。今日、姿を見せなかった安田もいた。

宮本が議長になって、何か討論しているのだが、議題が、はっきりしない。

激しい討論で、村上陽子が泣き出してしまい、宮本は、どうしてよいかわからなくなってしまった。

他の連中は、それが議長役の宮本の責任だというように彼を囲んで、口々に、「宮本！しっかりしろ、宮本！」と叫ぶ――。

「おい。宮本！」

と、呼ぶ声で、宮本は、眼を開けた。

そこに、町田の真剣な顔を見つけて、宮本は、一瞬、夢の続きを見ているような気がして、眼をこすった。

「何だい？　今頃」

と、宮本は、腕時計を見た。枕元の明かりをつけたまま、眠ってしまったのだ。

午前三時五十分をさしている。

「今、仙台を出たところだよ」

と、町田が、小声でいった。

車内は、寝静まっていて、時々、軽いいびきが聞こえてくる。

「もう仙台を過ぎたのか。それで、何だい？」

宮本は、眼をぱちくりさせながら、町田を見た。

「川島がいないんだ」

と、町田は、顔を近づけるようにしていった。

「いない？」

「ああ。川島は、3の下のベッドなんだ。おれの下さ。それがいないんだ」

「どうしていないとわかったんだ？」

「午前一時頃だったかな。どうしても寝られないんで、川島が持っている週刊誌でも借りて読もうと思って、カーテンをちょっと開けてのぞいてみたんだが、姿が見えないんだ」

「トイレへ行ってたんじゃないのか？」

A寝台の車両には、トイレがついていて、トイレや洗面所は、次の車両に行くこともない。

「おれも、そう思ったさ。だから、三十分ぐらいしてから、もう一度、のぞいてみたが、まだ、川島は、戻っていないんだ。それから、彼のことが心配になってね。いったん、眠ったんだが、今、眼がさめて、見てみたんだが、川島の姿は、まだないんだ」

「そいつは、おかしいな」

宮本も、急に心配になって来た。

二人は、寝巻姿で、薄暗い通路におり、下のベッドのカーテンを開いて、中をのぞき込んだ。

町田がいったとおり、川島の姿はなかった。

ベッドの上には、「KAWASHIMA」のネームの入ったスーツケースが置いてあるだけだった。その周囲に週刊誌が数冊、散らばっている。

寝巻は、そのままになっている。

靴もないから、服を着たまま、どこかへ消えてしまったのか。

「きっと、間違えたんだ」

と、宮本は、町田を見て、笑ってみせた。

「間違えたって？」

「あいつは、高校時代から、かなり、あわて者だったからね。安田のためにとったベッドに、間違えてもぐり込んで寝てるんじゃないか」

「しかし、安田の寝台は、上だよ。下と上を間違えるかな？」

「とにかく、調べてみようじゃないか」

宮本は、2上のベッドにあがってみた。

しかし、そこにも、川島の姿はなかった。

「いないね」

と、宮本は、梯子をおり、町田にいった。

「まさか、列車を降りちゃったんじゃあるまいね？」

町田が、首をかしげて、宮本を見た。

「そんなことはないだろう。スーツケースはあるんだし、途中で降りなきゃならない理由はないんだから」

「しかし、それなら、川島の奴、どこへ行っちまったんだ？」

「そうだな」

と、宮本は、考え込んでから、

「あいつ、酒ぐせが悪かったかな？」

「高校二年くらいから、酒を飲んでたのは知ってるが、最近の彼のことは、全くわからん。君は、くわしいんじゃないか？」

「僕も、よくは知らないんだ。ただ、今日も、いや、もう昨日か。上野駅に、バーのママさんというのが、彼を送りに来ていたからね。よく、飲みには行ってるようだ」

「じゃあ、酔っ払って――？」

「ウイスキーでも持ち込んで、飲んでたんじゃないかな。酔っ払って、トイレへ行ったが、こちらへ戻って来ずに、B寝台のほうへ行っちまったのかもしれない。A寝台は満席だが、B寝台は、十両もあって、かなり、空いているようだからね。酔ったまま、そのどこかに、寝てしまったのかもしれない」

「そうだな。そう考えるより考えようがないね。しかし、十一両全部を探すのは大変だな」

「放っとけばいいよ」と、宮本は笑いながらも、ほかの寝台を探しはじめた。

「青森駅に着いたら、奴さん、頭をかきながら戻って来るよ」

「心配をかけやがる」

と、町田も、笑ったとき、二人の話し声で眼をさましたらしく、2下のベッドのカーテンを開けて、橋口まゆみが、顔を出した。眼をこすりながら、

「どうしたの？」

「何でもないんだ。お休み」

と、宮本がいった。

「今、何時かしら？」

「もうじき四時だよ」

「そう。もうじき、夜が明けるのね」

まゆみは、そんないい方をしてから、ピンク色のネグリジェ姿で、ベッドから出てくると、二人に、「ごめんなさい」といって、スリッパを突っかけて、トイレのほうへ、歩いて行った。

宮本は、そんなまゆみの後ろ姿を、「へえ」という顔で見送った。

派手な村上陽子には、ピンクのネグリジェがふさわしいが、まゆみは、多分、パジャマだろうと思っていたからである。

「彼女は、まさか、寝呆けて、B寝台へ行ったりはしないだろうね?」

と、町田がいった。

「心配なら、戻って来るまで待っているかい?」

「いや。おれは、青森まで、もうひと眠りするよ」

町田は、自分のベッドにあがっていった。

宮本も、自分のベッドに入った。

川島のことは、心配ではなかった。きっと、酔っ払ったか、寝呆けたかして、B寝台のほうへ行ってしまったのだ。

それよりも、まゆみのネグリジェ姿が、やけに強烈な印象となって、瞼《まぶた》に残ってしまった。

2

一ノ関駅を過ぎる頃から、夜が明け始めた。

幸い、天気はいい。

宮本は、煙草をくわえ、小さな窓から、外の景色に見とれていた。

そこには、まぎれもない東北の景色が、広がっている。

新幹線の車窓からは、絶対に見られない景色だ。

工場の煙突は一本もなく、林と、田んぼと、畠が、広がっている。小さな踏切では、警報器が、チン、チンと音を立て、これから、野良仕事に行く人たちが、じっと、この列車が通過するのを待っている。

宮本は、その人たちに、手を振りたくなってくるのを感じた。やっぱり、故郷はいい。

午前七時に、「お早ようございます」という、車内放送があって、乗客が、起き始めた。

B寝台は、寝台のセットを解体するが、A寝台は、そのままでいいというアナウンスもあった。A寝台のほうは普通の座席に直せないようになっているらしい。おかげで、青森まで、寝ていられるわけだが、それでも、宮本は、七時半になると、ベッドをおりて、顔を洗いに、洗面所へ出かけた。

夜行列車の朝の光景というのは、ほのぼのとして、楽しいものである。

同じベッドに寝るわけではないが、同じ列車中で一夜を過ごしたということで、何となく連帯感みたいなものが乗客の間に生まれるのかもしれない。

洗面所のところに集まってくると、どちらからともなく、「お早うございます」と、あいさつしたり、眼をこすりながら「いい、天気になって、良かったですね」と、いったりしている。

宮本が、顔を洗っているうちに、他の連中も、起きて来た。

同じA寝台に乗った恐山参りの婆さん連中も、ぞろぞろと、顔を洗いにやって来た。

A寝台の車両には、狭いが、喫煙室もある。

洗面を終わって、宮本が、そこに入って行くと、きれいに化粧をすませた村上陽子が、煙草を吸っていた。

宮本は、「お早よう」と、声をかけて、向かい合って、腰を下ろした。

陽子は、ニッと笑ってから、

「昨日、何時頃だったかしら、何かさわいでたみたいだけど?」

と、宮本にきいた。

「朝の三時過ぎだろう？　川島が、ベッドからいなくなっちまったんだ」

「へえ」

「どうやら、酔っ払ったかして、B寝台のほうへ行って、寝てしまったらしい」

「川島クン、そんなに、あわて者だったかしら？」

「どうだったかなあ。高校時代、そう落着きのあるほうじゃなかったと思うけどね」

「私ね、川島クンのことで、一つだけ、はっきり覚えていることがあるの」

「どんなことだい？」

「二年生の時だったわ。何のことでだか忘れたけど、彼を泣かしちゃったのよ」

「君が川島を？　川島が君をじゃないの？」

「違うわ。私が、川島クンをなの。だから、彼って、お山の大将みたいに見えるけど、意外に、気の弱いところがあるんじゃないかな」

うふふと、陽子が笑った。

そのうちに、二人の売り子が、弁当と、お茶を売りに来た。どうやら、ゆうづる7号に、食堂車がついていないためらしい。

宮本が、責任者として、財布を取り出して、六人分買おうとしていると、後ろから、大声で、

「弁当六つと、お茶六つ」

と、片岡が、怒鳴った。

すぐ、その片岡が、喫煙室に入って来て、陽子の横に、どっかと腰をおろすと、弁当とお

茶を、彼女や、宮本に配ってくれた。

「川島が、消えちまったんだって？」

と、片岡が、全く心配していない顔で、宮本にきいた。

「誰にきいたんだ？」

「町田さ。彼は、心配して、今、B寝台のほうへ探しに行ったよ。ご苦労なことさ」

「僕も行ってみる」

と、宮本も、立ち上がった。

「いいじゃないか。放っとけよ」

「そうもいかないさ。この旅行の責任者だからな」

宮本は、弁当とお茶を、自分のベッドに置いて、B寝台車のほうへ、歩いて行った。

四号車のあたりまで行ったところで、引き返して来る町田とぶつかった。

「見つからないよ」

と、町田がいった。

「どうしちまったのかな？」

「あとは、酔っ払って、トイレに入って寝ちまったことぐらいしか考えられないが、いちいち、トイレを開いてのぞくわけにはいかないしね」

と、町田が、首を振りながらいった。

「どうしたらいい？」

「このまま、青森まで行くより仕方がないだろう」

と、町田はいった。

宮本にも、他に考えようがなかった。

青森には、定刻の八時五十一分に、三分ばかり遅れて到着した。

乗客が、全部降りてしまってから、宮本は、車掌に、川島のことを話してみた。

車掌は、半信半疑の様子で、宮本の話を聞いていたが、それでも、

「一応、調べてみましょう」

と、いってくれた。

宮本は、その車掌と一緒に、乗客のいなくなったゆうづる7号の車両を、端から端まで、見て行った。

トイレも、全部、開けて見てくれた。

しかし、川島の姿は、どこにもなかった。

宮本は、がっかりして、他の四人の待っているホームへ降りた。

「川島の奴、寝呆けて、途中の駅で降りちゃったんだろう」

と、片岡がいった。

「川島クンのスーツケースどうするの？」

まゆみが、誰にともなくきいた。

「僕が持とう」

と、町田がいった。

とにかく、ホームで、まごまごしていても仕方がなかった。

階段を昇り、二階の通路に出ると、窓から、青函連絡船の姿が、間近に見えた。

同じゆうづる7号から降りたらしい乗客の四、五人が、窓から、連絡船をカメラにおさめている。

宮本たち青森の人間にとっては、ここは終着駅だが、北海道へわたる人にとって、青森駅は、北海道への玄関でもある。

連絡船に乗る桟橋とは逆の出口へ歩いて行くと、

〈ただ今、ゆうづる7号でお着きになった東京の宮本さん〉

という、駅のアナウンスが聞こえた。

〈おいでになりましたら、南口の案内所までおいでください〉

「川島の奴だ」

と、片岡が、ニヤニヤ笑いながらいった。

「どこかで、降りちまいやがって、青森駅へ電話して来たのさ。ここで、待っててくれとね」

「そうらしいね」

「川島から電話が入ってたら、おどかしてやれよ」

片岡が、焚きつけるようにいった。

改札口を出てから、宮本が、一人で、構内にある案内所へ足を運んだ。

カウンターにいた女の職員に、

「東京の宮本ですが」

と、いうと、相手が返事をするよりも先に、うしろにいた三十七、八の男が、立ち上がって来て、

「宮本孝さん?」

「ええ」

「ちょっと、奥へ入ってくれないかな」

と、男がいった。

その男だけ、案内所の職員と、どこか違う感じだった。

宮本は、奥へ連れて行かれた。

男は、内ポケットから、黒い警察手帳を出して見せた。

「青森県警の刑事の三浦です」

と、相手は、丁寧にいった。

「川島に、何かあったんですか？」

宮本は、蒼《あお》くなってきいた。

三浦刑事は、けげんそうな顔をして、

「カワシマ？」

「いや、何でもなければいいんです」

「君は、安田章という男を知っているかね？」

「ええ。知っていますよ。一緒に、青森へ来るはずだった友だちです。誘ったんですが、とうとう来なくて」

「東京の警視庁から連絡があってね。安田章という男が、昨夜、上野駅の構内で、殺されていたというんだよ」

3

「本当なんですか？」

また、宮本の顔が、蒼くなった。

三浦刑事は、女性職員が運んで来たお茶を、「まあ、飲みたまえ」と、宮本にすすめてから、警察手帳の頁をめくって、

「安田章。二十四歳。青森県立F高校を卒業したあと、東京の大学を出て、現在、通商省事務官。この安田章は、君の友人に間違いないね？」

と、念を押した。

「間違いありません。同級生の安田です」

「君が、誘いの手紙と、ゆうづる7号の切符を送ったんだね？」

「ええ。A寝台の切符です」

「その話をくわしくしてくれないか」

「何をです？」

「安田章を、旅行に誘った事情だよ」

「僕たちは、高校を出てから、今年で七年目になるんです。仲の良かった七人組が上京したとき、七年後に、一緒に故郷へ帰ってみようと約束して、毎年、旅費を積み立てていたんです。僕が、その責任者になっていたんで、計画を立てて、手紙と切符を送りました。そして、五人は上野駅へ来てくれたんですが、安田が来ないんで、忙しくて来られなかったのかなと、考えていたんです」

「七人組というと、君を入れて、七人ということだね？」

と、三浦刑事が、また、念を押した。よく念を入れる刑事だなと思いながら、宮本は、

「ええ。高校時代、七人で、校内新聞を出してたんです」

「ゆうづる7号で、一緒に来ているんだね？」

「ええ。待合室にいるはずです」

「じゃあ、皆にも、話を聞きたいんだがね」

と、三浦は、立ち上がった。宮本も、腰を浮かしながら、

「安田が死んだことで、僕たちが疑われてるんですね？」

「いや、そんなことはないよ。今いったように、ただ、今度の旅行の事情を聞きたいだけでね」

三浦は、微笑してから、急に思い出したように、

「さっき、カワシマがどうしたといっていたね。あれは、何だね？」

「一緒に来た友人の一人が、いなくなってしまったんです」

「いなくなった？」

三浦刑事が、立ち止まって、宮本を見た。カウンターの近くだったので、案内所の職員が、仕事の手を止めて、二人のほうを見つめている。

宮本は、そんな周囲の眼を気にしながら、声を落として、

「川島史郎という男なんですが、一緒に、ゆうづる7号に乗ったはずなのに、いなくなってしまったんです。他の車両まで探したんですが、見つからなくて」

「途中で降りたんじゃ？」

「しかし、彼のスーツケースは、そのままになっているんです」

「そいつは面白い」

と、いってから、三浦は、あわてて、

「いや。失礼。君たちにしたら、心配だろうね」

と、いい直した。

第四章　前科者カード

1

九時半に、亀井は、警視庁の玄関を入った。捜査一課のドアを開けると、十津川警部が、

「休暇中を呼び出して悪かったね。カメさん」

と、声をかけて来た。

「いや。今日は、うちの資料室に用がありましたから」

と、亀井は、いってから、

「用というのは、昨夜の上野駅の事件ですか？」

と、十津川にきいた。

「そうなんだ。上野署に捜査本部が出来て、私が、指揮に当たることになってね。出かける前に、仏さんを最初に見た君の意見を聞いておきたいと思ったんだ」

「ひどいもんでした」

亀井は、昨夜見た死体の状態を思い出して、眉《まゆ》をひそめた。

「ひどいって、どう——？」

「腹を刺されたうえ、便器に顔を突っ込む恰好で、死んでいたんです。トイレが、血でどす黒く汚れていました」

「君と同じ青森の人間だったらしいね？」

「手紙と、ゆうづる7号の切符を持っていましてね。それによれば、昨夜、昔の高校の同窓生と、ゆうづる7号に乗って、青森へ行こうとしていたと考えられます。名前は、——」

「それは、聞いてるんだ。安田章。二十四歳。通商省の役人だとね」

「そうですか」

「青森県立F高校の卒業らしいんだが、カメさんの出た学校じゃなかったかい？」

「いえ。違います。私の母校とは野球のライバル校です」

「君は、一緒に青森へ行く予定だった仲間が殺したと思うかね？」

「今のところは、見当もつきません」

「そうだろうね」と、十津川は、いった。

「いくら、君でも、今の段階では、結論は出せんだろうね」

「しかし、あの仏さんが、ゆうづる7号に乗るつもりで上野駅へやって来たことだけは確かですよ」

「だが、それにしては、スーツケースの類が、全然、出ていないようだよ」

「それでも、彼は、乗るつもりだったんです」

と、亀井はいった。

「カメさんが、それだけいうのなら、私も、その線で調べてみよう」

と、十津川は、いってくれた。

亀井は、十津川が上野署へ出かけるのを見送ってから、五階の資料室へ、足を運んだ。

ここで働いている若い職員の田口に、

「ちょっと調べて貰いたいものがあるんだ」

と、声をかけた。

「どんなことですか?」

「この女性なんだがね」

亀井は、森下から預かった松木紀子の写真を、田口に見せた。

「亀井さんのお嬢さんですか?」

「よせやい。おれの娘は、まだ五つだ。名前は、その裏に書いてあるように、松木紀子だ。ひょっとすると、何か事件を起こしているかもしれないから、前科者カードで、当たってみて欲しいんだよ」

「わかりました」

「見つかってくれないほうがいいんだがね」

亀井は、最後を、小声でいった。

田口が調べてくれている間、亀井は、落着きをなくして、狭い場所を、うろうろと歩き回っていた。

もし、松木紀子に前科があれば、それは、彼女の行方《ゆくえ》を追いかける手掛かりになるかもしれない。

(しかし、森下の奴が、悲しむだろうな)

とも、思ったからである。
五、六分して、田口が戻って来た。
「ありましたよ」

と、田口は、妙に張り切った声で、亀井にいった。

「そうか。あったのか」

「まずかったんですか？」

「いいから見せてくれ」

と、亀井は、相手の手から、前科者カードを奪い取るようにした。

〈一年前の二月に、傷害罪で、懲役一年、執行猶予二年の判決〉

と、なっていた。

松木紀子が二十一歳の時である。

当時の住所を書き写してから、亀井は、資料室を出た。

(やはり、前科があったのだ)

2

亀井は、森下を、新宿駅近くの喫茶店へ呼び出した。

森下は、店に入って来て、亀井の顔を見るなり、

「何かわかったのか?」

と、勢い込んできいた。

亀井は、「まあ、落ち着けよ」と、いってから、

「君は、おれに嘘《うそ》をついてないだろうな?」

「おれがか? 嘘をつく必要なんかないじゃないか」

森下は、眼を大きくした。

「じゃあ、彼女の母親や姉が、君に嘘をついたんだ」

「どういうことだい？　それは」

「松木紀子の家族は、ここ二年間、全く消息がつかめないと、君にいったんだろう？」

「そうだよ。だから、こうして、探しに来たんだ」

「ところが、松木紀子は、去年の二月に、傷害罪で起訴され、懲役一年、執行猶予二年の判決を、東京地裁で受けている。当然、逮捕されたときも、公判のときも、家族に知らされているはずだよ」

「それは、本当なのか？」

森下が、急に、暗い表情になった。

「ああ、本当だ」

「家族にしてみれば、恥ずかしかったんで、そのことを、おれにいわなかったんだろうな。だが、病気の母親や、姉が、一刻も早く、彼女を見つけたがっていることだけは、本当なんだ」

「だろうね」

「彼女は、何をやったんだ？」

「新宿に、『ピカレスク』というスナックがあった。今でもあるかもしれない。彼女は、一昨年の十月頃から、そこで働いていた。そして、バーテンと関係が出来たんだが、この男が、プレイボーイでね。お定まりの三角関係になって、彼女が、男を果実ナイフで刺したんだな。去年の正月だ。全治二カ月の傷を負わせたが、男のほうにも悪いところがあるというわけで、二月に、執行猶予つきの判決がおりたわけだよ」

「その話、本当だろうね？」

「事件の調書を見せて貰ったから、間違いないよ。だから、君にも、新宿に出て来て貰ったんだ」

「あの聡明な子が、男を刺したとはね」

と、森下は、溜息をついた。

「どんなに聡明だろうが、人間は人間さ」

「君は、いやに冷静に考えるんだな」

森下が、不満そうにいった。

亀井は、憮然《ぶぜん》とした顔で、

「こんな商売をしていると、感傷的になんかなれなくなるのさ。コーヒーを飲み終わったら、出かけようじゃないか」

「どこへ？」

「問題のスナックだよ。それに、当時の彼女の住所も調べて来た。どうせ、引っ越しているだろうが、行くだけは、行ってみようじゃないか」

亀井は、相手をせかせて、立ち上がった。

スナック「ピカレスク」は、新宿二丁目にあるはずだった。もちろん、今でもやっていればだったが。

二人は、新宿通りを、新宿二丁目へ向かって歩いて行った。

どんよりと曇っていたが、さすがに、四月である。歩いていると上衣を脱ぎたくなるような暖かさだった。

幸運にも、「ピカレスク」というスナックは、まだ存在した。

時間が時間だから、まだオープンしていなかったが、三十五、六歳の女と、二十七、八の男が、円椅子を外に持ち出して、洗っていた。

亀井が、女のほうに声をかけた。

女が、手を止めて、亀井を見た。

「まだ、やってないんだけど」

「それはわかってる。ちょっと、ききたいことがあってね。あんたが、この店のママさんかな？」

「警察の人？」

「まあね」

亀井は、今日が非番のことを考えて、あいまいにいった。

だが、女のほうは、亀井の眼つきや、喋り方から、警察の人間とわかったらしく、

「どんなことかしら？」

と、亀井を見、森下を見た。

若い男のほうは、わざと亀井を無視したように、黙々と、水洗いした円椅子を、雑巾で拭いている。

「この娘《こ》が、去年の正月頃、ここで働いていたはずなんだがね」

と、亀井は、松木紀子の写真を、女に見せた。

女は、濡れた手を、スカートの裾で拭いてから、写真をつまんで見ていたが、

「ああ、紀ちゃんね。でも、もういないわ」

と、あっさりいった。

森下が、横から、

「彼女が、事件を起こしたというのは本当なんですか？」

と、きいた。女は、ちらっと、森下を見て、

「この人も、警察の人？」

「彼は、学校の先生だ」

「へえ」

と、女は、小さく笑ってから、

「バーテンの英ちゃんをナイフで刺したのよ。もとはといえば、英ちゃんのほうが悪いのよ。いい男だったけど、女にだらしなくてね。紀ちゃんには、注意したんだけど、きっと、彼女にとって、最初の男だったのかもしれないわねえ。もう夢中だったから」

「事件を起こしたのは、去年の正月だったね？」

と、亀井が、いった。

「確か、去年の一月三日だったわ。紀ちゃんは、日本髪に結って、晴着を着て、お店に出て来たのよ。英ちゃんに見せたかったんだねえ。それなのに、英ちゃんたら、街で引っかけて来た女子大生と、紀ちゃんの眼の前で、ネチネチやってるのさ。あたしは、はらはらして見てたんだけど、そのうちに、紀ちゃんが、いきなり、カウンターの上にあった果実ナイフで、英ちゃんの背中を刺したんだよ。凄《すご》かったよ。彼女の晴着も、返り血で、真っ赤に染まっちまったもの。もともと、英ちゃんのほうが悪いんだから、執行猶予になって当然だったけどさ」

「その後、彼女がどうしたか、わかりませんか？」

森下は、じっと、女を見てきいた。

「それが、わかんないのよ。あたしは、前科ぐらい出来たって、また、うちで働いて貰うつもりだったんだけどねえ」

「全くわかりませんか？」

「一度、故郷の青森へ帰ったらしいという噂を聞いたことがあったけどなあ」

「彼女は、青森へは、帰っていないんですよ」

「そうなの。やっぱり、前科が出来たんで、帰りづらかったのかしらねえ」

「刺された英ちゃんのほうは、どうなったかわからないかね？」

と、亀井が、きいた。

「わからないわ。刺されたあと、すぐ、救急車で病院に運ばれてね。退院してから、一度、店へ来たことがあるのよ。また、うちで働きたいみたいなことをいってたけど、あたしは、断わったわ。また、あんな事件を起こされたら、かなわないもの」

女は、ふふふと、含み笑いをして見せた。

森下は、そんな女に、自分の名刺を渡し、また、松木紀子に会ったら、母親が病気だから、青森へ帰るように伝えてくれと頼んだ。

亀井は、もうきくことはなさそうだと判断して、

「次へ行こうじゃないか」

と、森下を促した。

3

事件当時、松木紀子は、渋谷区初台《はつだい》のアパートに住んでいる。

亀井と森下は、京王線で、新宿駅から一つ目の初台駅に向かった。

初台地下駅で降りて、改札口を抜けると、とたんに、埃《ほこり》を巻きあげて、強い風が吹いて来た。長い地下通路が通風口のような機能を果たして、絶えず強風が吹くらしい。

二人は、甲州街道方向で地上へ出ると、陸橋をわたり、細い路地を、水道道路のほうへ歩いて行った。

アパート「双葉荘」と、前科者カードにあったので、十五、六世帯は入っているアパートを想像していたのだが、実際の「双葉荘」は、一階が家主の家で、二階に、貸間が二つあるという、いわゆる貸室式というアパートだった。

家主は、ある銀行を停年退職したという老人夫婦だった。

小さな庭に、手製の盆栽が並んでいる。老夫婦は、それを見ながら、亀井たちの質問に答えてくれた。

「松木紀子さんのことは、よく覚えていますよ」

元副支店長の老人は、指先で、眼鏡を直すようにしながらいった。

「今時の人には珍しく、優しい娘さんでしたねえ」

と、奥さんも、しんみりした口調でいった。

「そうですか。優しい娘でしたか」

森下は、ひどく嬉しそうにいった。

（こいつは、根っからの教師なんだな）

と、亀井は、自然に、微笑が浮かんで来るのを感じながら、

「ここには、どのくらいご厄介になっていたんですか？」

と、老夫婦にきいた。

「半年ぐらいでしたよ」

と、奥さんが答えた。

「事件を起こした時は、ここに住んでいたわけですね？」

「ええ。あの時は驚きましたわ。テレビで大きく報道しましたしねえ」

「新聞にも載ったよ」

と、老人が、つけ加えた。

「どう思いました？」

「あんなに優しい娘さんが、理由もなく、他人《ひと》を刺したりするはずがない、これは、きっと男のほうが悪いんだと思いましたよ。そしたら、やっぱり、男が欺《だま》してたんです。松木さん

には、全然、悪いところはなかったんですよ」

奥さんは、きっぱりといった。

「そういって頂くと、彼女を教えた人間として、救われた気がします」

と、森下が、いった。

「それで、最後に会われたのは、いつですか？」

亀井が、きいた。

「あれは、三月九日だったかしらん」

奥さんが、考えながらいうのを、老人が、

「三月十日だ。昔の陸軍記念日だ」

と、訂正した。

「ここへ来たんですか？」

「ええ。夕方でしたよ。小さなスーツケースを提げて、これから、故郷《くに》へ帰るので、あいさつに寄ったっていってましたよ」

「七時頃だったな」

と、老人は、横から、妻の言葉を引きつぐようにして、

「家内が、夕食をすすめたんだが、九時何分かの青森行きに乗りたいからといって、すぐ帰って行ったよ」

「しかし、青森には帰っておらんのです」

と、森下が、小さく首を振って見せた。

「おかしいわねえ」

と、奥さんがいう。

「何がです？」

「私は、通りまで送って行って、タクシーに乗せたんですよ。その時、松木さんは、はっきりと、上野って、運転手にいってましたけどねえ」

それなら、松木紀子は、三月十日の夜、上野駅までは行ったのだ。九時過ぎの青森行きというと、九時四十分発の「ゆうづる5号」か、九時五十三分発の「ゆうづる7号」に乗るつもりだったのか。

しかし、松木紀子は、乗らなかったのだ。

「その後、彼女の消息を耳にされたことはありませんか？」

と、森下がきいた。

「私は、てっきり、青森へ帰ったと思っていましたわ」

「私もだ」

と、老夫婦は、顔を見合わせるようにしていった。

亀井たちが、帰ろうとすると、老人が、奥から、小さな風呂敷包みを持って来て、

「松木さんが、置いていったものですよ」

と、いった。

亀井と森下が、興味を持って広げてみると、本が数冊出て来た。

すべて、太宰治の小説だった。

何度も読み返したとみえて、表紙が汚れているし、ところどころに、赤線が引いてあったりする。

背表紙のところには、「青森県立H高校三年A組松木紀子」と、下手だが、しっかりした字で書いてあった。

「彼女は、文学少女で、特に、太宰が好きだった」

と、森下が、手に取って、頁を繰りながらいった。

「おれも、太宰は好きだよ」

と、亀井もいった。特に、彼の郷里、津軽を題材にした作品が好きだった。

「一冊借りて行っていいですか？」

森下は、老夫婦にきき、相手が肯くと、やはり、その中から、「津軽」を選び出した。

亀井も、残った中から、「富嶽《ふがく》百景」を借りることにした。これは、故郷青森には関係はないのだが、小説を読むよりはと思ったからである。

亀井は、何か、十七、八歳の多感な頃に戻ったような気分になって、その本を持って、森下と、老夫婦の家をあとにした。

「三月十日に、彼女は、なぜ、青森に帰らなかったんだろうか？」

歩きながら、森下が、自問するようにいった。

「二つ考えられるな」

と、亀井がいった。

「二つ？」

「ああ、一つは、上野駅まで行ったものの、どうしても、事件のことで気が重くなって、列車に乗れなかったということだ。執行猶予といっても、前科が出来てしまったことを恥じたんだろう」

「もう一つは？」

「上野駅で誰かに会って、そのために、帰れなくなったということも考えられる」

「誰に？」

「わからないが、例えば、彼女が刺した男、バーテンの西山英司だ」

「二カ月の傷だといっていたが」

「事件があったのが一月三日で、彼女が上野へ行ったのは三月十日だ。退院していてもおかしくはないよ」

「確かにそうだな」

「バーテンのことを調べてみよう」

「どうやって？」

「事件を扱った刑事にきけば、彼の入院した病院がわかる。まず、そこからさ」

亀井は、森下を促して、道路沿いの食堂に入った。

すでに、午後二時に近くなっていた。

おそい昼食を注文し、料理が運ばれて来る間に亀井は、店の電話を借りて、警視庁にかけて、西山英司が運ばれた病院を調べて貰い、次に、その病院にかけてみた。

「やはり、西山英司は、二月二十七日に退院していたよ」

と、亀井は、席に戻って、森下に教えた。

「今どこにいるかは、わからんのだろう？」

「そこまでは、警察はつかんでいないよ。彼は、事件の被害者だからな」

「じゃあ、どうやって探したらいい？」

「新宿の『ピカレスク』のママが、事件後、もう一度働きたいといって来たといっていたろう。だから、今でも、水商売で働いているはずだ。その方面にくわしい人間を知っているから、探して貰ってやる」

と、亀井はいった。

魚料理が運ばれて来たとき、ふと、遠くで雷の音が聞こえた。

第五章　第二の犠牲者

1

「春雷か」

と、十津川は、窓の外の、どんよりと重い曇り空を見上げて呟《つぶや》いた。朝から、何となく生暖かい天気だったが、ひょっとすると、雷雨になるかもしれない。

日下刑事が、部屋の明かりをつけてから、

「カメさんは、この事件の担当にならなかったんですか？」

と、十津川にきいた。

「今日は休暇でね。明日になれば、参加するはずだよ。彼は、青森の育ちだから、今度の事件には、適任だからね」

十津川は、部屋の中央に置かれた黒板に眼をやった。

そこには、七人の名前が書いてあった。

×安田 章
宮本 孝
川島 史郎
片岡 清之
町田 隆夫
橋口 まゆみ
村上 陽子

殺された安田以外の六人の名前は、青森県警から報告されて来たものであった。

現在、「ゆうづる7号」で青森に着いた宮本たちは、青森県警で、事情聴取をされているはずだった。

「カメさんの考えが、やっぱり当たっていました」

と、日下がいった。

「何がだね？」

「被害者が、他の仲間と、ゆうづる7号に乗るつもりだったということです。通商省勤めの安田は、四月二日の休暇届を、上司に出しているのがわかりました」

「七人揃って、七年ぶりに故郷の青森に一緒に帰るつもりだったというわけか」

と、十津川は、いってから、

「それにしても、この中の川島史郎というのが、列車の中から消えてしまったというのは気になるねえ」

「この男が、犯人でしょうか？」

「うーん」

「考えられないことじゃないと思います。何か、被害者との間にいざこざがあって、待合わせ場所の上野駅で、刺し殺し、何くわぬ顔で、ゆうづる7号に乗った。しかし、列車にゆられている間に、自分のやったことの恐ろしさに耐えかねて、途中で降りてしまった」

「なるほどね」

十津川が、肯いた。

また、遠雷が聞こえた。まだ三時前だというのに、上野の街は、夕方のような暗さになってきた。

「可能性はありますよ」

「少しばかりストレート過ぎる感じはするがねえ。ところで、被害者が持っていたと思われるスーツケースや、腕時計は、まだ見つからないのかい？」

「上野駅構内や、その周辺を、徹底的に調べているんですが、まだのようです」

「殺した奴が、奪ったのか、それとも、殺した奴と、別な人間が奪っていったのか――」

「川島が犯人なら、物盗りの犯行に見せかけるために、スーツケースや腕時計を、奪って、どこかに隠したとも考えられます」

日下は、あくまで、川島史郎に拘《こだわ》るいい方をした。

今、黒板には、被害者安田章以外に、六人の名前が書いてある。

しかし、この六人について、十津川たちは、まだ、何も知らないのだ。

外見も、性格もわからない。だから、今は、ただの記号であるに過ぎなかった。

捜査が進むにつれて、少しずつ、肉づけがされ、記号が、人間の名前になっていく。

そして、この六人の中に犯人がいるのなら、それも浮かび上がって来るだろう。

「被害者の家族には知らせたのかね？」

「今朝、通商省に、問い合わせて、電話で知らせました。夕方には、母親と兄が、着くといっていました」

「父親は？」

「あまり裕福じゃない家庭らしくて、父親は、九年前、出稼ぎに来ていて、東京で交通事故死しており、五歳年上の兄が、父親代わりになっていたようです」

「どうも、そういうのに弱くてね」

と、十津川は、首を振ってから、

「君の郷里はどこだね？」

と、日下にきいた。

「私は、東京です。東京生まれの東京育ちです。おかげで、昨日は、カメさんに、東北生まれの人間の気持ちがわからないといわれましたよ」

「私も同じでね」

「警部も、東京の人間ですか？」

「純粋の江戸っ子かどうかはわからないが、故郷はないよ。東京でも、浅草とか、神田とか、また、この上野あたりの代々続いた下町の商人の家にでも生まれていれば、東京が故郷といえるんだがね。私が生まれたのは、当時の東京の新開地でねえ。故郷という感じは全くないんだ。だから、一方にちゃんとした故郷を持って、東京で生活している人間の、故郷に対する気持ちというのがわからない。その点は、君と同じだよ。私には、旅に出るということはあっても、故郷に帰るということは、一生無いような気がするからね」

「警部の奥さんはいかがですか？」

「家内は、大阪の人間でね。三代以上続いた浪花《なにわ》っ子《こ》らしい。だから、私よりは、故郷という意識は強く持っているんじゃないかね」

（故郷というのは、いったい何なのだろう？）

十津川は、そんなことを考えながら、机の上に並べられた現場写真に眼をやった。

鑑識の撮った写真である。

死体は、すでに、解剖のために、大学病院に運ばれている。

便器に顔を突っ込む形で俯伏《うつぶ》せに倒れている死体。

トイレから外に運び出され、仰向けにされた死体。

血に染まった腹部のクローズアップ。

「発見者は、サラリーマンだったね？」

と、写真に眼を向けたままで、十津川は、日下にきいた。

「伊東三郎という三十七歳のサラリーマンです。呼びますか？」

「いや。いいよ。そのサラリーマンが、トイレに行ったところ、大のほうは空いてなかった。ところが、一番奥のトイレの床と戸の隙間から、赤黒い液体が流れ出ていた。血みたいに見えたので、あわてて駅員に知らせ、駅員が、ドアをこじ開けたところ、被害者が、この写真のように、便器に首を突っ込む恰好で死んでいたということだね？」

「そのとおりです。カギは、内側から掛かっていました。それで、被害者が、トイレの近くで刺され、逃げ込んで内側からカギをかけたと思うのです。一種の防衛本能ですね。だが、傷が重く、すぐ息絶えてしまったのだと」

「そういい切れるかね？」

「他には考えられませんが」

「トイレは、よく調べたんだろうね？」

「調べました。念入りにです。簡単なカギの構造ですが、外から施錠《せじょう》するのは無理です。また、紐などを使って、外から工作していたら、そのトイレに出入りする人間に怪しまれます。まず無理です」

「どうだね。これから一緒に行ってみないかね？」

「どこへです？」

「もちろん、トイレを見にさ」

「しかし、今もいいましたように、あのトイレは、よく調べましたが」

「もう一度調べるのも悪くはないさ」

十津川は、さっさと部屋を出た。日下も、あわてて、その後に続いた。

二人が、車に乗り込むとほとんど同時に、轟然《ごうぜん》と、雨が降り始めた。

青白い稲妻が走り、大粒の雨滴が、車のルーフを叩き、フロントガラスにぶつかり、上野の街を押し包んだ。

運転席の日下が、ワイパーのスイッチを入れた。

「ひどい雨になりましたね」

と、日下がいった。

「私は、雨が好きだよ」

十津川は、微笑した。

日下は、黙って、車をスタートさせた。

雨が降り出したので、街は、一層、暗さを増していた。どの車も、明かりをつけて、のろのろと走っている。

車は、浅草口に着けた。

車を降りて、駅の構内に入ったところで、日下が、

「現場へ行く前に、駅の責任者を呼んで来ます。昨夜も、われわれが、いろいろと、お世話になった助役さんです」

「ああ。私は、ここで待っている」

と、十津川は、いった。

十津川は、母子像の近くに立って、周囲を見回した。

幼児を抱いた母親の裸像は、白い大理石で造られている。駅が古びているせいか、母子像の白さが、やけに目立つ感じだ。

上野駅に来たのは、何年ぶりだろうか？

北海道で事件が起きた時も、飛行機を使ったので、ここには来なかった。

スキーの趣味でもあれば、冬は、上野駅を利用することも多いだろうが、あいにく、十津

川の好きなのは、海だった。それも、南の海である。

だが、そんな十津川の眼にも、上野という駅のたたずまいは、興味があった。

東京駅には、近代的な華やかさと、ビジネスライクな冷たさが感じられるのだが、ここで感じるのは、それと、正反対の雰囲気だった。

古めかしい野暮ったさ。だが、同時に、人間的な深みの感じられる駅でもある。東京生まれで東京育ちの十津川でさえ、それを感じるのだから、青森育ちの亀井刑事なら、なおさらだろう。

十津川が、そんなことを考えているところへ、日下が五十四、五の助役を連れて来た。

「助役の岡本です」

と、相手はいった。上野駅ぐらいの大きな駅になると、助役も一人ではなく、何人もいるのだという。

「私は、いわば、渉外関係の助役ですから、何かご用がありましたら、私に連絡してください」

と、岡本助役はいった。

言葉に、はっきりした訛りがあった。

十津川が、それをいうと、岡本は、笑って、

「おかしなものですな。私は、宮城県の生まれなんですが、国鉄に入って、しばらく、東京

駅で働いていた時には、自然に、訛りが消えてしまいました。ところが、上野駅に配転されたとたんに、訛りが、また出てしまいましたよ。ここにいると、いつも、懐かしい東北弁が聞こえてくるからでしょうな」

と、いった。

それが、嬉しそうないい方だった。

十津川と日下は、岡本に案内されて、問題のトイレに入った。

ひっきりなしに、人々が、出入りしている。

十津川は、日下に、

「一般の家庭のトイレと、ここみたいな公共の建物の中にあるトイレとの一番大きな違いがどこにあるかわかるかね？」

と、きいた。

日下は、一瞬、戸惑いの表情になって、

「トイレは、トイレだと思いますが」

「それが、違うんだよ。よく見てみたまえ」

「確かに、便器は沢山並んでいますが」

「数じゃないさ。構造だよ。大のほうを見てみたまえ。戸がついていて、カギがかかる。これは、一般家庭のトイレと同じだ。しかし、一般家庭のトイレは、ドアを閉め、内側からカギをかけてしまえば、完全な密室になる。だが、このトイレは違う。天井が開いているからだよ。警視庁のトイレもそうだったから、多分、上野駅のトイレも同じだろうと思って、来てみたんだ。同じだったね。君は、カギをかければ密室だから、被害者が逃げ込んで、自分でカギをかけたんだろうといったが、ごらんのとおり、天井が開いてるんだ。犯人が、被害者を引きずり込んで殺し、カギをかけたあと、上から逃げた可能性もあるわけだ」

「しかし、警部。ここは、ひっきりなしに、利用者が出入りしています。よじのぼって、上から飛び出したりすれば、人眼についてしまうんじゃありませんか？」

「その点、どうですか？」と、十津川は、岡本助役にきいた。

「利用者が、ふっと、一人もいなくなる瞬間があるんじゃありませんか？」

「それがあるんです。実は、時たま、トイレで、金を脅し取られたという被害者が出るんですが、そんな時、マスコミの方は、一様に不思議そうな顔をなさるんです。というのは、駅のトイレというのは、いつも利用者がいて、そんな真似は出来ないんじゃないかというわけです。ところが、全く警部さんのおっしゃったように、誰もいなくなる、いわば、空白の一瞬みたいな時間は、あるものなんです」

「しかし、警部」と、日下が、首をかしげた。

「警部のいわれるとおり、犯人が、カギをかけて、上から脱け出したとしてもです。被害者が自分でカギをかけて死んだ場合と、どれだけの違いがあるんでしょうか？　ここで殺人が行なわれたという点は、同じと思うんですが」

「いや、大きな違いがあるよ」

「どんな点でしょうか？」

「被害者は、便器に首を突っ込む恰好で、死んでいたんだろう。もし、トイレのカギをかけたのが犯人だったら、そこに、犯人の激しい憎悪を感じとれるじゃないか？」

2

青森県警の三浦刑事は、宮本たち五人を、県警本部まで連れて行った。

青森県警本部は、青森駅から歩いて十二、三分。八階建てのモダンな庁舎である。道路をはさんで、裁判所があり、二つの建物は、道路をまたいで架けられた渡り廊下でつながれている。

三浦は、五人を応接室に通すと、喫茶室から、紅茶とケーキを取り寄せた。

「それを食べながら、話をしようじゃないか」

と、笑顔でいった。

三浦自身も、青森生まれの青森育ちである。高校卒業後、一瞬、東京の生活に憧れて上京したことがあったが、どうしても大都会の生活になじむことが出来ず、帰郷し、青森で警察官になった。以来、青森県警一筋の生活である。

だから、五人の若者が、東京をめざした気持ちもよくわかるし、七年後に、揃って帰って来た気持ちもわかるのだ。少なくとも、わかるつもりだった。

「君たちは、ずいぶん、訛りが無くなっているねえ」

と、三浦は、親しみを込めて、五人の顔を見渡して、

「それだけ、東京の人間になろうと努力したということかな」

「でも、二、三日こっちにいたら、また、元へ戻りそうな気がするわ」

と、村上陽子が、きれいな東京言葉でいった。

三浦は、ちょっと、びっくりした眼になって、華やかな服装の陽子を見つめた。別に、彼女のいったことに、びっくりしたわけではない。

五人の中で、彼女だけが、他の四人と違った雰囲気を持っていたからだった。

宮本、町田、片岡という三人の青年、それに、橋口まゆみという娘の四人は、七年間の東京の生活で、一応、都会風の洗練された恰好をしてはいるが、そうした現代風な外見は、青森に住む若者だって、同じようにしている。流行は、青森でも東京でも、ほとんど同じ早さで伝わってくるからだ。

だが、この四人には、どこか、東北の匂いが残っている。青森市内を歩いている若者が、ファッション雑誌から抜け出して来たような恰好をしていても、やはり、東京の人間とどこ

か違うのと同じだった。

しかし、村上陽子には、それが感じられなかった。どこか、抽象的な匂いがする。芸能プロダクションで働いていると聞いて、その理由が少しはわかったような気がしたが、完全に納得できたわけではなかった。

「一応、確認しておきたいんだが」

と、三浦は、メモを見ながら、

「宮本君は、現在、法律事務所で働いているわけだね？」

「そうです」

「その法律事務所の名前は？」

「春日《かすが》法律事務所です。春日山の春日で、四谷に事務所があります」

「仕事の内容は？」

「弁護士さんの手伝いですね。僕自身も、今、司法試験を受けるために勉強しているんです」

「すると、将来は、弁護士になるということかな？」

「ええ。なりたいと思っています」

「次は、片岡君だが、名刺には、津軽物産東京店・代表取締役となっているけど、つまり、社長さんということかな？」

三浦が、片岡清之に眼をやると、片岡は、嬉しそうに、

「まだ、社員は少ないですが、一応、社長をやっています。店は、新宿のSビルの二階にありますから、刑事さんが上京した折りには、立ち寄ってください」

「それはどうもありがとう。青森駅前に、津軽物産ビルという五階建てのビルがあるが、あの店とは、何か関係があるのかね？」

「あれは、オヤジがやっているんです。確か、うちのオヤジは、今、市の公安委員をやっているはずですが」

片岡は、ちょっと得意げな顔をした。

三浦は、微笑して、

「あの片岡さんなら、よく知っている。君のお父さんか」

「兄貴が、あの会社を継ぐので、僕は、東京で独立したわけです」

「事業のほうは、上手くいっているのかね？」

「まあ、順調です。とにかく、東北津軽の品物を売るわけですから、ただ単に、儲《もう》けるというだけでなく、東北の誇りも同時にお客さんに示すという気持ちでやっていますよ」

「それは素晴らしい」

と、三浦は、片岡を賞《ほ》めた。

片岡は、悪乗りする恰好で、

「東北人の気概は、常々忘れずに商売しているつもりですよ」

と、いった。

三浦は、次に、町田に眼をやって、

「君は、現在、定職なしということだが？」

と、きいた。

宮本も、片岡も、きちんと背広を着ているのだが、この男だけが、サファリスーツ姿だった。それに、どこか暗い眼をしている。

町田自身が答えるより先に、宮本が、

「彼は詩人です」

と、三浦にいった。

当の町田は、照れ臭そうに笑っている。

「詩人で、食べていくのは大変なんじゃないかね？」

と、三浦はきいた。詩の世界は、三浦には、もっと遠い世界のような気がして、よくわからない。

「食べるために、いろいろと仕事をやっていますよ」

と、町田が、ぼそぼそした声でいった。

「どんな仕事か、教えてくれないか」

「なぜ、そんなことが、必要なんですか？」

と、町田が、きき返した。

三浦は、はじめて反撥《はんぱつ》された感じで、おやっという眼になった。

「君たちのことを、いろいろと聞きたくてね」

「それは、何か事件と関係があるんですか？」

「ここへ来る途中で、君たちに話したように、上野駅で、君たちの友人の安田章という青年が殺されたし、また、君たちと一緒に、ゆうづる7号に乗った川島史郎君が、列車の中から消えてしまったというからね。どうしても、君たちから事情を聞かざるを得ないんだよ。もちろん、君たちは、別に容疑者ではないから、話したくなければ、それでもいいんだ。ただ、私としては、協力して欲しいと思っている。どうだね？　町田君？」

「ミニコミの雑誌を手伝ったり、テレビ・ラジオのシナリオを書いたり、肉体労働をしたりです。サラリーマンにならないのは、何かに束縛されたくないからです」

と、町田がいった。

「なるほど」

「彼は、詩の代表的な雑誌である『ポエム・日本』によく詩を発表しているんです」

横から、宮本がいい添えた。

三浦は、残念ながら、「ポエム・日本」という雑誌を読んだことがなかった。

「ただ、載っているだけのことです」

　と、町田は、照れ臭そうにいった。

　そんな表情をすると、いかにも詩人らしい、繊細さがのぞいたように見えた。

「いつか、君の詩を拝見したいな」

　と、三浦は、いってから、二人の女性に視線を移した。

「橋口まゆみさんは、デパートで働いているんだったね？」

「ええ」

「どこのデパート？」

「渋谷にあるライフ・デパートです。紳士服売り場で働いています」

「みんなとは、七年ぶりに会ったのかね？」

「正確にいえば、六年ぶりかな。旅費は、毎年、宮本クンの口座に振り込んでいたけど、本当に、みんなで行けるかどうかわからないと思ってたんです。だから、宮本クンから、手紙と切符を受け取ったときは、嬉しくて、嬉しくて――」

「村上陽子さんも、同じかね？」

「ええ。上京したその年の秋に、みんなで、ハイキングに行ったのを覚えてるから、それから数えて、六年半ぶりです。みんなに会えるんで、世話役の宮本クンのおかげだと、感謝してるんです」

「君は、確か、Kプロダクションで働いているんだったね？」

三浦が、確認するようにきくと、陽子は、強くかぶりを振って、

「いいえ。Kプロダクションじゃなくて、NFプロです。ずっと大手の」

と、訂正した。

大手のプロダクションで働いていることが自慢のようだった。

「そこで、何をしているのかね？」

「いろいろとやらされるんです。事務をやったり、マネージメントの仕事をしたり。白鳥圭子のマネージャーをやったこともあります。白鳥圭子って、刑事さんも知っているでしょう？」

「ああ、知っているよ」と、三浦は、微笑した。

「確か青森出身だったね。私は、演歌が好きでね。時々、風呂に入っているときなんかに、白鳥圭子の歌を唄うことがあるんだ。去年流行《はや》った『津軽望郷歌』なんかをね」

「刑事さんは、白鳥圭子のファンなんですか？」

「まあ、ファンだね」

「それなら、彼女のサインを、貰《もら》って来てあげましょうか？」

「それは、ありがたいね」

と、三浦は、笑ってから、自分の前に置かれた紅茶を口に運んだ。

五人にも、紅茶とケーキをすすめてあるのだが、やはり、県警本部に連れて来られて緊張しているのか、紅茶には口をつけても、誰も、ケーキのほうには、食指を動かしていなかった。

「それで、安田章君のことだが、東京からの報告によると、君たちと一緒に、ゆうづる7号に乗るつもりで、上野にやって来たのではないかと考えられる。ポケットの中に、ゆうづる7号の切符が出て来たからだよ。とすると、この列車に間に合うように、上野駅に来たと考えるのが常識だ。君たちの中で、昨夜、上野駅で、安田章君を見たものはいないかね？」

三浦は、五人の顔を見渡した。

五人は、お互いに顔を見合わせていたが、最初に、片岡が、

「僕は、早く来過ぎましてね。村上クンと一緒に、上野駅前の喫茶店でお茶を飲んでいましたよ。ゆうづるの発車直前までです」

「片岡クンのいうとおりですわ。確か、『みちのく』って喫茶店」

と、陽子が、付け加えた。

「僕は、一時間近く前に、上野駅に着きました。いつも、約束の時間より、早く着いてしまうんです」

といったのは、宮本だった。

「それで？」

三浦は、先を促した。

「ここにいる四人と、川島君は見ましたが、安田君は見ませんでした。ゆうづる7号が発車するまで、彼が現われないかと待ったんですが、とうとう、姿を見せないんで、仕事が忙しくて、来られなかったんだなと、残念に思っていたんです。上野駅まで来ていたなんて、全く知りませんでした」

宮本は、喋《しゃべ》りながら小さく首を振った。

「町田君と、橋口さんは、どうかな？」

「僕が上野駅に着いたのは、九時十五、六分頃でしたね」と、町田が、いった。

「七年ぶりに会うんだから、みんなずいぶん、変わっているだろうと思いながら、お上りさんみたいに、キョロキョロ探しましたよ。最初に見つけたのは、橋口君でしてね。彼女は、昔どおりの可愛らしさで、全く変わっていなかった。それで、ほっとしたんです。すぐ、宮本君にも会ったけど、彼も、十分、昔の面影を残していましたよ。人間は、七年ぐらいじゃ、変わらないものなんだなと思いました。村上君だけは、ちょっと、びっくりしましたけどね。もちろん、いいほうに変身していたんだけど」

その町田の言葉を、補足するように、橋口まゆみが、

「私が、上野駅で、最初に見つけたのは、町田君です。昔どおり、頭の良さそうな顔をしてるなと思ったわ」

「ありがとう」

と、町田が、微笑した。

「次に会ったのは、宮本君、それから、川島君だった。男の人って、あまり変わらないみたい」

「安田章君には？」

三浦がきくと、まゆみは、頭を横に振って、

「会っていません」

他の四人も、同じく、安田章の姿は、見なかったと主張している。

五人とも、嘘《うそ》をいっているようには見えないが、もし、この中に、犯人がいるとすれば、当然、その人物は、嘘をついていることになる。

「さっき、村上さんが上京してその年の秋に、みんなで、ハイキングに行ったといったが、その後、君たちは、会っていないのかね？」

三浦がきくと、片岡が、

「上京して一年間ぐらいは、時々、会ってましたよ。連絡もとれていたんですがね。そのうちに、いつの間にか、ばらばらになってしまって、消息もわからなくなってしまったんです。僕についてだけいえば、一年前、宮本君が、四谷の法律事務所で働いているのを偶然知って、電話したし、会いもしましたから、彼だけは、よく知っていたんです」

他の四人も、同じようなことをいった。

上京して一年ぐらいは、消息がわかっているが、そのうちに、大都会で生きることに精一杯になってしまって、友人の消息どころではなくなってしまうのだろう。

「安田章君は、通商省で働いていたわけだが、それを知っていた人は?」

と、三浦がきいた。

「僕は、今度、みんなを誘うので、いろいろと調べましたから、彼が、通商省にいることはわかりましたよ」

と、宮本が答えた。

「去年の正月に、家へ帰ったとき、彼が役人になったらしいという噂を聞いたことがありましたね。でも、通商省かどうかは知らなかった」

といったのは、片岡だった。

町田と、二人の女は、それも、全く知らなかったといった。

3

「次は、川島史郎君のことだが、君たちと一緒に、ゆうづる7号に乗ったことは、確認されているわけだね?」

三浦は、机の引出しから、時刻表を取り出してから、五人の若者に、念を押した。

「十一時の消灯までは、みんなで、わいわい話し合ってましたよ。まるで、修学旅行のときみたいにね」

と、片岡がいった。

「その時に、川島君は、いたわけだね？」

「いましたわ。私も、いろいろと話しましたもの」

陽子が、いった。

「その時、どんな話をしたか、覚えているかね？」

「運送会社が、どんなに儲かるか、一生懸命に説明してくれましたわ。今は、トラック五台しか持っていないけど、今年中に、その台数を倍にして見せるって」

「彼は、君に気があったのさ」

と、片岡が、笑いながらいった。

「そうかしら？」

「君を見れば、男は、みんな、いいところを見せようとするに決まってるからね」

片岡がいい、陽子が、楽しそうに、クスクス笑い出した。

「他に、列車の中で、彼と話をした者はいないかね？」

と、三浦は、きいた。

「僕が話しましたよ」

と、町田が、いった。

「君とは、どんな話をしたのかね？」

「やっぱり、運送業の話でしたね。景気のいい話をしてました。だから、僕は、金に困ったら、君のところで働かせてくれと頼んでみたくらいです」

「他には？」

「女の話もしていましたね。彼は、なかなか水商売の女にもてるんだといってましたよ」

町田は、笑いながらいった。

「そういえば、バーのマダムというのが、彼を送りに来ていましたね」

と、宮本が、いった。

「その女性の名前は、覚えているかね？」

「名前は聞きませんでしたね。新宿のバーのママさんだということは、聞いたような気がするんですが、別に、気を入れて聞いていたわけじゃないし――」

「うん。列車に話を戻すが、十一時に消灯だといったね？」

「そうです。ゆうづる7号は、十一時に消灯でした」

宮本が、五人を代表する形でいった。

「時刻表によると、十一時以後、最初に止《と》まるのは、水戸駅の十一時二十七分で、ここに九分間停車することになっている。水戸で、川島君が降りるのを見た者はいないかね？」

「僕が一緒に降りました」

と、町田がいった。

「降りた？」

「いや。ホームに降りただけです。僕は、すぐ、列車に戻ったんですが、彼は、煙草を吸っていたようです」

「その後は？」

「僕は、すぐ、自分のベッドに入りましたよ。川島君も、当然、発車までには、戻って来ると思っていたんですが――」

「しかし、戻って来なかった？」

「それはわかりません。ちょうど、僕の席と彼の席が、上と下になっているんです。水戸駅を出てからも、彼のベッドのカーテンが、開いたままになっていて、姿が見えなかったんです。しかし、トイレにでも行っているんだろうと、気にしなかったんです。まさか、途中で降りてしまうなんて考えもしませんからねえ。そのうちに、僕も、眠ってしまいました」

「次に、川島君がいないと気がついたのは、どの辺でかね？」

「四時近くです。眼がさめて、トイレに行こうとして、カーテンを開けたら、下の川島君のベッドのカーテンが開いていて、彼の姿が見えなかったんです」

「変だと思ったかね？」

「その瞬間も、別に変だとは思いませんでした。トイレに行ってるんじゃないかぐらいに考えたんです」

「おかしいと思ったのは？」

「僕自身、トイレへ行って、帰って来てからです。それでも、彼が戻っていないんで、急に心配になって、リーダーの宮本君を起こして話したんですが」

「宮本君は、その時刻を覚えているかね？」

と、三浦は、視線を移した。

「覚えています」と、宮本がいった。

「町田君に起こされて、腕時計を見たら、三時五十分ごろでした。これは、間違いありません。彼が、川島君が見えないというので一緒に探しました。といっても、全車両を探すわけにもいきませんから、A寝台の一両と、次の車両についている洗面所ぐらいですが」

「それでも、見つからなかったんだね？」

「そうです」

「それで、どう思ったのかね？　途中下車したと思ったのかね？」

「ぜんぜん。彼が、途中で降りなければならない理由はありませんから。それに、彼の座席には、スーツケースが、そのままになっていましたからね。川島君は、高校時代からあわて者だったし、ポケットびんのウイスキーを持ち込んで飲んでいたようなので、別の車両の空いた席にもぐり込んで、寝てしまったんじゃないかと思ったんです。僕たちの乗ったA寝台には、トイレが片側にしかなくて、次の車両まで行くこともあるんです。だから、間違えて、別の車両のベッドにもぐり込んでしまった可能性があると思ったわけです」

宮本は、冷静に喋《しゃべ》った。

「それで、朝になるのを待ったんだね？」

「そうです。まさか、他の乗客がみんな眠っているのに、カーテンを開けて、一座席ずつ確認するわけにいきませんし、朝になれば、川島君も頭をかきながら、戻って来るんじゃないかと思ったんです。ところが、朝になっても、青森に着いても、彼が現われないんですよ。車掌に頼んで、全車両を調べて貰ったんですが、彼の姿はありませんでした。それで、途中で降りてしまったのかもしれないと考えたんですが――」

宮本は、いい終わって、小さく首を振った。

まだ、川島が、途中下車したことが信じられないからだろうか。

三浦は、頭の中で、上野駅の殺人事件と、川島史郎の失踪を結びつけていた。

三浦は、川島が、どんな男か知らない。わかっているのは、今、眼の前にいる五人と同じく、青森の高校を卒業して上京し、現在、二十四歳で、運送会社をやっているということだけだった。

その川島史郎が、上野駅で、仲間の安田章を殺したのだろうか？　殺しておいて、何食わぬ顔で、他の五人と一緒に、ゆうづる7号に乗った。しかし、上野で、安田章の死体が発見されれば、必然的に、青森へ手配されるだろう。そう考えると、恐ろしくなった川島は、途中下車して逃亡した。

（違うだろうか？）

4

四月三日。早朝。

「青森県警から連絡が入った」

と、十津川は、部下の刑事たちを見回すようにして、いった。

「被害者安田章の持っていた手紙にあったように、七年前、青森県立F高校を卒業し、上京した七人の男女が、一昨日、ゆうづる7号に乗って、故郷の青森に行くことになっていた。安田章もその一人だったが、乗る前に、駅構内のトイレで殺されていた。他の六人は、ゆうづる7号で青森に向かったが、奇妙なことに、その中の一人、川島史郎という青年が、列車から消えてしまっている」

「その男が犯人で、途中下車して逃亡したとは、考えられませんか？」

日下が、顔を突き出すようにして、十津川にきいた。

「青森県警では、その可能性が強いと考えているようだね」

「そろそろ、彼を犯人として捜査を進めていいんじゃありませんか」

「そのためには、まず、彼の写真が必要だ。報告によると、川島史郎は、調布市××町で、川島運送という会社をやっている。トラックを五台所有しているそうだ」

「二十四歳で、社長というわけですか？」

「そうらしい。住所も同じ番地だから、会社の中に住んでいるんだろう」

「すぐ、行って来ます」

日下は、若い桜井刑事を促して、部屋を飛び出して行った。

その二人の連絡が入る前に、亀井刑事が、顔を出した。

改まった口調で、十津川に、

「本日から、ここで、事件を担当させて頂きます」

と、申告した。

「君が、友人から頼まれた仕事のほうは、もういいのかい？」

十津川は、笑いながらきいた。

「友人は、じっくり腰を据えて探すといっていましたし、どうやら、東京のどこかで生きていることもわかりましたから」

「探しているのは、青森の高校を出た娘さんということだね？」

「私が卒業した高校の後輩です。確か、今、二十二歳のはずで、松木紀子という名前です」

「東京で、何か事件を起こしているのかね？」

「調べたところ、傷害の前科がありました。それで、故郷《くに》にも連絡せず、姿をかくしてしまったのだと思うんですが」

「前科ありか」

「しかし、男に瞞《だま》されて、カッとなっての犯行ということで、執行猶予になっています。だから、別に恥じることはないと思うんです」

と、亀井は、いってから、

「こちらの事件も、青森出身者でしたね」

「ああ、こちらは、二十四歳の七人の男女が関係している。ひょっとすると、容疑者が浮かんで来るかもしれないんだ」

十津川は、現在までの状況を、亀井に説明した。

「すると、川島史郎という男が、犯人らしいということですか？」

「ストレートに考えればね。だが、今は、動機も何もわからん。わかっているのは、七年前に、青森県立F高校を卒業して上京した七人の仲のいい男女がいて、七年後の今、一緒に、故郷の青森に帰ることになった。そして、そのうちの一人が、上野駅で殺され、もう一人が、ゆうづる7号から消えてしまったということだけなんだよ」

「上京してからの七年間に、彼らの間に、何かあったのかもしれませんね。青年期の七年間なら、どんなことがあってもおかしくはありませんから」

「傷害事件を起こすこともあるというわけかね？」

「そのとおりです」

と、亀井が肯《うなず》いたとき、日下と桜井の二人が帰って来た。

日下は、「やあ、カメさん」と、亀井に笑いかけてから、十津川の前に、五枚の写真を並べた。

どれも、一人の若い青年の写真だった。

「これが、川島史郎かい？」

と、十津川が、きいた。

「そうです」と、日下が答えた。

「他にも、何枚もありましたが、正面や、横顔がわかるものだけを選んで来たんです」

「すぐ、コピーを取ってくれ」

と、十津川は、その写真を、他の刑事に渡してから、日下に向かって、

「川島運送店というのは、どんな会社だったね？」

「一言でいえば、聞くと見るとは大違いというところでしたね」

「厳しいことをいうねえ」

と、十津川は、笑った。

「二十四歳で、トラック五台を持っているというので、ちょっとした青年実業家を想像して出かけたんですが、空地《あきち》に中古のトラックが三台並んでいましてね。その空地の隅に、十五、六坪の掘立小屋が建っていました。その小屋が、川島運送会社というわけです」

「土地は?」

「もちろん、借地ですし、三台のトラックの代金も、未払いです。同業者にいわせると、川島運送店は、沈没寸前だそうです」

「川島史郎個人の評判は、どうなんだ?」

「半々ですね」

「どう半々なんだい?」

「若いが、よくやるという者もいれば、調子がいいばかりで信用できないという者もいて、両極端です」

「どっちが本当なんだね?」

「どちらも本当のようです。口は上手いし、仕事もばりばりやっていたようですが、いい気になって、女やバクチに手を出し、典型的な放漫経営で、今もいったように、破産寸前であることは確かです」

「なるほどね。しかし、まだ二十四歳だから、たとえ破産しても、立ち直る機会は、いくらでもあったろうにな」

十津川は、首をかしげるようにしていった。人殺しをしたら、何もかも駄目になってしまうだろうのに――。

青森県警からの報告によれば、川島史郎は、水戸駅で、ゆうづる7号から降りたらしいという。

「カメさんは、同じ青森県人として、どう見るね?」

と、十津川は、亀井にきいた。

「水戸駅には、問い合わせたんでしょうか?」

「青森県警が、青森駅を通して、水戸駅に問い合わせている」

「川島史郎は、降りているんですか?」

「水戸駅の駅員の一人が、ゆうづる7号の乗客の一人が、途中下車したのを覚えていた。その乗客は、二十五、六歳の若い男で、背広姿で、サングラスをかけていたそうだ。手に何も持っていなかったし、ゆうづる7号の切符だったと証言している」

「それなら、まず間違いありませんね」

「問題は、水戸駅で降りてから、どこへ向かったかだ。同じ青森県人として、カメさんは、どう考えるね?」

「川島史郎が、上野駅で、友人の安田章を殺したかどうかが問題ですが――」

「犯人だとしたら？」

「二つ考えられますね。故郷の青森へ行こうとするか、それとも、七年間住んだ東京に引き返すか」

「カメさんは、どちらだと思うね？」

「青森には、両親がいるんですか？」

「そうらしい」

「私なら、やはり、青森に帰りますね。日下君がいっていましたが、東京でやっていた運送会社は、破産寸前だったわけでしょう。それなら、余計です」

「じゃあ、君と日下君に、水戸駅へ行って貰おう。そこから、川島史郎の足取りを追ってみてくれ」

5

川島史郎の顔写真のコピーが出来ると、それを三十枚ほどポケットに入れて、亀井と日下は、上野駅に向かった。

上野から青森へ、昼間の特急が何本も出ているが、問題の「ゆうづる」と同じように、常磐線経由というのは、「みちのく」だけである。

もちろん、水戸までなら、常磐線の特急「ひたち」が、朝から、何本も出ている。

午後二時二十分に上野駅に着いた亀井たちは、二時四十八分発の下り「みちのく」に乗った。

「みちのく」は、一日に、上り、下り各一本しか出ていない。

十三両連結のみちのくは、前三両が自由席である。二人は、三両目に、並んで腰を下ろした。

亀井は、窓際に座り、煙草に火をつけてから、流れていく東京の景色に眼をやった。

このまま、水戸で降りず、じっと座っていたら、九時間二分で、故郷の青森へ彼を運んでくれるのである。その思いが、亀井を感傷的にした。もう何年、青森へ帰っていないだろう？　それに、東京の生活が長くなればなるほど、かえって、故郷に対する懐かしさが増すのは、東北という風土が、そうした懐かしさを持っているのだろうか。

近くの席から、その懐かしい東北弁の会話が聞こえて来た。若い男女の声だった。

「お腹《なか》の子のこと、なんて話したらえがべ？」

「うちの親父《おど》は、がんこだはんでな。しッばらく黙ってだほうええんでねが」

「したけんど、来月になれば、目立ってしまうけんど」

「困ったな――」

亀井は、自分も口の中で、東北弁で喋ってみた。

忘れるはずがないと思っていたのに、なかなか、出て来ないのだ。

亀井は、狼狽《ろうばい》して、口をもぐもぐさせた。

東京では、ちゃんと標準語を話してるつもりなのに、周囲《まわり》からは、言葉に訛りがあるといわれる。その上、東北弁を忘れてしまっては、まるで、無国籍者みたいになってしまうではないか。

(どこサ行ったダバ——)

やっと、青森の言葉を思い出した。

思わず、ほっとして、ニヤッと笑った。

「何だい。カメさん。思い出し笑いなんかして」

と、日下刑事が、亀井の顔をのぞき込むようにした。

「自分が、東北人だと再確認できたんで嬉しかったのさ」

「おれには、よくわからんね。自分が東京の人間だと再確認しても、別に嬉しくも何ともないからな」

日下は、憮然とした顔でいった。日下は、江戸っ子というほど、昔から、東京に住んでいるわけではないし、かといって、東京以外に住んだこともない。故郷という観念が、日下には持てないのである。最近、「故郷《ふるさと》、東京」という言葉を耳にするが、日下には、どうも、その言葉になじめない。

左手には、旧六号国道が見えて来て、列車は、それと平行して走る。

下り「みちのく」は、時刻表どおりに、水戸駅のホームに滑り込んだ。

水戸駅は、国鉄水戸管理局があるだけに、広い操車場には、出を待つ機関車、客車、貨車がずらりと並んでいる。

陽春四月の日曜日なのに、意外に乗降客が少ないのは、梅の季節を過ぎてしまったからだろうか。

水戸の駅舎は、二階建てで、二階は観光デパートになっている。

亀井と日下は、一階の駅長室で、二日前の夜、問題の時間に改札口にいた駅員に会った。

四十五、六歳の真田という小柄な駅員だった。

「そのお客なら、よく覚えていますよ」

と、真田は、眼鏡を、指先で押えるようにしながらいった。

「ゆうづる7号の切符で、途中下車したのは間違いありませんか？」

念を押すように、亀井がきいた。

駅長が、心配そうに、こちらを見ている。

「ええ。間違いありません。そのお客が、途中下車したいといって、切符を差し出したんで

す。私が、その切符を見て、鋏《はさみ》を入れました。間違いなく、ゆうづる7号の切符でした」

真田は、きっぱりといった。

「その客の人相を覚えていますか？」

と、日下が、きいた。

「サングラスをかけていたんで、顔はよくわかりませんでした。でも、二十五、六歳の若い男の方でしたよ」

「身長は、どのくらいでした？」

「高いほうでしたね。一七五センチくらいあったと思います」

「服装は？」

「背広を着ていましたよ。ちょっと派手なチェックの上衣でした」

「持ち物は、持っていませんでしたか？」

「手ぶらでした。ゆうづる7号の青森までの切符をお持ちなのに、何も持っていらっしゃらないのは妙だなと思ったのを覚えていますから」

「他に、ゆうづる7号から降りた乗客はいませんでしたか？」

「あの列車の乗車券でお降りになったのは、その方お一人です。ゆうづるは、寝台専用列車ですから、上野から水戸までの短い距離を、わざわざ、ゆうづるにお乗りになる方は、めったにいません」

「しかし、あの時刻に着きたい人は、ゆうづる7号に乗るんじゃありませんか？」

日下がきくと、真田は、首を横に振って、

「いえ、上野発水戸行きの急行『ときわ19号』が、二三時一七分に水戸に着きます。ゆうづる7号の十分前に着くんです」

「なるほど、それに乗ればいいわけか」

と、日下は肯いて、

「水戸が終点だとすると、その列車からは、たくさん降りるんでしょうね？」

「ええ。いつも、二、三百人の乗客が、降りてきます」

「だが、ゆうづる7号の切符で降りてきたのは、サングラスをかけ、青森までの切符を持った二十五歳ぐらいの男一人だったわけですね？」

肝心なことなので、亀井は、もう一度、念を押した。

「そうです。途中下車の方一人だけです」

「この人じゃありませんか？」

と、亀井は、持って来た川島史郎の写真を相手に見せた。

真田は、じっと見ていたが、

「何ともいえませんねえ。何しろ、相手は、大きなサングラスをかけていて、その上、顔をそむけるようにしていましたから――」

と、いった。

顔を見られないようにしていたのは、やはり、上野で、安田章を殺したからだろうか。

二人は、礼をいい、改札口を出た。

駅前は、広場になっていて、バスやタクシーが止まっている。

「ゆうづる7号」が、水戸に着いたのは、午後十一時二十七分である。とすれば、バスの最終は、とうに出てしまっている。

ここから、川島史郎が、何かに乗ったとすれば、恐らく、タクシーだろう。

亀井たちは、タクシー乗り場にいた運転手たちに川島の写真を見せ、一昨夜の十一時過ぎに、乗せた者はいないかときいて回った。

「身長は一七五センチぐらいで、大きなサングラスをかけていたと思うんだ。上衣は、派手なチェックなんだが」

八人目の運転手が、

「それらしい男を、一昨日《おととい》乗せたよ」

と、いった。

6

二十七、八歳の若い運転手だった。

「時間は？」

亀井が、眼を光らせてきいた。

運転手は、煙草をぷかぷか吹かしながら、

「夜の十一時半頃だったね」

「どこまで乗せたのかね？」

「結城《ゆうき》へ行ってくれといわれたよ」

「結城というと、結城紬《つむぎ》で有名な、あの結城かね？」

「ああ。あの辺の農家が織ってるんだ」

「われわれを、そこまで連れて行ってくれないかね？」

「そりゃあ、料金を払ってくれれば、どこへだって行くよ」

運転手は、吸殻をはじき飛ばすと、ドアを開けた。

亀井と日下が乗り込むと、タクシーは、勢いよく走り出した。

駅前から北西に延びている大通りを飛ばして行く。

「これが、国道五十号線だよ」

と、運転手が、教えてくれた。

「この道を行くと、結城に行くのかね？」

「ああ、そうだよ」

「その先は？」

「東北本線の小山《おやま》かな」

笠間市、下館市と通り過ぎて、鬼怒川《きぬ》にかかる橋の袂《たもと》まで来て、運転手は、急に車を止めた。

「ここだよ」

「まだ、結城の町には入っていないんだろう？」

「ああ。だけど、一昨日《おととい》の客も、ここで車を止めさせたんだ」

「橋の手前でかね？」

「ああ」

「しかし、何にもないじゃないか？」

「ああ」

「それに、一昨日、ここへ着いたときは、夜中の十二時を過ぎていたんだろう？」

「十二時十分くらいだったね」

「それでも、ここで降りるといったのかね？」

「そうだよ。この近くの農家に用があるんだろうと思ったんだけどね」

「じゃあ、われわれも、ここで降りようじゃないか」

と、亀井は、日下を促した。

二人が降りると、タクシーは、方向転換をして、さっさと、水戸に向かって走り去ってしまった。

亀井と日下は、橋の袂に立って、改めて、周囲を見回した。

眼の下には、夕陽を受けて、鬼怒川が、川面をキラキラ光らせながら流れている。

一昨夜、川島史郎がここに着いたときは、真夜中だったから、川面も、暗かったろう。それなのに、なぜ、こんな所で降りたのだろうか？

「鬼怒川に飛び込んで死ぬつもりだったのかな？」

日下が、川面に眼をやりながら、亀井にきいた。半ば真面目に、半ば冗談の口調であった。

「わからんね。なぜ、結城へ行こうとしたのか、なぜ、急にここで降りたのかも、全くわからんね」

「とにかく下へおりてみようじゃないか」

と、日下がいい、二人は、河原へおりて行った。

四月上旬とはいえ、夕刻の川面を吹いてくる風は冷たくて、亀井は、「ふうッ」と、大きく息を吐いた。

流れは、かなり早い。

「どうするね？」

日下が、煙草に火をつけてから、亀井を見た。

「この川に飛び込んだ可能性もあるからね。やはり、県警に頼んで、この辺りを捜索して貰うより仕方がないな」

「川島史郎が、自殺死体で見つかれば、それで一件落着だがね」

と、日下は、いった。

二人は、国道に戻り、水戸へ行くトラックを止めて、乗せて貰った。

水戸市に戻ったのは、七時を回っていた。

すぐ、県警本部を訪ねて、協力を依頼した。

日下が、川島史郎の写真を渡し、捜査一課長に事情を説明している間に、亀井は、電話をかりて、十津川に連絡を取った。

「一昨夜、ゆうづる7号から降りた乗客は、たった一人だということですから、駅員の見た若い男は、川島史郎にまず間違いないと思います」

と、亀井は、十津川にいった。

「その男は、タクシーの運転手に、結城へ行ってくれといったんだね？」

「そうです」

「川島にとって、その町は、何かの思い出があるのかな」

「そうだとすると、一層、その男が川島の可能性が出て来るんですが」

「改札掛は、派手なチェックの背広を着ていたといったんだね？」

「そうです。明るい茶のチェックだったといっています」

「青森県警からも、川島の服装について、新しい連絡があってね。明るい茶のチェックの背広を着ているといって来た」

「そうですか」

「茨城県警は、男がタクシーを降りた辺りを捜索してくれるんだね？」

「明朝から、調べてくれます。私も、何かわかるまで、日下君とこちらにいたいんですが」

「そうしてくれ。川島史郎が見つかって、上野駅での殺人を自供してくれれば、一番いいんだがね」

「日下君は、川島が、もう自殺しているんじゃないかと考えているようです」

「君の考えはどうなんだね？」

「日下君の話では、川島は、仕事の面でも行き詰まっていたようですし、その上、友人を殺したとなると、追い詰められた気持ちになって、自殺するということは、十分に考えられます」

「しかし、生きていて欲しいがね」

「私も同感です。とにかく、同じ青森県人ですから」

と、亀井は、いった。

甘いといわれるかもしれないが、亀井は、川島史郎という男が、そんなに悪い人間には思えなかった。

亀井は、もちろん、川島史郎という青年に会ったことはない。二十四歳で、一応、社長という肩書を持って、いい気になって女とバクチに走り、破産寸前になった青年というのは、あまり香《かんば》しいイメージではなかった。一言でいえば、いい気なものだと思う。東北—青森の人間は、どちらかといえば、暗く、鈍重で、辛抱強いと考えられているが、逆に、妙に明るく、お人好《よ》しの人間が多いのだ。

川島史郎という青年は、そんな青年に思えてならなかった。

七年ぶりに友人から手紙を貰い、勇んで参加すること自体、人の好い証拠ではないだろうか。しかも、バーの女に見送らせて、それを自慢にしていたなど、可愛らしい限りだ。そんな男が、なぜ、友人を殺したりしたのだろうか？

（上野の殺人は、物盗りが目当ての流しの犯行ではなかったのだろうか？）

そうあって欲しいと、亀井は思う。だが、そうだとすると、川島史郎の奇妙な行動は、どう説明したらいいのか。

翌四日、早朝から、大掛かりな捜索が開始された。

パトカー五台と、警察官二十名が、動員された。二十名の警察官には、川島史郎の写真が持たされた。

重点地域は、二カ所だった。

鬼怒川の川沿いが、その第一。第二は、結城市である。川島が、タクシーの運転手に、結城の名前を口にしたからだった。

午前中は、何の収穫もなかった。

タクシーの運転手は、問題の客を、鬼怒川にかかる橋の袂でおろした時刻を、午前〇時十分頃と証言している。

真夜中である。それも、大都会の深夜とは違う。従って、目撃者を探すのも、不可能に近かった。

昼食には、仕出し屋からとった弁当が、警察官に配られた。

亀井と日下は、鬼怒川の土手に腰を下ろして、その弁当を食べた。

降り注ぐ、四月の太陽が眩《まぶ》しい。

釣り糸を垂れている人の姿も見えるし、河原で遊んでいる子供たちの姿も見える。まだ学校は休みなのだ。

「今日は、月曜日なんだな」

日下が、ぼそぼそした声でいった。仕事に追われて、曜日を忘れていたというようにもとれるし、上野の殺人事件が起きてから、すでに、三日たっているのだという溜息にもとれるいい方だった。

亀井は、友人の森下のことを考えていた。

(あいつは、教え子の松木紀子を見つけ出せたろうか?)

そんなことを考えながら、亀井は、ゆっくりと、川面を、右から左へ視線を移していった。

浅瀬があり、逆に、蒼《あお》黒く見える淵が見えた。

淵の近くは、急流になり、渦を巻いている。

亀井が育った故郷にも、川があり、深い淵があった。子供の頃、その蒼い淵には、川の主の巨大な鯉《こい》が棲《す》んでいて、落ちた人間を深い川底に引きずり込んでしまうのだと教えられ、本気でそれを信じていたこともある。

おかしなもので、大人になった今でも、そうした蒼い淵を見ると、何となく怖くなってしまう。

(あの淵は、五、六メートルの深さがあるのじゃないだろうか?)

と、思ったとき、まるで、川の主が、浮かびあがるように、何かが、水中から舞いあがってくるのが見えた。

「あッ」

と、亀井が、一瞬、息を呑んだ。

何か、得体の知れない巨大なものに見えた。

河原で遊んでいた人たちも、気づいて、騒ぎ始めた。

「人間だ!」

と、亀井が叫んだ。

二人は、土手を駈けおりていた。

ねじれるように、川底から浮かびあがって来た人間の身体は、たちまち、急流の渦に巻き込まれ、下流に流れて行った。

亀井と日下は、河原におりると、下流に向かって走った。

眼は、川面に見えかくれしながら流れていく人間に注がれている。背広を着た若い男だった。
五、六十メートルばかり流れてから、やっと、浅瀬に引っかかるようにして、止まった。
若い男の身体は、俯伏《うつぶ》せのまま、動かなくなった。身体の半分くらいが、水に沈んでいる。

二人の刑事は、靴をはいたまま、じゃぶじゃぶと、川に入って行った。

川岸には、人が集まって来た。

二人は、水を吸って重い男の身体に手をかけて、仰向けに引っくり返した。

「川島史郎だ」

と、亀井が、溜息をつくような声でいった。

予想されていたことだったが、今、川島の水死体を見て、亀井は、暗然とした気分になっていた。

(やはり、死んでしまったのか)

と、思う。

7

まだ、二十四歳のはずなのだ。いったい、何のために、七年前に青森から上京して来たのだろうか?

日下が、連絡に行っている間、亀井は、死体の傍に屈み込んだ。太もものあたりまで、水に濡れたが、亀井は、気にしなかった。

深い淵に沈み、また浮きあがり、急流に流されている間に、背広はめくれあがり、ズボンは、脱げかかっていた。

上衣のポケットを探ると、内ポケットからは財布、外側のポケットからは、二つに折った封筒と、切符が出て来た。

切符と手紙は、長く水につかっていたために、触っただけで、ずたずたにちぎれてしまいそうだった。

亀井は、そっと掌にのせ、川岸の平らな石を見つけて、その上にのせた。

そうしておいてから、まず、切符のほうを見た。

間違いなく、「ゆうづる7号」の切符だった。日付は、四月一日、二一時五三分発、A寝台の文字も見える。そして、水戸駅の途中下車の鋏が入っていた。

土手の上に、二台、三台と、パトカーが駈けつけ、県警の刑事たちが、ばらばらと、土手をおりて来た。

死体の周囲には、ロープが張られた。

死体に外傷はないようだった。が、もちろん、裸にしてみなければ、はっきりしたことはわからないし、正確な死因は、解剖でわかるだろう。

鑑識が、盛んに写真を撮っている。

亀井と日下は、手紙と切符の干してある石の傍に腰を下ろした。

「犯人の自殺で、事件は解決ということかな」

日下は、肩をすくめるようにした。

「おれは、死なないで欲しかったよ」

と、亀井は、いった。

封書が乾いた。

宛名は、「川島史郎様」になっていた。差出人の名前は、宮本孝だった。

亀井は、これものでも扱うような慎重さで、中の便箋を抜き出して、丁寧に広げた。

かなり、インクが滲んでいたが、判読できないことはなかった。


〈七年前の約束に従って、この手紙と、寝台車の切符を送る。みんなで、七年間、旅費を積み立てた帰省旅行だよ。

来る四月一日（金）、上野発午後九時五十三分の「ゆうづる7号」で、故郷の青森へ帰る。少しばかり勝手だとは思ったが、僕の一存で、二泊三日の青森への旅行プランを立ててみた。ゆうづる7号のA寝台の切符を同封するので、ぜひ、君にも、参加して貰いたい。君が、二十四歳の若さで、トラック三台を持つ運送会社の社長になっていると知って嬉しかった。おめでとう。四月一日には、上野駅で君に再会できるのを楽しみにしている。他の連中ともだ。みんな、それぞれに上手くやっているよ。万障繰り合わせて《ばんしょうく》、参加してくれたまえ。

青森F高校七人組　　宮本〉

上野駅で殺された安田章が持っていた手紙と、文面は多少違うが、筆跡は同じものだった。

「宮本というのは、かなりマメな男だね」

と、日下が、感心したようにいった。

「何がだい？」

「おれだったら、同じ手紙をコピーして送るね。一人一人に、別々の手紙を書くなんて、面倒くさくて出来ないからさ」

「宮本に文才があるんだろう。それに、七年ぶりに呼びかけるということで、一人一人に気を使ったんじゃないかな」

「川島が犯人としての話だが、彼は、この手紙と切符を受け取ったときから、友人の安田章を殺す気だったのだろうか？」

「おれも、今、同じことを考えていたよ。この手紙の消印を見ると、三月二十六日になっている。安田章の持っていた手紙の消印も同じだったと思う。とすると、次の日には、配送されているだろうから、川島も、安田も、二十七日には、この手紙と切符を受け取ったはずだ」

「上野駅を出発する五日前ということになるな。それが大事なことかね？」

「川島が、前から安田を憎んでいたのなら、なぜ、その五日の間に殺さなかったんだろう？」

「それは、上京後、ばらばらになって、東京という大都会の中で生活していて、殺したくても、安田の住所がわからなかったからじゃないか。だから、上野駅で会うときまで待ったとも考えられる。あるいは、この手紙を受け取ったときには、別に殺意はなくて、上野駅で会ったとき、何かいさかいがあって、カッとして、殺してしまったのかもしれない」

「あとの場合だとすると、川島を上野駅まで送って来たバーのマダムというのが気になるね。彼女が、ずっと川島と一緒にいたとなれば、上野駅で、安田章を殺すチャンスはなかったことになる」

「その女が共犯で、川島のアリバイを主張するかもしれんぞ」

日下が、首をかしげると、亀井は、笑って、

「その可能性はまずないよ。彼女は、事実をいってくれるはずだ」

「なぜ、そういい切れるんだ?」

「彼女が共犯だったら、川島が、ここで死ぬ必要はなかったからさ。口裏を合わせて、アリバイを主張すればいいんだからな」

二人が、話をしている間に、川島史郎の死体は、解剖のために、大学病院へ運ばれて行った。

解剖の結果がわかるのは、早くても、明朝になるだろう。

亀井と日下は、いったん東京に帰ることにして、「ひたち16号」に乗った。上野に着いたのは、午後六時二十分だった。

十津川は、「ご苦労さん」と、二人を迎えたあと、

「問題のバーのマダムについては、すでに、桜井刑事と、中山刑事が探しているよ」

と、亀井にいった。

「見つかりそうですか？」

「新宿のバーだということはわかっているし、こちらから、青森県警に連絡して、人相を聞いたので、何とか見つけられるだろうと思っている」

「私は、何をしたらいいですか？　青森へ飛んで、宮本たち五人に会って、話を聞いて来ますか？」

「いずれ、青森へ行って貰うことになるかもしれないが、とりあえず、すぐ、池袋署へ行ってくれ」

「池袋署ですか？」

と、亀井は、変な顔をして、

「何か、関連する事件が、向こうで起きたんですか？」

「青森から、君を訪ねて来たというのは、森下という人じゃなかったかね？」

「ええ。森下ですが——？」

「さっき、池袋署から電話があってね。向こうで逮捕した森下という男が、しきりに、君に会いたがっているというんだ」

「森下の奴、何をやったんですか？」

「暴行傷害だといっていたよ。殴られた相手が、告訴しているということだ」

「なんでそんなことを」

亀井は、舌打ちをした。

十津川は、笑って、

「威勢のいい人らしいな。とにかく、会いに行ってやりたまえ」

「しかし、私には、この事件の――」

「川島史郎の解剖結果がわかるまでは、事件の進展はないさ。バーのマダムのほうには、桜井君たちで当たっているから、それで十分だ。行って、会って来たまえ」

第六章　津軽あいや節《ぶし》

1

亀井には、わけがわからなかった。

森下とは、十年ぶりに会ったのだが、高校時代の性格が、そう簡単に変わるとは思えなかったからである。

正義感の強い男だったが、やたらに喧嘩《けんか》するというほうではなかった。むしろ、喧嘩は嫌いなほうだったと覚えている。

しかも、今は、高校の教師をしているのだ。別に、教師を聖職とは思わないが、どんな事情があったにしろ、暴行傷害事件を起こすとは考えられない。

池袋署に着くと、事件を担当した若い藤田という刑事に会った。

「あなたに来て頂いて、助かりました」

と、藤田は、ほっとした顔で亀井にいった。

「森下は、どうしている？」

「今、のんびり、親子丼を食べていますよ。私が訊問《じんもん》したんですが、肝心の点になると、急に東北弁になりましてね。それも早口だから、全くわからんのですよ」

「君は、どこの生まれだね？」

「東京の人間ですが」

「なるほどね。森下に会わせてくれないか」

「どうぞ、どうぞ」

藤田刑事は、すぐ、亀井を、二階の部屋へ連れて行った。

森下は、そこで、もそもそと、丼物の食事をとっていた。

亀井を見ると、ニッと笑って、

「来てくれたね」

「いったい、何をしたんだ？」

亀井は、森下の横に腰を下ろして、きいた。

「池袋のバーで、あいつを見つけたんだ」

森下が、勢い込んでいった。

「見つけた？　松木紀子を見つけたのか？」

「いや。それなら、無理矢理にでも、彼女を連れて、青森へ帰っているよ。おれが見つけたのは、彼女が刺したバーテンだ」

「西山か」

「そうなんだ。やっと、そいつを見つけたんだ。最初、おれは、松木紀子がどこにいるか、知っていたら教えてくださいと、奴《やつ》に頼んだんだ。頭を下げてだよ」

「それが、どうして殴《なぐ》ることになったんだい？」

「そうしたら、西山の奴、おれに向かって、彼女のおかげで、何カ月も入院させられたんだから、知り合いなら、慰謝料を払えというんだ。それだけならいいんだが、彼女のことを、色狂いだとか、パンスケだとか、ののしり始めた。おれは、大事な教え子のことを罵倒《ばとう》されて、カッとしちまってね」

「それで殴ったのか？」

「しまったと思ったときには、もう、ぶん殴っちまってたんだ」

と、森下は、武骨な手で、頭をかいてから、

「おれは、どうなる？」

「普通の喧嘩なら、すぐ釈放だがね。相手が告訴しているとなると、ちょっと面倒だな」

「おれは、こんなところにいるわけにはいかないんだ。松木紀子を探さなければならないからな」

「まあ、落ち着けよ」

と、亀井は、立ち上がろうとする森下を、なだめて、

「おれが、何とかしてやる」

「大丈夫かい？」

「西山に会って、告訴を取り下げさせればいいんだ。それより、西山は、松木紀子の現在の住所を知っているようだったかね？」

「さあ。おれは、肝心なことを聞かないうちに殴っちまったから」

「ここで待っていろよ」

亀井は、森下の肩を軽く叩いてから、部屋を出て、さっきの若い藤田刑事に会った。

「どうでした？」

と、藤田がきいた。

「事情を聞いたよ。ところで、森下が殴った相手だが、西山なんというんだったかね？」

「西山英司、三十五歳です」

藤田は、手帳を見ながらいった。

「どこに行けば会えるね？」

「Kという救急病院です。救急車で運ばれました」

「入院したのか？」

「といっても、全治一週間程度の軽い怪我《けが》だそうです」

「西山英司という男だがね。前科があるかどうか、調べてくれないか」

「この男が、何かしたんですか？」

「とにかく、調べてくれ。おれは、ここで待ってるから」

と、亀井は、空いている椅子に腰をかけ、煙草に火をつけた。
五、六分で、藤田が、「わかりました」と、亀井に声をかけた。
「前科は二つあります。二十三歳のとき、傷害事件で十カ月、それから三十歳のときに、サギで一年の二つです」

「ありがとう」

と、亀井は、いった。これを、取引の材料に使えるかもしれない。

西山の入院しているK病院の場所を聞いてから、亀井は、池袋署を出た。

夜の街を、亀井は、K病院まで歩いて行った。

池袋も、新宿や渋谷と同じように、若者の多い街だ。若者たちが胸を張って歩き回り、中年の家族持ちは、どこか遠慮がちに見える。

あの若者たちの中にも、東北生まれ、その中の青森生まれが、いるだろうかと、亀井は、歩きながら考えたりした。

K病院は、もう閉まっていた。

亀井は、職員入口と書かれた狭い入口から中に入り、宿直の看護婦に、警察手帳を示した。

「ここに、今日、西山という男が怪我をして運ばれて来たはずなんだがね」

「三階の三〇二号室です」

と、看護婦は、事務的な調子でいった。

「会って話を聞きたいんだが、構わないかね？」

「まだ消灯前だから、起きているはずですわ。どうぞ。階段は、廊下の隅にありますから」

「ありがとう」

亀井は、廊下を端まで歩いて行き、すべり止めのついた階段をあがって行った。

三階からが病室らしく、その階の廊下に出ると、廊下の隅にある赤電話を抱え込むようにして、中年の患者が電話をかけていた。

遠方にかけているらしく、せわしなく、十円玉を投げ込みながら、

「おらだば大丈夫だよ、何でもねえ。大丈夫だってば」

亀井には懐かしい東北弁だった。弘前《ひろさき》あたりの人間だろう。頭に包帯をしているところをみると、出稼ぎに来て、事故にでもあったのか。

三〇二号室には、二人の患者が入院していた。
二十五、六の青年は、マイクロテレビを見ていたが、西山のほうは、退屈そうに、煙草を吸っていた。

なるほど、ちょっと崩れた感じの美男子で、それを意識しているようなところがあった。

亀井が刑事と知ると、急に、険《けわ》しい眼つきになって、

「何の用だい？」

「君は、森下を告訴するそうだね？」

「当然じゃないか。向こうは、高校の先生だっていうじゃないか。先生が暴力を振るっていいわけはないだろう？　あんな暴力教師は、刑務所へ放り込んじまえばいいんだ」

「君が、傷害事件を起こして、刑務所へ送られたようにかね？」

と、亀井がいうと、西山は、急に鼻白んだ顔になって、

「ずいぶん昔のことさ」

「そうだな。ところで、松木紀子を知っているな？」

「ああ、あいつに刺されたのが、おれにとって、ケチのつき始めなんだ。あれ以来、どうも上手くいかないんだ」

西山は、舌打ちをした。

「君みたいな色男には、女に刺されるのは、一つの勲章じゃないのかね？」

「止《よ》してくれよ」

「彼女は、今、どこにいる？」

「知らないなあ」

「事件のあと、一度も会ってないというのかね？」

「ああ」

「いや。嘘だな」

「何だって？」

「君は、顔つきから見て、粘液質で、復讐心が強そうだ。しかも、君は、二十一歳の若い小娘に刺されたんだ。多分、男の沽券《こけん》にかかわると思ったろう。君が、彼女を探さないはずがない。どうなんだ？」

亀井は、自信を持ってきいた。

彼は、西山のような男を、よく知っていた。

腕力は、あまりないくせに、妙に冷酷で、粘液質なのだ。蛇のように、しつこいところがある。

だから、腕力のなさそうな色男ということで、馬鹿にしてかかると、陰湿な形で、手厳しい仕返しを受ける。殴られても、すぐに殴り返さず、復讐の機会をじっと待つといった性格なのだ。ヤクザなヒモに、こんな男が多い。

「探して、見つけたんだろう？　そうなんだろう？」

と、亀井が、相手の顔をのぞき込んで、きくと、西山は、うるさそうに舌打ちして、

「知っていたらどうだというんだ？」

と、きき返した。

「すぐ、森下に教えてやりたいんだ。あの男は、松木紀子のことを心配して、わざわざ上京して来ているんだからね」

亀井の言葉に、西山は、なぜか、急に、ニヤニヤ笑い出した。

亀井は、顔をしかめた。

「何がおかしいんだ?」

「刑事さんも、人が好《い》いねえ」

「何だと?」

「昔の教え子のことを心配して、上京して来た優しい高校教師か」

「それがおかしいのか?」

「おかしいねえ。ちゃんちゃらおかしいねえ」

「どこがおかしいんだ?」

「あの教師が、刑事さんに、そういったんだな?」

「ああ。そうだ」

「それを真に受けたのかい?」

「真に受けちゃいけないのか?」

「刑事さんには悪いけど、あの教師は、聖人面《づら》をしているけど、相当な悪《わる》だぜ」

「何だと？」

「そう怖い顔をしなさんなよ。刑事さん。彼女が、どうして、あんなになっちまったか、理由を知ってないのかい？」

「お前みたいな男に惚《ほ》れちまったからだろう？」

「おれに惚れて、刃傷沙汰《にんじょうざた》を起こしたのは事実さ。だが、最初は違うんだ。おれが、初めて、あいつに会った頃、あいつは、妊娠していたんだ」

「ふーん」

「もちろん、おれが、妊《はら》ませたわけじゃない。相手の男は、彼女の高校時代の教師で、上京して、訪ねて来たんだ。卒業生が、東京でどう生活しているのか、調べると称してさ。彼女も、まだ、初心《うぶ》だったから、先生が、わざわざ訪ねて来てくれたっていうんで、大喜びして、アパートへ入れ、ご馳走をした。ところが、その教師は、突然、狼になって、彼女に襲いかかって来たんだ。呆《あき》れたもんさ。その結果、彼女は妊娠しちまったが、郷里へ帰った教師のほうは、知らんぷりだ。自分の家庭がこわれちまったら、大変だと思ったんだろうな。だから、おれが、手術の費用を出してやったのさ。それから、おれと彼女は、いい仲になったんだ。その高校教師が、上京して来て、彼女を探してるっていうんだろう？　自分じゃあ、罪亡ぼしのつもりかもしれないが、おれにいわせりゃあ、お笑いだよ。彼女が、生きるか死ぬかの苦しみをしているとき、何一つしなかった奴なんだからな」

「嘘をつくな！」

亀井は、思わず、大声で怒鳴り、西山の襟元《えり》をつかんだ。

西山は、苦しげに息を弾ませながら、

「殺したけりゃ、殺せよ。だが、今、おれがいったことは、本当なんだからな」

「誰が、そんな話をしたんだ？」

「もちろん、彼女だよ。彼女が、おれに話してくれたのさ。泣きながらね。嘘だと思うんなら、あのインチキ教師に聞いてみろ」

「松木紀子は、今、どこにいるんだ？」

亀井は、感情を押し殺して、きいた。

「彼女は、あの教師に会いたがらないぜ」

「それは、彼女に直接、きいてみることにする。松木紀子は、どこにいるんだ？」

「おれが会ったときは、浅草の料理屋で働いていたよ。『つがる』っていう郷土料理専門の店さ」

「彼女に会って、どうしたんだ？」

「何もしないさ。とにかく、一時は、恋人同士だったんだからね。久しぶりだなって、あいさつをしただけさ」

「あいさつだけだって？」

亀井は、苦笑した。

執念深く、自分を刺した女を探し回った男が、やっと見つけ出して、あいさつだけですますはずはない。

「金をゆすったんじゃないのか？　もし、そうなら、お前を脅迫罪であげてやるぞ」

亀井が、睨《にら》みつけると、西山は、顔をゆがめて、

「とんでもない！　嘘《うそ》だと思うんなら、向こうに聞いてくれよ」

「よし。それも聞いてみよう。ところで、まだ、森下を告訴するつもりかね？」

「わかったよ。示談にしよう」

西山は、あっさりと肯《うなず》いた。多分、この男の目的は、もともと、金だったのだろう。

2

外に出ると、夜は一層、深くなっていた。タクシーを拾って、浅草へ向かったが、亀井の顔色は冴《さ》えなかった。

西山の言葉が、鋭い棘《とげ》となって、突き刺さってくるからだった。

亀井は、森下の性格をよく知っているつもりだった。高校時代から、森下は、どこかもっさりとしていたが、生まじめな男だった。

久しぶりに会っても、その頃と森下は、少しも変わっていないように見えた。亀井自身が、東京の生活に慣れてしまったせいか、森下が、一層、朴訥《ぼくとつ》に見えたのである。

その森下が、教え子と関係し、妊娠させたなどということが、どうして信じられるだろうか？

(西山の話は嘘に決まっている)

と、亀井は、自分にいい聞かせてみた。ほんのわずかでも、あの森下を疑ったことをすまないと思った。

だが、そう思う一方で、黒い疑惑が、自分の胸にわきあがってくるのを、どうしようもなかった。

西山みたいな男は、平気で嘘をつく。自分の利益のためなら、親だって、売りかねない。そんな男だ。が、森下の話だけは、なぜか、本当のように思えてくるのだ。

森下は、優しい男だ。厳しさよりも、愛情で生徒に接する教師だと思う。

だから、彼が、かつての教え子の一人が、東京で行方《ゆくえ》不明になったと知って、わざわざ探しに来たのを、素晴らしい教師愛と、亀井は、思った。

しかし、冷静に考えてみると、そうした森下の行動は、どこか不自然に見えないこともないのだ。

かつての教え子といっても、松木紀子は、すでに、二十二歳の立派な大人である。行方をくらましたとしても、それは、彼女自身が自分の責任で解決すべきことだろう。

そう考えれば、森下の行動は、確かに異常に見える。

単なる教師と昔の教え子という関係以上のものがあったのではないか。だから、わざわざ、上京して来たのではあるまいか？

多分、罪の償《つぐな》いの気持ちなんじゃないか、と、西山はいった。

（そうなのだろうか？）

と、思い悩んでいるうちに、亀井を乗せたタクシーは、浅草に来ていた。

（とにかく、松木紀子に会って話を聞こう）

と、亀井は、決めた。

「つがる」という郷土料理屋は、地下鉄田原町駅から、歩いて七、八分のところにあった。

国際劇場に向かって歩き、仁丹《じんたん》塔の近くまで来ると、津軽民謡が聞こえて来たので、すぐわかった。

「津軽あいや節」である。

亀井の好きな唄だった。

今でも、「あいやアー」で始まる唄を、よく覚えている。

〽うたが流れる

つがるの唄が
よされ　じょんがら
それも良い
鳴くな　にわとり
まだ夜は明けぬ
明けりゃ　お寺の
それもよいや　鐘が鳴る

津軽三味線と、小太鼓を伴奏にして唄われるこの唄は、一見、ひどく賑やかなのだが、亀井は、この唄を聞くと、なぜか、冬の荒涼とした津軽の海を思い出してしまうのだ。

子供の時から、亀井は、津軽の海が好きで、よく見に行った。夏の津軽の海は、平凡で、他の海と区別がつかない。だが、冬の津軽の海は、津軽だけのものだ。

鉛色の空と、白く牙をむく海。降るというより、吹きあげてくるような粉雪。そんな景色の中に、津軽三味線の音がひびき、甲高い「津軽あいや節」が聞こえてくると、これこそ、津軽だと思う。

その「津軽あいや節」が、今、ネオンの下から聞こえてくる。

懐かしいという思いと同時に、亀井は、何か異様な感じで、それを聞いた。

ガラス戸を開けて中に入ると、店の中は、いかにも郷土料理屋という飾りつけがしてあった。

中央に、大きな炉端が作られ、その周囲で、客が、東北の地酒を飲み、郷土料理に舌つづみを打っている。

壁には、蓑笠《みのかさ》などを吊《つ》るし、津軽の風景写真のパネルがかけてある。

ここにあるのは、明らかに、造られた、ニセモノの津軽なのだが、客たちは、結構楽しそうに東北弁で喋《しゃべ》ったりしていた。

店の人たちは、男も女も、着物姿で、東北弁で、客の相手をしている。

亀井も、中年の客の隣りに腰を下ろし、ニシン料理を注文してから、松木紀子の写真を、自分の前に来た女の子に見せた。

「この娘《こ》が、ここで働いているはずなんだがね」

「ええ。紀子ねえさんでしょ」

と、十八、九に見える丸顔の娘が、答えた。

「今日は、休みなのかな?」

「やめたんです」

「いつ?」

「一週間くらい前じゃなかったかな」

「やめて、どこへ行くといっていたね？」

「お客さんは、紀子ねえさんと、どんな関係なんですか？」

「彼女の家族に頼まれて、探しているんだ」

「それなら、青森へ帰るっていっていたけどな」

「本当かね？」

「ええ」

「前に、西山という男が、彼女を訪ねて来たと思うんだが」

亀井が、西山の人相を説明すると、相手の娘は、肯いて、

「その男の人なら覚えてる。先月の十五日頃、紀子ねえさんに会いに来たわ」

「彼女を脅《おど》したんじゃないかね？」

「そうみたい、だけど、ねえさんは平気だったわ」

「なぜだろう？」

「だって、紀子ねえさんには、頼りになる恋人がいるもの」

相手は、そういって、ニッと笑った。

「どんな男か、知っているのかね？」

「あたしは、会ったことはないの。でも、素敵な人らしいわ。紀子ねえさんに、ずいぶん聞

かされたから」

「どんなことを、彼女は話していたのかね？」

亀井がきくと、相手の女の子は、もともと話し好きと見えて、顔を近づけると、

「ねえさんが、事件を起こしたことがあるんですって。それで、東京が嫌《いや》になって、青森へ帰るつもりで、上野駅へ行ったんだけど、そんな形で、家族に会うのも嫌で、夜行列車に乗るかどうか、迷っていたんですって」

「なるほどね」

「あたし、そのときのねえさんの気持ちよくわかるんだなあ。あたしだって、時々、故郷《くに》に帰りたくなって、上野駅へ行ってみることがあるの。でも、帰りづらいんだなあ」

「君も、青森の生まれかね？」

「本当は、福島なの。でも、ここの社長さんにも、津軽だっていってあるのよ」

と、女の子は、クスッと笑った。

「彼女は、上野駅でどうしたのかね？」

「ああ、その続きね。ねえさんが迷っていたら、同じように、迷っている男の人がいたんですって。彼のほうも、ねえさんの気持ちがわかったのね。話しかけて来て、同じ、青森の出身だってわかったんですって。それが、ねえさんの彼。二人で、もう一度、東京でやり直してみようと話し合ったっていってたわ。今度、故郷へ帰ったのも、彼と一緒じゃないかな」

「その彼の名前を聞いたことはないかね？」

「ねえさん。教えてくれないのよ。ただ自分と、境遇がよく似てるんだっていってた」

「境遇のよく似た恋人ねえ」

どういう意味だろうかと、亀井は考えた。

青森出身で、上京したというだけのことなのだろうか。それとも、もっと深いところが似ているということなのだろうか。

客の一人が、マイクを持って、カラオケで「津軽じょんがら節」を唄い出した。

それをしおに、亀井は、席を立った。

3

池袋署へ戻ると、西山が告訴を取り下げたことで、森下の釈放手続きがとられていた。

「君には、世話になってばかりいるな」

と、森下は、夜の町へ歩き出してから、亀井に向かって、ペコリと頭を下げた。

「そんなことはいいさ。それより、松木紀子の行方がわかったよ」

「本当か？」

「ああ」

と、亀井は、肯《うなず》き、浅草の「つがる」という店で聞いて来たことを、森下に話した。

「あの女の子の話が本当なら、松木紀子は、新しく見つけた恋人と一緒に、青森へ帰っているはずだよ」

「すると、おれと入れ違いになったのかな」

「かもしれないな」

「さっそく、電話して聞いてみよう。もし、帰っていれば、これで、一安心だよ」

「そうだな」

亀井は、また、気が重くなって来た。

彼の顔に、深い迷いの色が浮かんでいた。聞きたいことがあるのに、それが、切り出せないからだった。

「どうかしたのか？」

と、森下が、心配そうに、亀井を見た。

「本当に、迷惑をかけて、悪いと思っているんだ」

「そんなことじゃないんだ」

亀井は、森下にというより、自分自身に腹を立てたような気持ちになっていた。

森下は、びっくりした顔で、亀井を見た。

「何か、気に障《さわ》ることをいったかな。そうなら謝るが」

「一つだけ、聞きたいことがあるんだ。正直に話してくれ」

「いいとも。何でも聞いてくれ」

「君が、松木紀子を探しているのは、昔の教え子というだけのためなのか？　他に理由はないのか？」

亀井は、じっと、森下を見つめてきいた。

森下の顔に当惑の色が浮かび、それを誤魔化《ごまか》すように、甲《かん》高い笑い声を立てて、

「変なことをきくんだな」

「誤魔化さないでくれ」

と、亀井は、悲しげにいった。

森下は、黙って、俯向《うつむ》いてしまった。

亀井は、一層、悲しげな表情になったが、

「別に、君を非難しようと思っているわけじゃないんだ。それは、わかってくれ」

と、いった。

「ただ、本当のことを知りたいんだ。西山は、君と松木紀子が関係があったといっている。彼女は妊娠し、子供を堕《お》ろした。君が、休暇を返上して、彼女を探しているのは、その罪亡ぼしだと」

「――」

「どうしてもいいたくないのなら、それでもいい。残念だがね」

「待ってくれ」と、森下は、ふいに、がくッと膝《ひざ》をついた。

「あのときは魔が差したんだ。いや、そんなのは言いわけだな。彼女の若い身体に参っちまったんだ。それが本音だ。そのくせ、自分の家庭をこわしたくなかった。おれって男は勝手なんだ。彼女が妊娠したと知ると、おれは、青森へ逃げ帰ったのさ。そうなんだ。彼女を放り出して、逃げたんだ。そして、平気な顔をして、教壇に立って、生徒を教えていたんだよ」

「その間、松木紀子は、自分で子供を堕ろしたのか？」

「ああ」

「君に助けを求めて来なかったのかね？」

「二度、手紙が来た。しかし、おれは、家内に知られるのを恐れて、焼き棄ててしまったんだ。西山のいうとおりなんだ。おれが、松木紀子を探してるのは、罪亡ぼしなのさ。もちろん、こんなことで、許されるとは思ってないが――」

森下は、頭を垂れ、口ごもった。

そんな森下が、亀井には、全く別の人間のように見えた。

そこには、誠実な教育者の顔はない。ただの男の顔があるだけだった。

「話してくれてありがとう」

と、亀井は、いった。

心が重いことに変わりはないが、もし、森下が話してくれなかったら、亀井は、彼を軽蔑するようになってしまっていたろう。そうなっていたら、二人の間の友情は、完全に消えてしまっていたかもしれない。

「すぐ、青森へ電話して、松木紀子が帰っているかどうか、確かめたほうがいいな」

第七章　まゆみの遺書

1

四月五日、火曜日の青森は、朝から雨になった。

春といっても、さすがに北国で、雨が降ると、とたんに、肌寒くなる。

宮本たち五人は、殺人事件の関係者ということで、状況がはっきりするまで、県警本部の近くにある「ホテル青森」に、泊まることを、警察から指示された。

シングルの部屋五つが、県警で用意され、宮本たちは、すでに、丸三日間、ホテルに罐詰《かんづめ》になって過ごした。

各自の家に電話することは許されているので、宮本も、四日の夜、市内に住む両親に電話を入れた。

「安田さんどこの息子さんが、上野駅で殺されだってごとだば、ニュース見て、知ってらよ」

と、母の文子は、電話口で、小さな溜息をついた。

「まンだ新聞さ出てねけど、川島史郎も、死んでしまったんだ。いまさっき刑事さんが教えでくれたんだ」

「その人だば、高校のとき、お前《め》の友だちだった人だべ？」

「んだ。今度、一緒に、青森さ戻って来たんだけんど、途中で消えてしまったんだ。今日、鬼怒川でってどこで死体が浮いでたって知らされたんだよ」

「どして、そったらごとに？」

「わがらねよ。警察で調べてるはんで、わかり次第、家さ戻れると思うけんど」

「お前は、大丈夫なんだべな？」

と、文子が、心配そうにきいた。

「おらだば大丈夫だよ。すぐに戻るよ」

宮本は、母親と喋《しゃべ》っていると、いつの間にか東北弁になっていて、そのことが、彼の気持ちを落ち着かせてくれた。

朝起きてから、宮本は、昨夜の母親との電話を思い出しながら、窓のカーテンを開けた。

細かい雨が降っている。

アーケイドのついた新町通りが見えた。

この通りには、東京に負けないような洒落《しやれ》た専門店が並んでいる。東京にあるものは、何でもある感じだった。

サラ金の看板まで、宮本の部屋から見えるのだ。

だが、ここは、まぎれもなく、東京でなく、青森だという気分もする。

繁華街は、一見、東京の一角をそのまま切り取って来たように見えるが、よく見れば、微妙に違うのだ。

聞こえてくる声に、東北訛《なま》りがある。それが、この町全体に、東京と違った雰囲気を作っているのはもちろんだが、公衆電話ボックス一つを見ても、東京のそれとは、違っている。冬に、積雪が一メートル、二メートルということもあるこの町では、公衆電話ボックスも、埋没するのを防ぐために、コンクリートの高い台の上にのせて作られていて、階段がついている。

商店街のアーケイドも、雨の他、雪に備えて、頑丈に作られている。

宮本は、腕時計に眼をやってから、朝食をとるために、部屋を出た。

一階のカフェテリアに行くと、町田や、片岡も、おりて来ていた。

宮本が、セルフサービスの朝食を皿にとって、二人のテーブルに同席した時、県警の三浦刑事が入って来た。

三人の傍に、別の椅子を引き寄せて腰を下ろすと、

「女性二人は、どうしたのかね？」

と、カフェテリアの中を見回した。

「すぐ、おりて来ると思いますよ」

宮本がいうと、片岡も、トーストに、バターをぬりながら、

「二人とも、よく食べるからねえ。朝食を食べずに寝てられはしないだろう」

その言葉を裏書きするように、村上陽子が、サングラス姿で、顔を見せた。きれいに化粧した顔だが、サングラスをとると、疲れているように見えた。

「お早よう」

と、宮本たちにいってから、三浦刑事に向かって、

「まだ、このホテルに罐詰になっていなきゃいけないんですか？」

「そのことで、いいニュースを持って来たんだよ」

三浦は、ニッコリ笑った。

「事件が解決したんですか？」

と、宮本がきいた。

「ああ、そういうことなんだ。東京の警視庁と、茨城県警が調べたところでは、川島史郎は、水戸駅で、ゆうづる7号を降り、ひとりで、駅前からタクシーを拾って、鬼怒川のほとりへ行ったことがわかった。水戸から、国道五十号線を西に向かって走り、鬼怒川にぶつかった

あたりだ。川島は、そこで、鬼怒川に投身自殺したと断定されたんだよ。上野駅で友人の安田章を殺した責任を、そうした形でとったんだろうということになった。だから今から、もう、君たちは自由だ」

「助かったわア」

と、嬌声《きようせい》をあげたのは、陽子だった。

片岡も、ニヤッとしたが、宮本は、素直に喜べなかった。

あれほど仲のよかった七人の仲間の一人が、友人のひとりを殺したというショックは、容易に消えてくれなかったからである。

七人の中では、もっとも繊細な神経を持っていると思われる町田も、暗い眼で、三浦刑事を見つめて、

「川島が、なぜ、安田を殺したのか、動機は何だったんですか?」

と、きいた。

宮本も、一番知りたいのは、そのことだった。

「そこが、まだ、釈然とせんのだがね」

と、三浦は、顎《あご》をなぜるようにしてから、

「とにかく、二人とも死んでしまっているので、東京でも、茨城県警でも、あれこれ、推測するより仕方がないらしい。考え方は、二つあってね。上京したあと、二人は、何回か会っ

ていて、その間に、何かの理由で殺意が生まれたのではないか、それが、四月一日の夜に上野駅で会ったときに犯行になったのではないかということだね。もう一つは、そんなものは何もなかったが、七年ぶりに上野で会ったあと、何かのことで口論となり、川島が、カッとなって刺したのではないかということなんだが、いずれにしろ、はっきりした動機はわからないんだ。君たちに、思い当たることはないかね？」

と、四人の顔を見回した。

「僕には、見当もつきませんね。未だに、川島が、安田を殺したなんて信じられないんですよ」

宮本は、肩をすくめた。

「あたしたちには、何が何だかわからないわ」

陽子は、コーヒーに手を伸ばしながらいった。

「こういうことは考えられないかな」

と、いったのは、町田だった。

「どんなことだね？」

三浦刑事が、町田を見た。

町田は、長い髪をかきあげるようにしながら、

「僕たちは、七年前に青森から東京に出た。それぞれ、希望に燃えてね。だが、七年の間に、

境遇は変わっていく。経済的にも、精神的にもね。人生に失敗した奴もいれば、成功した奴もいる。そんな人間が、七年ぶりに会った。昔の仲間といっても、成功した人間と、落伍者との差は大きい」

「もう少し、具体的に話してくれないかね」

と、三浦刑事が、注文を出した。

町田は、「すいません」と謝ってから、

「川島と安田は、七年ぶりに、上野駅で会った。最初は、故郷のこととか、高校時代のことに、話がはずむ。しかし、そのうちに、今、何をやってるかという話になってくる。安田のほうは、大学を出て、通商省の役人になった。役人なら、故郷では大きな顔が出来るが、もう一人の川島のほうは――」

「川島クンは、運送会社の社長さんだったんでしょう？　悪くはないわ」

と、陽子が、口をはさんだ。

「上手《うま》くいっていればね。だが、本当は、破産しかけていたんじゃないかな。宮本はよく知っているんだろう？」

町田は、同意を求めるように、宮本を見た。

「ああ、そうなんだ」

と、宮本は、肯《うなず》いた。

町田は、それを受ける恰好で、

「普通なら、川島が、運送会社の社長だといえば、そいつはすごいなで終わってしまうんだろうが、安田は、みんなも知っているように、生まじめで、融通のきかないところがある男だ。川島の話に、辻褄《つじつま》が合わないところが出て、そこに突っ込んで質問したんじゃないかな。当然、ボロが出てくる。本当は、破産寸前だということを認めなければならないところへ追い込まれた川島は、自尊心の強い男だから、カッとして、思わず、安田を殺してしまったんじゃないのかな。計画的に殺したわけじゃないから、列車に乗ってから、罪の意識におののき、耐え切れなくなって、水戸でおりて、自殺してしまったんじゃないかと思うんだがね」

「君の推理は、なかなか面白いね」

三浦は、町田に向かって、微笑した。

町田は、照れ臭そうに、頭をかいて、

「推理なんて、大それたもんじゃないんです。ただ、何とかして、犯人の気持ちを理解したいと考えているだけです。殺されたほうも、殺したほうも、僕たちの仲間ですからね」

「君たちには、残念だろうが、ともかく、事件は解決して、君たちは、自由だ。久しぶりの故郷だから、楽しんでくれたまえ」

「浅虫温泉にでもいって、ゆっくり楽しんでくるかな」

と、片岡が、小さく伸びをしながらいった。

「二人の葬儀には、揃って出席しようじゃないか」

と、宮本は、生まじめにいってから、

「でも、川島が犯人だとすると、辛《つら》い葬儀になりそうだな」

町田は、腕時計に眼をやった。

「橋口クンが、遅いね。もう九時半だよ」

2

宮本も、腕時計を見た。

確かに、橋口まゆみが、まだ、朝食におりて来ないというのは、少しばかり、おかしかった。

彼女の食欲が旺盛なことは、このホテルに来てからも、証明されている。五人の中で、一番食欲があるのは片岡で、次が、橋口まゆみだったからだ。

「ふてくされて、寝ているんじゃないのかね」

と、片岡が、ニヤニヤ笑いながらいった。

「どういう意味だい？」

宮本がきくと、片岡は、村上陽子のほうを、ちらりと見やって、いかにも彼らしいことをいった。

「村上クンが、ものすごい美人になっちまって、われわれが、彼女ばかり、ちやほやするんで、橋口クンが、ふてくされたんじゃないかと思ってね」

「あたしは、美人じゃないわよ」

と、陽子は、笑った。が、満更でもなさそうな表情だった。

しかし、三浦刑事は、一緒になって、笑えなかった。

不安が、彼の脳裏をよぎったからだ。若い女が、九時半になっても起きて来ない、朝食もとらないというのは、尋常ではない。

そして、刑事という職業の人間は、尋常でないことにぶつかると、反射的に、何かあると考えるのだ。

だから、三十二歳の三浦刑事も、そう考えた。

「橋口まゆみさんの部屋は、確か七〇六号室だったね」

と、三浦は、腰を浮かしながら、叫ぶようにいった。

「そうよ。あたしの隣りだから」

まだ、三浦の動きを不審そうに見ながら、陽子がいった。

三浦は、黙って、カフェテリアを出ると、エレベーターに向かって、突進した。

宮本たちも、つられた形で、そのあとに続いた。

エレベーターで、七階にあがった。

廊下は、何事もないように、ひっそりと静まりかえっている。

七〇六号室の前まで来ると、三浦が、ブザーを押した。

室内で、キンコンカンと、のどかに、チャイムが鳴るのが聞こえた。

だが、橋口まゆみの起きて来る気配はなかった。

今度は、三浦がドアを拳で激しく叩いた。

「橋口さん！」

と、呼んだ。

だが、それにも、反応がない。

ドアは、もちろん、鍵がかかっていて、開かなかった。

三浦の顔が、蒼《あお》ざめてきた。

ちょうど、廊下を通りかかった客室係の女に、

「ここを開けてくれ！」

と、怒鳴った。

相手は、当惑した顔で、

「でも、起こさないでくださいという札が、ドアにかかっていますけど」

「いいから開けてくれ。中で、何か起きてるかもしれないんだ」

三浦は、女の眼の前に、警察手帳を突きつけた。

客室係は、あわてて、マスターキーを取り出して、錠に差し込んだ。

カチリと音がして、ドアがわずかに開いた。

しかし、チェーンロックがかかっていて、それ以上開かない。

三浦が猛然と体当たりした。チェーンロックが、外れて、ドアが開いた。

三浦は、客室係の女を押しのけるようにして、部屋に飛び込んだ。

ベッドの中で、橋口まゆみが、窓のほうを向いて眠っていた。いや、眠っているように見えたというのが正確だ。

毛布の上から、三浦が、ゆり動かすと、まゆみの身体は、ずるずると、反対側の床に滑り落ちた。

落ちたまま、彼女の身体は、ぴくりとも動かない。

三浦は、反射的に入口のほうへ向き直って、

「入って来るな！」

と、怒鳴った。

宮本たちが、入口のところで釘づけになったのを確かめてから、三浦は、橋口まゆみの傍に屈み込んだ。

手首で、脈をみたが、反応がない。次に、心臓に耳を当てたが、すでに、鼓動《こどう》を止めてし

まっていた。

三浦は、テーブルの上の電話を、ハンカチでくるむようにして取りあげ、警察に連絡した。

3

数分後に、パトカーが駈けつけ、鑑識も到着した。

青森県警捜査一課の江島警部も、太った身体を、七〇六号室に運んで来た。酔うと、大きな身体をゆすって、「津軽じょんがら節」を唄う江島だが、さすがに、今は、真剣な眼つきで、

「自殺かね?」

と、三浦にきいた。

「まだわかりません。毒物死であることは、まず、間違いありません。これを見てください」

三浦は、テーブルの上に転がっている薬びんを指さした。中には、まだ、カプセル入りの錠剤が、たくさん入っていた。薬びんの蓋《ふた》があいていて、錠剤の何粒かが、床に落ちている。

「睡眠薬かね?」

「アドレナロンです」

三浦がいい、江島は、手袋をはめた手で、薬びんを手に取った。

確かに、アドレナロンの名前が、印刷されていた。

「しかし、こうした睡眠薬は、もう市販されていないはずだがね」

「そのとおりです。他に遺書がありました」

三浦は、白い角封筒を、江島に渡した。

このホテルの封筒だった。

江島は、中身の便箋を抜き出した。その便箋も、ホテルのものだった。

便箋には、ボールペンで、次のように書かれていた。


〈私は、あなたを、ずっと愛し続けて来ました。もちろん、今だって、愛しています。それを後悔したことは、一度もありません。なぜって、自分で選んだ道だからです。でも、あなたは、最近、私に冷たくなってしまった。もう、私を愛してないのですか？

あなたの愛を失ってしまった私には、生きていく自信がありません。

これから、薬を飲みます。でも、あなたを恨んで死ぬのではありません。死ぬことが自分の愛を全うする道だと思うからです。最後に、もう一度、あなたと呼ばせてください。

さようなら。あなた。

まゆみ〉

「宛名はないな」江島は、もう一度、封筒を見直してから、三浦にいった。

「しかし、相手は、一緒に青森に帰って来た仲間の一人だと思います。だからこそ、宛名を書かなくても、相手にわかると思ったんでしょう」

「他の仲間は？」

「四人とも、一階のロビーに待たせてあります」

「そのうち、三人は男だったね？」

「そうです。宮本孝、片岡清之、町田隆夫、この中の一人が、その手紙の中の『あなた』だと思います」

「それがわかっても、自殺じゃあ、仕方がないな。事件にならん。せいぜい、テレビの何とかレポートのネタになるくらいだろう」

「自殺ならですが」

三浦は、眉を寄せて、鑑識のフラッシュを浴びている橋口まゆみの死体を眺めた。

江島が、眼を光らせて、

「君は、他殺だと思うのか？」

「いえ。他殺の可能性を全く無視してしまうのは危険だと思うだけのことですが」

と、三浦は、遠慮がちにいった。

「君が、そう思う理由は、どこにあるんだね？」

「特別な理由はありません。彼らは、上野駅を出発するとき、仲間の一人が、駅構内で無残な殺され方をしています」

「しかし、その犯人は、自殺したんじゃないのか？」

「そうです。しかし、そんなスタートをした彼らですから、故郷の青森へ着いて、また、誰かが殺されたとしても、おかしくはないと思うのです」

「つまり、君の勘ということか？」

と、江島にきかれて、三浦は、人の好さを丸出しにして、ごしごし頭をかいた。

「そういわれると弱いんですが」

「とにかく、死体の解剖と、このアドレナロンを調べることが先決だな」

「それに、この遺書が、当人の書いたものかどうか調べてみたいですね」

「この部屋は、密室状態になっていたのかね？」

「そうです。チェーンロックもかかっていましたし、キーは、部屋の中に入っていました」

三浦は、彼の体当たりで、こわれたチェーンロックに眼をやりながらいった。

「それじゃあ、やはり、覚悟の自殺ということになるんじゃないのかね」

「そうなんですが――」

三浦は、やはり、首をかしげていた。

橋口まゆみの死体が、解剖のために運び出されたあと、三浦は、指紋検出の終わった遺書を持って、一階のロビーにおりて行った。

宮本たち四人は、やはり、落ち着かない様子で、三浦を迎えた。

「彼女、死んだんですか？」

と、宮本が、蒼ざめた顔できいた。

「見つけたときには、もう死亡していたんだ。ところで、君たちの中に、橋口まゆみの筆跡を知っている人はいないかね？」

「高校時代のなら知ってるけど」

と、陽子がいった。

「僕は、今度の旅行を計画して、手紙と切符を送ったとき、彼女から返事を貰いましたよ」

と、宮本がいった。

「じゃあ、これを見て貰おうかな」

三浦は、封書を四人の前に置いた。

「遺書ですか？」

と、きいたのは、町田だった。

「まあ、そんなものだね」

便箋が取り出され、宮本が、それをテーブルの上に広げると、他の三人も、のぞき込んだ。

「彼女の字みたいだわ」

陽子が、あっさりといった。

宮本は、じっと、睨《にら》むように見てから、

「よく似ていますよ」

と、慎重ないい方をした。

「彼女の部屋にあったのなら、彼女が書いたものじゃないの？」

と、片岡は、無責任ないい方をした。

町田は、最後に、

「これは、誰に宛てた遺書なのかな？」

と、当然の疑問を口にした。

「それも、私の知りたいことでね。封筒にも、便箋にも、宛名は書いてなかったが、当然、相手は、君たちの中の一人だ。だから、宛名を書かなかったんだと思う。警察に協力する意味で、名乗り出てくれないかね？」

三浦は、そういって、宮本たちの顔を見渡した。

「私じゃないわ。私は、彼女とレズの関係じゃなかったし——」

陽子は、相変わらず、眠そうな疲れた声でいった。

男三人は、お互いの顔色を盗み見るような眼になっていたが、死んだ橋口まゆみと関係があったのは自分だと名乗り出る者はいなかった。

片岡は、煙草を取り出して、火をつけながら、

「それで、おれたちはどうなるんです？　まだ、このホテルにいなきゃいけないんですか？」

「今度の事件がはっきりするまで、気の毒だが、またしばらく、このホテルにいて貰いたいね」

「しかし、彼女は、自殺なんでしょう？」と陽子が、不満げにいった。

「それなら、問題はないんだから、自由に行動させてくれないかな」

「まだ、完全に自殺と決まったわけじゃないからね」

「でも刑事さん。あの部屋は、錠が下りていたし、チェーンロックまでかかっていたんでしょう。あれで他殺ということは、あり得ないんじゃありませんか？」

宮本が、首をかしげながら、三浦を見た。

三浦は、苦笑して、

「警察というところは、とことん、疑ってかかるものでね。とにかく、事情がはっきりするまで、君たちは、このホテルにいて貰うよ」

「外出もいけないんですか？」

片岡が、口を尖《とが》らせてきいた。

「困るわ。どうしても、今日、会いに行かなきゃならない人がいるんだけど」

と、陽子が、当惑の表情を、あらわにして、三浦を見た。

「その用件と、行き先を前もっていってくれれば、場合によっては許可するがね。夕方までには、自殺、他殺のいずれかが、わかると思うから、それまで我慢して欲しいんだがね」

「彼女の家へは知らせたんですか？」

と、宮本は、責任者という立場から、それをきいてみた。

「電話で知らせたから、家族が間もなく来ると思っているんだが、君たちも、会うかね？」

「会うのは辛いわ」

と、陽子がいった。

他の三人も同じ気持ちのようだった。この中に、あの遺書の相手がいるとしたら、その男にしてみれば、一層、彼女の家族に会うのは辛いに違いない。

三浦が、外出しないようにと、もう一度、釘をさして、エレベーターに乗ろうとすると、香水の匂いが追いかけてきた。

陽子が、三浦をエレベーターの手前でつかまえて、

「お昼から、どうしても、弘前に行かなければならないんです。夕方には、必ず帰って来ますけど」

「弘前に、何の用で行くのかね？」

「昨日、家へ電話したら、弘前にお嫁に行った姉が病気で、私に会いたいといっているとい

うんです。何年も会ってない姉なんで、どうしても会いたいんです」

「明日ではいかんのかね?」

「ええ。一刻も早く会いたいんです」

陽子の眼は、真剣だった。切羽《せっぱ》つまったような表情でもあった。

「君の家へ電話して確認してもいいかね?」

「警察って、用心深いのね」

と、陽子は、小さく笑った。

三浦のほうは、ニコリともしないで、

「仕事が仕事なのでね」

と、いった。

三浦は、陽子から、家の電話番号を聞き、ロビーの隅の赤電話でかけてみた。

電話口に出たのは、母親で、確かに、弘前に嫁に行っている姉がおり、病気で、陽子に会いたがっているという。

三浦は、電話を切ると、一応、江島警部に連絡してから、陽子に外出を許可した。

「他の三人には、内緒にしておいたほうがいいね」

と、三浦は、つけ加えた。

三浦は、男三人の誰かが、陽子と同じような事情をいって来ても、ホテルからの外出は認めない気だったからである。

もし、橋口まゆみの死が、他殺としたら、犯人は、彼女が愛していた男に違いないし、その男は、宮本孝、片岡清之、町田隆夫の三人の中の誰かに違いないと思ったからである。

4

青森市内のホテルで、橋口まゆみが死亡したことは、すぐ、東京の上野署に設けられた捜査本部に伝えられた。

今のところ、自殺らしいという簡単な連絡だけだったが、十津川たちの受けたショックは、大きいものがあった。

なぜなら、「上野駅構内殺人事件」は、犯人の投身自殺によって解決したかに見えていたからである。

もちろん、犯人川島史郎の自殺説に、疑問を持つ刑事たちもいた。

疑問の理由は、いくつかあった。

第一の疑問は、自殺にしては、遺書がないことである。

それに、なぜ、水戸駅で降りて、鬼怒川に投身したのかがわからない。一度、七人でハイキングに行った場所らしいが、一般的な心情として、故郷の青森へ行って、自殺するのではないか。

主な疑問点は、そんなところだったが、全体として、犯人自殺で解決の方向に進みながら、なお、釈然としないものが、残っていたのである。

だから、記者発表もまだしていなかったし、捜査本部の解散もおくれていた。

そこへ、青森県警からの報告だった。

十津川は、黒板に改めて七人の名前を書き並べた。

①　宮本　孝
②　片岡　清之
③　町田　隆夫
④　川島　史郎
⑤　村上　陽子
⑥　橋口　まゆみ
⑦　安田　章

この中の川島、橋口、安田の三人の名前を、赤いチョークで消した。

そうしておいてから、十津川は、捜査本部に戻って来ていた亀井刑事に向かって、

「カメさん。この三人の死が、誰か一人の人間の意志によって引き起こされたとは思えないかね？」

と、声をかけた。

亀井も、膝を乗り出すようにして、

「私も、ひょっとするとと考えました。しかし、これを連続殺人と考えるには、いくつかの問題がありますね」

亀井刑事のいいところは、たとえ上司で、尊敬する十津川警部に対しても、決して迎合せず、自分の意見を主張するところにある。

だからこそ、逆に、十津川は、このベテラン刑事が信頼できるのだ。

十津川は、亀井の疑問に、かえって満足して微笑した。

「その問題点というのを、列挙してみたまえ」

「もし、これが、同一犯人による連続殺人だとした場合ですが、まず第一に問題になるのは、その動機ですね」

亀井は、考えながら話す。こんなとき、十津川は、じっくりと聞き役に回って、亀井の話を聞きながら、頭の中で、自分の推理を構築していくのだ。

「うん、うん」

と、十津川は、相槌《あいづち》を打った。

「連続殺人とすれば、常識的に考えて、犯人は、この七人の中の一人、いや、残りの四人の中の一人ということになります。上野駅で安田章を殺したのが、川島史郎だとすると、動機は、まあ、想像がつきます。二人の間に、何かあったのではないか。喧嘩、口論があって、カッとして殺してしまったと考えられます。しかし、安田章の他に、川島史郎も、橋口まゆみも殺されたとなると、三人もの人間を殺す動機というのは、ちょっと想像がつきません。一人の人間を憎む理由というのは、簡単でしょうが、三人もの人間を憎む理由となると、複雑で、特殊なものじゃないかと思います。逆にいえば、この場合は、動機がわかれば、犯人も、すぐ割れてくるかもしれません」

「動機の他に、どんな問題があると思うね？」

「次は、殺人の方法です」

と、亀井は、いった。

「橋口まゆみの件は、青森県警の捜査を待つことにして、問題は、川島史郎です。川島もまた、安田章と同じ犯人に殺されたとします。その犯人は、宮本孝、片岡清之、町田隆夫、村上陽子、この四人の中の一人ということになりますが、犯人は、川島史郎と一緒に水戸駅で降り、彼を、鬼怒川まで連れて行って殺したことになります」

「そのとおりだ」

「しかも、残りの五人は、ゆうづる7号で、青森に着いています。ということは、犯人も、ゆうづる7号で、青森に着いたということです。そうなると、犯人は、どうやって、水戸で、ゆうづる7号から川島史郎をおろし、鬼怒川のほとりまで連れて行って溺死させ、そのあと、再びゆうづる7号に乗ることが出来たのかが問題になります。今もいいましたように、犯人も、他の者と一緒に、ゆうづる7号で、青森に着いているわけですから」

「君のいうとおりだ」

「最後の疑問は、私と日下刑事が、水戸駅周辺で行なった聞き込みに関するものです。あのとき私が聞いたところでは、川島史郎は、ひとりで、ゆうづる7号から水戸駅に降り、ひとりで、駅前のタクシーを拾って、鬼怒川のほとりに行っているのです。これを、どう解釈したらいいのかということです」

5

同五日の午後一時。

青森県警の江島警部と三浦刑事が、押収された「アドレナロン」の分析結果に、眼を通していた。

その報告の要点は、次の三点だった。

① アドレナロンは、M製薬で十年前まで、製造、市販されていた睡眠薬で、現場にあった薬びんは、そのラベルから、当時のものと同じものと考えられる。現在は、もちろん、市販されていないし、製造もされていない。
② 問題のびんには、カプセル状の錠剤三十七粒が残っていたが、すべて、現在市販されているビタミン剤「ビタコロン」である。
③ びんから検出された指紋は、すべて橋口まゆみのものであって、他の人物の指紋は、検出されなかった。

「ビタミン剤とはね」

江島は、報告書から眼をあげて、軽く舌打ちをした。

「ビタミン剤じゃあ、多量に飲んでも、吐き気はするでしょうが、死ぬことはないと思います」

と、三浦が、顔を緊張させていった。

「しかし、これは、毒物死だ」

「そのとおりです」

「妙だな」

「妙ですが、これで、他殺の可能性も出て来たんじゃありませんか？」

三浦は、そのほうが面白いといいたげないい方をした。

一時間後の午後二時になって、待望の解剖結果が報告されてきた。

第一点は、死因であった。

報告書によれば、死因は、「青酸中毒による窒息死」であった。

この死因には、江島も、三浦も、別に意外な感じは受けなかった。

睡眠薬の飲み過ぎによる中毒死とも考えたが、死に顔に苦悶の表情が残っていたこと、死体からアーモンドの甘い匂いがしていたことなどから、青酸死の可能性もあると考えてもいたからである。

第二点は、死亡推定時刻である。

報告書によれば、その時刻は、四月五日の午前七時から八時までの間となっている。これも、江島たちが、だいたい予想していたとおりだった。

第三点の報告は、江島たちにとって、ある意味では意外であり、ある意味では、予想されたものだった。

それは、橋口まゆみが、妊娠三カ月だったという報告である。

胎児の血液型はＡＢ。

橋口まゆみの血液型はA。

報告書には、そう記入されている。

江島や三浦が、意外と感じたのは、橋口まゆみが、二十四歳という年齢より幼く見えたからだった。その一方で、やはりとも感じたのは、彼女の残した遺書から、あるいは、男との間に、何か決定的なことがあったのではないかとも考えていたせいである。

その遺書について、依頼していた筆跡鑑定の報告が届いたのは、午後五時を回ってからだった。

橋口まゆみの両親に、彼女から最近届いた手紙を持って来て貰い、遺書の文字と比較して貰ったのである。

鑑定には時間がかかったが、結果は簡単明瞭だった。

〈九十パーセントの確率で、同一人の筆跡と断定できる〉

報告書には、そう書いてあった。

三つの報告に接したあと、江島警部と三浦刑事の顔に浮かんだのは、緊張と当惑だった。

死因が青酸死で、薬びんの中身が、ビタミン剤だったということは、明らかに、他殺の可能性を示している。

しかし、残されていた遺書が本物で、橋口まゆみの筆跡だということ、また、七〇六号室が、完全な密室であったことは、逆に、自殺の可能性を示しているからである。

また、橋口まゆみが、妊娠三カ月だったことは、自殺、他殺、両面の可能性のあることを示している。

江島と三浦が、緊張し、同時に当惑したのは、そのためだった。

青森県警内で、議論が沸騰《ふっとう》した。

橋口まゆみの死が自殺なら、警察の関知することではない。少なくとも、捜査一課とは関係がない。

しかし、他殺なら、捜査本部を設けて、捜査を開始する必要がある。

最後は、県警本部長の決断に委《まか》せられた。

「他殺の可能性あり」として、県警本部内に、捜査本部が設けられたのは、次の日の午後二時過ぎだった。

江島警部が、捜査の指揮に当たることになり、三浦刑事も、引き続き、捜査員の一人になった。

6

三浦は、橋口まゆみが、妊娠していたことを伏せて、宮本たち四人を、ホテルから、捜査本部に来て貰った。

四人は、「ホテル内毒殺事件捜査本部」の看板を見て、一様に、不安と戸惑いの表情を見せた。

「橋口クンは、殺されたんですか？」

と、宮本が、元気のない声できいた。

「彼女、睡眠薬を飲んで自殺したんだと思っていたんだけど」

陽子は肩をすくめた。彼女は、六時頃、疲れた顔で、ホテルに帰っていた。

他の二人は、説明を求めるように、三浦を見ている。

三浦は、この四人の中に、犯人がいる可能性が強いと思いながら、

「解剖の結果、彼女は、青酸中毒死とわかったんだよ。睡眠薬と思われたのは、ビタミン剤だった。つまり、誰かが、ビタミン剤の中に、青酸カリ入りのものを混ぜておいて、彼女に飲ませた可能性があるんだ」

「じゃあ、あの遺書は、ニセモノだったんですか？」

「彼女の筆跡だと思うんですけどね」

と、宮本がきいた。

「いや、あれは、本物で、橋口まゆみの筆跡だったよ」

「それなら、自殺じゃないか」

今まで黙っていた片岡が、大きな声を出した。

三浦は、じろりと、片岡を見てから、

「遺書ぐらい、脅しても書かせられるからね。これから、君たちの血液型を知りたいので採血させて貰う」

と、いい、あらかじめ来て貰っていた医師と看護婦を呼んだ。

「なぜ、僕たちの血液型なんか調べるんです？」

町田が、首をかしげながらきいた。

「私は、AB型なんだから、調べることはないわ」

と、陽子が、逃げ腰でいった。

三浦は、町田の質問には答えず、陽子に対しては、

「念のために、もう一度、調べさせて貰うよ」

「拒否したら、どうなるのかな？」と、片岡が、怒った声でいった。

「拒否する権利だってあるはずだよ」

「それは自由だよ。しかし、拒否すれば、われわれは、君に後ろ暗いところがあるのだと考えるね」

「参ったな」

と、片岡は、首をすくめた。

四人の採血は、すぐ終わった。

各自の血液型がわかったのは、一時間後である。

宮本　孝　　B型
片岡清之　　B型
町田隆夫　　O型
村上陽子　　AB型

この結果、宮本と片岡の二人に、胎児の父親である可能性が出て来た。

三浦は、まず、宮本一人を、調べ室に入れた。

ひとりで、三浦と向かい合った宮本は、明らかに、怯《おび》えていた。

三浦は、宮本に煙草をすすめてから、

「何もかも正直に話して貰いたいんだがね」

と、努めて優しく話しかけた。

宮本は、すぐ、灰皿で煙草の火をもみ消してしまった。その指先が、かすかにふるえている。

「僕は、嘘はついていませんよ」

「君は、死んだ橋口まゆみを好きだったかね？」

三浦がきくと、宮本は、当惑の表情になって、

「嫌いじゃありませんでしたが、恋愛感情があったかどうかということなら、答えは、ノーです」

「二人だけで、東京で会っていたことは？」

「ありません」

「実は、橋口まゆみは、妊娠していたんだ」

「え？　本当ですか？」

宮本が、眼を丸くした。

三浦は、「本当だ」といった。

「問題は、お腹の子の父親ということになるんだが」

「僕じゃありませんよ。今もいったように、二人で会ったこともないし、キスもしたことがないんですから」

「しかしねえ、宮本君。君の血液型からみて、君が、父親である可能性が強いんだ」

「そんな馬鹿な！」

「そんな大声は出しなさんな」

「しかし、心外ですよ。無関係なのに、関係があったみたいにいわれるのは――」

「君でなければ、誰かね？　あの遺書からみて、君たち三人の中の一人であることは確かなんだがね」

「知りませんよ」

「しかし、君が、今度の帰郷計画を立てたんだろう？」

「ええ」

「そのとき、みんなの現住所を調べたり、現在何をしているかも調べたはずだ」

「ええ」

「それなら、橋口まゆみが、誰と関係していたかも、わかったんじゃないのかね？」

「そんなプライバシーまでは、わかりませんよ。特に、男女間のことは」

宮本は、むきになって、否定した。

三浦は、じっと宮本の顔を見つめた。誠実な感じに見える顔だ。だが、時折り、ちらりと上眼使いにこちらを見る眼は、都会の人間のそれになってしまっている。

この男が、七年前の約束を守って高校時代の仲間を探し出し、呼びかけて、ゆうづる7号で郷里の青森へ一緒に帰ろうと誘いをかけたのは、善意からだろう。義務感もあるかもしれない。

この宮本という青年には、そうしたリーダーシップや、善意はありそうだ。上京してから、こつこつと夜学で学び、法律事務所で働きながら、司法試験を受けようとしているところにも、宮本の粘り強さや、若者らしさが現われているとみていいと思う。

しかし、七人揃って帰郷というプランのために、離れ離れになって、消息をつかめなかった他の六人のことを調査している間に、調査そのものに、興味を覚えたのではないだろうか？

六人の秘密を摑《つか》み、自分だけがそれを知っていることに、ぞくぞくするような楽しさを感じているのではないか？　その部分だけは、東京の生活が、宮本に教えたものではあるまいか。

（この男は、他の仲間の秘密を、まだ何か知っているに違いない）

と、三浦は、思った。

だが、それは、わざと聞かずに、次に、片岡清之を呼んだ。

7

片岡が、青森市内の目抜き通りに大きな店舗を持つ「津軽物産」の息子だということは、三浦は、すでに知っている。

津軽物産店は、市内でも老舗《しにせ》である。現在の社長は、名士で通っており、多額納税者として、毎年、納税期には、新聞に名前が出る。現在公安委員の一人でもある。

だが、息子の片岡清之の評判は、あまりよいとはいえなかった。

金にも、女にもだらしがないというし、傲慢《ごうまん》で、やたらに、野心ばかりが大きいともいう。

肩書は、津軽物産の東京店の社長だが、資金は、すべて父親が出したとも聞いた。

三浦と向かい合っても、平刑事が何だという傲慢な顔をしているくせに、ちらちらと、人の好さや、気弱さも顔をのぞかせている。

三浦は、そこを見すかして、高飛車に出ることにした。

「女を泣かせてばかりいると、碌《ろく》なことにはならんぞ」

と、三浦は、いきなり、叱りつけた。

彼の作戦が、見事に的中したらしく、片岡は、一瞬、何を！ という顔になったが、次の瞬間には、気弱く、眼を伏せ、何か、口の中で、もぐもぐいい始めた。

(橋口まゆみの相手は、この男だったのか)

と、思いながら、三浦は、止《とど》めを刺すように、

「もうわかってるんだよ。橋口まゆみの相手が、君だってことはな。彼女が妊娠してることは、知らなかったのか？」

「まゆみが、何もいわなかったもんだから」

片岡は、肩をすぼめるようにして、ぼそぼそといった。

「君は結婚するつもりだったのかね？」

三浦がきくと、片岡は、もう一度、肩をすぼめて、

「とんでもない。おれには、何人もガールフレンドがいましたからね」

「つまり、橋口まゆみはその中の一人に過ぎなかったというわけか？」

「そうですよ」

「しかし、彼女は、君と結婚するつもりでいたらしい。今度の帰郷前に、それらしいことを、青森の両親に、手紙で書き送っているんだ。君の名前を、はっきりとは書いていないがね」

「しかし、おれには、全くその気がなかったんですよ。おれは、ずっと東京で生活するつもりだったから、結婚するなら東京の女を貰うつもりだったからね。そのほうが、仕事の面にも、プラスですからね」

話しているうちに、片岡は、また、元気がよくなり、傲慢な表情になって来た。

「橋口まゆみが死んで、ショックを受けなかったのかね？」

「そりゃあ、ショックでしたよ」

片岡は、あまりショックを受けていないような顔でいった。

「彼女の遺書を読んだ感想を聞きたいね」

「残念でしたね」

「残念って、どういう意味だね？」

「死ぬ前に、おれに相談してくれればよかったのにということですよ」

「彼女が、君に結婚したいといったら、承知したということかね？」

「いや。おれは、まだしばらくは、独身を楽しみたいから、結婚はしませんがね。子供を堕《お》ろすぐらいの金はあげられたし、仕事の世話もしてやったのにということですよ」

「なるほどな」

三浦は、怒るよりも、苦笑した。この男の、それが誠意なのだろうし、案外、まじめなのだと思ったからである。

「結婚を迫られて、君が、彼女を殺したんじゃあるまいね？」

と、三浦は、きいた。

片岡の顔が、赧《あか》くなった。

「なぜ、おれが、まゆみを殺さなければならないんです？　第一、彼女は、自殺なんでしょう？」

「他殺の可能性も出て来たんだよ。結婚を迫られて、持て余したということもある。君は、彼女が妊娠していたのを知らないといったが、知らされて、狼狽《ろうばい》したのかもしれない。そんなことが親父《おやじ》さんに知られて、金を出してくれなくなるのが怖かったんじゃないのかね？」

「おれだったら、殺さずに、話し合いで結着をつけてますよ」

「話し合いでね」

「女ってのはね。刑事さん。愛だとか、誠実さだとかいっても、結局は、金が欲しいんですよ。別れるとき女が、男に向かって、誠実さが足りないと非難するのは、慰謝料の金額が少ないということなんですよ」

「つまり、君の話し合いというのは、金ということかい？」

「この資本主義の世の中で、金以外に、誠意の示し方はありませんよ。だから、おれは、殺すような馬鹿な真似はしないで、金で始末をつけることにしているんです」

「しかし、君の親父さんが、呆れて金を出さなければ、どうするんだね？　殺すより仕方がないんじゃないのか？」

「そのときは、逃げますよ。生まれつき、死ぬだとか、殺すだとかいう荒っぽいことは嫌いですからね」

「そのくせ、子供を堕ろさせるのは、平気なのかね？　胎児にだって、生命はあるんだよ」

「でも、人格はないと、何かの本で読んだことがありますね」

片岡は、ニッと笑った。三浦刑事に向かって、上手くいい返せたと思い、笑ったのだろうか。三浦は、さすがに、不快さをむき出しにした表情になって、

「君が、もし、橋口まゆみを殺したのだとしたら、絶対に、その証拠をつかんでやるぞ」

と、いった。

片岡は、はじめて、怯えた表情になった。

8

三浦が、二人の訊問を了《お》えて、部屋に戻ると、江島警部が、

「どうだね？　反応は」

と、きいた。

「今のところ、橋口まゆみを殺す動機を持っているのは、四人の中で、片岡清之だけのような気がします」

「ということは、お腹の中の子は、やはり片岡の子だったということかね？」

「そうです。彼女と関係のあったことは認めました。しかし、殺したのは、自分じゃない。自分なら、金《かね》で方《かた》をつけたといっています」

「いかにも、津軽物産の道楽息子がいいそうなことだな」

と、江島は笑って、

「あそこの親父さんは、苦労人で立派な人だが、息子は違うらしい」

「動機があるのは、今は、片岡清之ひとりですが、他の三人も、気になりますね。宮本孝には、一応、当たってみましたが、他の二人には、まだ、当たっていません」

「その二人の中の村上陽子だがね。渡辺刑事が、妙なことを聞き込んで来たんだ」

「どんなことですか？」

「それは、渡辺刑事から、直接聞きたまえ」

江島が、振り向いて、若い渡辺を呼んだ。背がひょろりと高く、眼が細いことから、「鳴子のこけし」の綽名《あだな》のある渡辺は、勢い込んだ調子で、

「村上陽子は、今日、弘前に外出していますが、前日の夜も、ホテルを抜け出しているんです」

「本当かい？」

「本当です。ボーイの一人が気がついたんですが、彼女は、そのボーイに金をやって、警察に黙っているように頼んでいたんです」

「そのときも弘前へ行ったのかね？」

「行き先は、まだわかりませんが、彼女は、怪しいですよ。今日、弘前へ行ったのだって、姉の病気見舞いかどうかわからんと思います」

「君は、村上陽子が、橋口まゆみを殺したと思うのかね？」

「片岡清之は、人間的には問題があるかもしれませんが、とにかく、津軽物産店の息子です。それに、顔だって悪くない。若い女にとっては、魅力のある存在だと思いますよ。橋口まゆみは、彼に参っていましたが、村上陽子も、片岡と結婚したいと考えていたら、恋仇《こいがたき》を殺したくなったとしても、おかしくはないと思いますが」

「恋のライバルを消したということかい？」

「僕の考えは、おかしいですか？」

「いや、おかしくはないさ。大いにあり得ることだよ。それに、毒殺という殺しの手段は、いかにも女性らしいね」

三浦にいわれて、若い渡辺は、細い眼を一層細くして嬉しそうに笑った。

三浦は、そんな渡辺に、

「これから一緒に、弘前に行ってみないか」

「村上陽子の行動を洗うんですね」

三浦は、江島に、弘前行きの許可を求めた。

「橋口まゆみの死には、直接関係ないかもしれませんが、村上陽子の行動を調べてみたいのです」

「もう一人の町田隆夫は、どうするね？　彼は、容疑圏外かね？」

江島が、きいた。

三浦は、「いや。そんなことはありません」と、即座にいった。

「自分では詩を書いたり、シナリオを書いたりしているといっていますが、私は、どうも、彼の暗い眼が気になって仕方がないんです。何か、暗い過去でも背負っているみたいで」

「よし。町田隆夫のことは、私が調べておこう」

と、江島はいった。

三浦と渡辺の二人の刑事は、青森駅から、奥羽本線で、弘前に向かった。急行「津軽2号」で、三十七分で着く。車窓に津軽平野が広がり、津軽富士と呼ばれる岩《いわ》木山《きさん》が見えて来ると、やがて、典型的な城下町の弘前市である。

秋のりんごと紅葉の重なる季節や夏は、観光客で賑わうが、四月上旬の今は、まだ肌寒く、観光客の姿も、まばらだった。

弘前駅で降りると、三浦たちは、バスで、陽子の姉が嫁いでいる農家に向かった。母親の話では、岩木川近くで、りんご園を経営しているということだった。

弘前生まれの渡辺が、案内役になった。

問題の農家は、すぐ見つかった。が、やはり、陽子の姉は、病気ではなかった。

彼女は、青森の母親と、帰郷した妹の陽子から、電話で、病気になっていてくれといわれたが、農家は忙しく、寝てはいられなかったと、屈託のない顔で笑った。

三浦たちも、相手に、あっけらかんといわれてしまうと、怒る気にもなれず、

「妹の陽子さんは、なぜ、そんな嘘をついたんでしょうかね？」

と、苦笑しながらきいた。

陽子の姉は、縁先で、二人の刑事に、お茶をいれながら、

「あの子は、NFプロに入っていますから」

「それは知っていますが、マネージャーでしょう？」

「そういってるんですか？」

「ええ。違うんですか？」

「マネージャーじゃなくて、あの子は歌手なんです。城かおるという芸名で、まだ、あまり売れていませんけど」

陽子の姉は、ニコニコ笑いながらいった。

「城かおるですか」

三浦も、渡辺も、知らない名前だった。

「あなたの見舞いでないとすると、彼女は、弘前に、何しに来たんですか？」

と、三浦がきいた。

「今日と明日、市内の映画館で、実演アトラクションがあるんですよ。工藤カナコが来るんですけど、妹は、その前座《ぜんざ》で唄うことになっているんです」

「つまり、巡業ですか？」

「ええ。今度、巡業をかねて、青森に帰ると、前に東京から連絡がありました」

「昨夜、ホテルを抜け出したのも、同じ理由のようですね」

と、渡辺が、小声でいった。

渡辺の想像は、多分、当たっているだろう。

「なぜ、警察に嘘をついたんですか？　あなたや母親にまで、嘘をつかせたりした理由がわからない」

と、三浦がきくと、陽子の姉は、「申しわけありません」と、頭を下げてから、

「妹は、有名になりたくて仕方がないんです。それに、昔から、自尊心の強い娘《こ》でした。もちろん、今だって。だから、恥ずかしくて、自分が、城かおるという無名の歌手で、前座で唄いに行っていいですかなんて、警察にきけなかったと思うんです」

「弘前市内の映画館での実演は、見に行かれたんですか？」

「ええ、とにかく、見に来てくれといわれていたんで、行って来ましたわ。駅前の弘前会館という映画館です」

「どんな具合でした？」

「売れっ子歌手の工藤カナコが来るというんで、満員でした。妹は、その前座で唄ったんですけど、まだ無名で、自分の持ち歌がないのか、美空ひばりの歌を唄ってましたわ。司会者が、城かおるといったって、全然、拍手がないし、もう二十四でしょう。工藤カナコが十九歳で、それより五歳も年上の妹が、前座で唄うなんて、見ていて、とても辛かったですよ。だから、私も母も、歌手になる夢なんか捨てて、郷里に帰って、平凡に結婚したほうがいいといってるんですけどねえ」

「陽子さんは、前座で唄っただけですか？」

「人数が足らないとみえて、ちょっとした寸劇もやっていましたわ。男の恰好で出て来たもんで、最初は、妹とわからなかったんですけどね」

と、いってから、陽子の姉は、そのときのことを思い出したのか、急に、クスクス笑って、

「あの娘《こ》は、歌なんかより、そっちのほうが、才能があるみたいでしたわ」

「ずっと、陽子さんは、売れないままですか？」

若い渡辺は、無遠慮なきき方をした。

陽子の姉は、別に、怒りもせず、

「もう三年ぐらいでしょうね。レコードは、三枚ぐらい出したんですけど、全然、売れなくて。それなのに、化粧だけは、どんどん上手くなっていくんですよ。それが、かえって危なっかしい感じで見ていたんですけどね」

「妹さんは、二十四歳で、結婚適齢期と思いますが、誰かいい人がいるんじゃありませんか？」

三浦が、話題を変えた。

「さあ、あの娘《こ》は、適当に遊んでるようですけど、今は、とにかく有名になりたくて、結婚なんか考えられないといっていますけど」

「青森市内にある津軽物産をご存知ですか？」

「ええ。有名なお店ですから、よく知っていますわ」

「そこの次男で片岡清之さんが、妹さんと高校時代の同級生だということもご存知ですか？」

「それらしいことを聞いたことはありますわ」

「片岡清之さんを好きだということを、妹さんから聞いたことはありませんか？」

「さあ。そういう話は、聞いていませんが」

「今度、妹さんが帰郷したのは、その片岡清之さんたちと一緒だというのは、ご存知ですね？」

「ええ。電話で聞きました。ちょうど、うまい具合に、青森、弘前の巡業と合うんだといっていましたわ」

と、いってから、陽子の姉は、改まった表情になって、

「妹は、何か警察にご迷惑をおかけしたんでしょうか？」

「いや。ただ、われわれに黙って、外出されてらしたので、調べているだけで、深い意味はありません」

と、三浦はいった。

青森県警本部に戻った三浦は、陽子の姉から聞いた話を、江島警部に報告した。

「弘前市内の映画館『弘前会館』にも行って来ましたが、確かに、今日、村上陽子が、城かおるの芸名で、アトラクションに出演していました。時間は、午後四時二十分から三十分間

で、工藤カナコの前座に、二曲唄い、そのあと、実演に出ています。男装してです。昨夜は、同じ形で、青森市内の『シネマ・青森』に出演していました。しかし、今のところ、橋口まゆみの死とは、関係がないようです」

「しかし、嘘をつかれるのは、あまり愉快じゃないな」

「同感です。本人には、灸《きゅう》をすえておきます。町田隆夫のほうは、いかがでしたか？」

「いろいろと調べてみたが、よくわからんのだ。高校時代の町田は、優しく、才能ゆたかで、リーダーシップがあったと、彼を知る誰もが証言しているんだがね。東京へ出てからのことがよくわからんのだ」

「彼の両親は、すでに死亡していましたね？」

「町田隆夫の家は、三代続いた、かなり大きな質屋だったが、町田が上京して、大学へ入って間もなく、あいついで死亡し、倒産している。あと、青森には、親戚があるんだが、いくらきいても、町田隆夫のことは何も知らないというのさ。どうも、町田は、親戚から敬遠されているみたいだね」

「なぜでしょうか？」

「これは、あまり信用のおけない噂話なんだが、倒産した町田質店を、親戚が、いいように食いものにしたからじゃないかというのさ。死んだ両親というのは、好人物だったようだからね」

「町田隆夫本人は、どういってるんですか？」

「これも曖昧《あいまい》でね。上京し、N大に入ったあと、京都の大学に転校したが、二年のときに相ついで両親が死に、家が倒産したので、大学を中退し、さまざまな仕事についた。今は、業界誌などの編集をやったりして生活をたて、その合間に、詩を作っている」

「優雅な生活というべきか――」

「生活は苦しいと、町田自身認めているよ。だが、あの答えは、曖昧で、わからない部分が多過ぎる」

「宮本孝は、町田のことを知っているんじゃありませんか？」

「彼にも、町田のことを話してくれといってみたさ。だが、町田の現住所を調べて、誘いの手紙と、ゆうづる7号の切符を送っただけで、彼のプライバシーを調べたわけじゃないというのさ」

「宮本は、何か知っていると思いますよ。あの男は、悪人じゃないとは思いますが、詮索好きです」

「私も、宮本が、他の仲間のことを、いろいろと知っているに違いないと思っている。彼が、リーダー然としているのは、ただ単に、今度の帰郷を計画したり、ゆうづる7号の切符を配ったりした、ただそれだけのためではないような気がするからね。仲間の秘密を知っているということで、優越感を持っているんだと、私は睨んでいる。しかし、いくらきいても、仲間のプライバシーは、何も知らんの一点張りだ。知っているという証拠もないしね。そこで、町田隆夫のことを、東京警視庁に照会することにした」

「町田に前科があると、お考えですか？」

「それはわからないが、町田自身に話を聞いていると、どうしても、よくわからない部分があるんでね」

第八章　東北自動車道《ハイウェー》

1

警視庁の資料室へ行き、前科者カードを見せて貰っていた亀井は、上野署の捜査本部に戻って来ると、

「やはり、ありましたよ」

と、十津川にいった。

「町田隆夫には、前科があったのかね？」

「ええ。二年半、網走《あばしり》刑務所で服役しています」

亀井は、前科者カードから書き写してきたものを、十津川に渡した。

それによれば、岐阜《ぎふ》市内のバー「さくら」で、他の客と口論の上、喧嘩となり、カウンターにあった果実ナイフで刺殺したとある。

懲役三年の判決で、服役、二年半で出所したのである。

「殺人で、懲役三年というんだから、相手も悪かったということだろうね。明日にでも、岐阜へ行って、この事件のくわしいことを調べて来てくれないか」

「三人の死が、殺人としての話ですが、警部は、この町田隆夫が犯人だとお考えですか？」

「さあね。前科があるから犯人というのは、ストレートすぎて危険だよ。それに、この前科の内容が問題だ。止むを得ない殺人だったのなら、むしろ、前科のない人間より、安全だと思うね。だから、事件の内容を、岐阜へ行って、調べて来て貰いたいんだ」

「わかりました」

「他の三人、宮本孝、片岡清之、村上陽子についても、東京の七年間を、調べる必要がありそうだね。もし、今度の事件が、連続殺人だとしたら、その原因は、青森での十八年間よりも、東京での七年間にありそうな気がするからね」

「青森県警は、橋口まゆみの死を、他殺と断定したようですね」

「だが、向こうの話を聞くと、正直にいって、自殺、他殺は、まだ半々のところらしいよ。遺書は本物だし、部屋にはチェーンロックがかかっていたというから、そんな状況は、明らかに自殺を示している。しかし、青酸中毒死で、しかも、現在市販されていない睡眠薬のびんがあったことなどは、何か計画殺人の匂いがする。だから、青森県警は、他殺として捜査を進めることにしたものの、はっきりした自信は持てずにいるようだ」

「われわれが支援して、百パーセントの自信にしてやりたいものですね」

「そのためにも、岐阜の調査は、徹底的にやって貰いたいね」

と、十津川は、念を押した。

翌日、亀井は、若い桜井刑事を連れて、岐阜へ出かけて行った。

町田隆夫が事件を起こしたのは、四年前の夏である。正確には七月二十九日だった。

「岐阜の事件だったから、東京の新聞には報道されず、他の仲間は、知らなかったのかもしれないな」

と、亀井は、名古屋に向かう新幹線の中で、桜井にいった。

特殊な事件や、猟奇的事件の場合は、地方で起きても、東京の新聞は、大きく取りあげるが、地方のバーでの喧嘩などというのは、たいていボツにしてしまうものだ。

亀井は、出発前に、念のため、四年前の七月三十日の朝刊と夕刊を、資料室で調べてみたが、岐阜市内のバーでの喧嘩は、のっていなかった。

三十日朝刊の社会面を大きく飾っていたのは、都内新宿のK銀行で起きた七千万円強奪事件だった。

守衛が一人射殺されている。こんな大きな事件が起きたら、なおさら、地方の事件は、はじき飛ばされてしまうだろう。

それは、町田隆夫にとって、幸運だったはずである。東京にいた他の六人に知られることがなかったろうからである。

名古屋で、東海道本線に乗りかえて、岐阜に向かう。

岐阜県警に連絡しておいたので、国鉄岐阜駅には、県警の青木という中年の頭の毛の薄い刑事が、迎えに来てくれていた。

「すぐ、現場をご覧になりますか？」

と、パトカーに案内しながら、青木刑事がきいた。

「出来れば、そう願いたいですね」

「事件が起きたのは、長良《ながら》川沿いにある店でしてね」

と、青木は、話しながら、エンジンをかけた。

亀井は、リアシートから、

「バーというので、柳ケ瀬あたりにある店かと思ったんですが」

「いや。ホテルの中のバーなんですよ」

車がスタートした。

パトカーは、たちまち、岐阜市の中心街を通り抜け、右手に金華山を見ながら、長良川に着いた。

河岸に、ホテルや旅館が並んでいる。ゴールデンウイークになれば、満員になるのだろうが、まだ、どのホテル、旅館も、閑散としているようだった。

「ホテル・ながら」と看板の出ている五階建てのホテルに、青木は、車を止めた。

「まだ、この時間では、バーが開いていないでしょうから、ロビーで話しましょう」

と、青木がいった。

広いロビーに入り、窓際に腰をおろすと、長良川の堤防に植えられた桜並木が見えた。今は、まだ四分咲きといったところで、間もなく、この辺りは、桜のトンネルになりそうである。

「あのとき、確か町田隆夫は二十歳だったと思います」

と、青木が、事件の説明を始めた。

「すると、彼が大学生の頃ですか？」

「いや。彼を逮捕して訊問したとき、この年の正月に、両親が相ついで亡くなって、青森の家も潰《つぶ》れたので、学校をやめたといっていましたね」

「町田は、何のために、岐阜へ来ていたんですか？」

「大学をやめて、町田は、京都市内のスーパーの会計係に就職したといっていました。頭が切れるので、上の人からは信頼されていたようです。その頃、香西君子という娘と知りあったんです。彼女は、この近くの乾物屋の娘でしてね。なかなかの美人です」

「その女性も、同じスーパーに勤めていたわけですか？」

「いや。彼女の下宿していた家が、町田の住んでいたアパートの近くだったんです。彼女は、十九歳で、当時、京都の短大に行っていました。若者同士で、気心が合って、好きになった。短大が夏休みになって、彼女は、岐阜の家に帰ったわけですが、町田は、どうしても会いたくて、スーパーに、三日間の休暇を貰って、岐阜にやって来たんです」

「このホテルは、かなり高いんじゃありませんか？」

「この辺りでは、高級なホテルですね。町田が、このホテルに泊まったのは、恐らく、男の虚栄心というやつじゃないですかね。特に、女の実家が近くにあるんですから、なおさらだったんでしょう」

と、青木は、笑った。

「町田は、ここに泊まって、彼女に会っていたわけですね？」

「そうです。七月二十八日にチェックインして、二日目の二十九日に事件が起きたんです。この日、お昼過ぎに、彼女が、ホテルにやって来ましてね。昼間は、長良川で、ボート遊びなどして過ごしたあと、夕食をとり、七時半頃、地下のバーに行ったんです」

「事件は、すぐ起きたんですか？」

「事件が起きたのは、九時近くです。バーの隅で仲良く飲んでいた二人に、酔っ払った男が、絡《から》んだんですよ。新井良宏という二十八歳の男なんですが、まあ、ヤクザといったほうがいいでしょう。組には入っていませんが、婦女暴行や、傷害の前科のある男です。悪いことに、この男は、香西君子の家の近くに住んでいて、夏休みで帰っていた彼女に惚《ほ》れていたんですな。その女が、他の男と仲良くしているのを見たんで、カッとなったんでしょう。バーテンの話でも、新井のほうから、一方的に仕掛けた喧嘩なんです。彼女に対しても、おれの許しもなく、他の男といちゃつきやがってといって、殴りつけたらしいんです。めちゃくちゃな言いがかりなんですが、ああいうチンピラの理屈なんて、そんなもんですよ。最初、町田は、彼女を連れて逃げようとしたらしいんですが、彼女が、新井に捕まってしまったんで、カウンターの上にあった果実ナイフをつかんだんです」

「バーテンは、どうしていたんです？」

「危険だと思って、フロントに知らせようとしていたといっています。しかし、それより先に、町田と新井が、取っ組み合いになって、町田の持っていた果物ナイフが、新井の胸に突き刺さっていたんです」

「即死ですか？」

「いや。すぐ、救急車で病院に運ばれたんですが、出血多量で、着いてすぐ死亡です。警察が、ここへ来たときは、町田は、真っ青な顔をして、突っ立っていましたよ」

「裁判は、岐阜で開かれたんですね？」

「ええ。まあ、三年というのは、妥当なところじゃなかったですか。町田は、全く、控訴しませんでしたね」

「訊問は、あなたがされたんですか？」

「そのときの印象は、どうでした？」

「ええ」

「頭のいい、好青年という感じでしたね。それは、ずっと変わりませんでしたね。ああ、そうだ。出所してから、二度手紙を貰いましたが、それには、恨みがましいことは、全く書いてありませんでしたよ」

「二度といわれましたが、二遍目の手紙は、いつ来たんですか？」

「確か去年の暮れです。なんでも、同郷の恋人が出来たと書いてありましたね。それで、私も、喜んで、安物なんですが、お祝いに、ネクタイをプレゼントしたのを覚えています」

「同郷の恋人ですか？」

「ええ。青森生まれの女性と書いてありましたね」

「その手紙を見せて頂けますか？」

「いいですよ。お帰りになるまでに、お渡ししましょう」

「香西君子という女性は、どうしています？」

「事件直後は、自分を守るために、人殺しまでしたというんで、感激して、泣いていましてね。網走刑務所へも、二回ほど、面会に行ったらしいんです。ところが、やはり、現代風というんですかね。彼が出所するまで、じっと待つといっていたのに、一年たったら、親のすすめる男と、さっさと結婚しちまいましてね。今では、子供が二人いるはずですよ」

と、青木は、笑った。

2

バーが開き、当時と同じバーテンに、事件のときのことをきいた。

バーテンの話も、青木刑事の話と、ほとんど同じだったが、彼の眼の前で起きた事件だけに、話に、生々しさがあった。

「裁判のときには、当然、あんたも、証人として出廷したんだろう？」

と、亀井がきくと、蝶ネクタイ姿のバーテンは、

「ええ。町田さんが、止むを得ず、相手を刺してしまったんだということを、喋りましたよ」

「彼は、喜んでいたかね？」

「本当なら、私が止めていなければならないんですからね。町田さんに恨まれても仕方がないんだけど、あとで、ありがとうといって、握手してくれましたよ」

初老に近いバーテンは、そういって眼をしばたたいた。

その夜、亀井と桜井は、「ホテル・ながら」に泊まった。

十津川に、電話で連絡すると、十津川は、肯きながら、聞いていたが、

「みなさん、町田隆夫に同情的ということかね？」

と、確かめるように、きいてきた。

「そのとおりです。警察も、ホテルの人間も、悪いのは、殺されたチンピラのほうで、町田は少しも悪くないといっています。バーテンなんかは、女を守った騎士《ナイト》扱いですよ」

「それが本当だとすると、連続殺人など、とうていやりそうに思えなくなるねえ」

「そうなんです。私も、ほっとしたような、拍子抜けしたような、複雑な気持ちです」

「とにかく、すぐ、青森県警へ報告しておくよ。君たちは、明日帰るんだろう？」

「町田の手紙を貰って帰ります。それから、森下から、私に電話がありませんでしたか？」

「いや。なかったが、何か大事な連絡でもあるのかね？」

「いえ。別にありません」

といって、亀井は、電話を切った。

亀井は、窓の外に眼をやった。月明かりに、四分咲きの桜が、煙って見える。

「女というのは、薄情なものですね」

若い桜井刑事が、憤慨の口調でいった。

「香西君子という女性のことかい？」

「そうです。自分を守ってくれた男なんでしょう。二年半くらい、どうして待てないんですかね」

「君が、逆の立場なら、待てるかね？」

「もちろん、待てますよ」

桜井は、きっぱりといった。

（そうだろうか？）

と、亀井は、中年らしく考えてしまう。待つというのは、大変なことだ。それに、男は前科を背負って出てくるのだ。そんな男と一緒になるには、それなりの覚悟が要る。

（親のすすめる縁談を承諾するほうが、自然なのではあるまいか）

翌朝早く、青木刑事が、町田から来た二通目の手紙を持って来てくれた。


〈前略、いろいろと、気を使って頂いて、ありがとうございます。

苦しみながら、何とかやっておりますから、ご安心ください。

香西君子さんのことは、別に何とも思っておりません。子供も生まれたらしいと聞き、負け惜しみでなく、喜んでいます。

こんな風に、あっさり書けるのも、私に、好きな女性が出来たからかもしれません。同郷（青森）の生まれで、ふとしたことで知り合ったのですが、同じような境遇なので、自分に前科のあることも、平気で話すことが出来ました。彼女は、それを知った上で、私を愛してくれています。

まだ、彼女の名前をいえる段階ではありませんが、結婚まで進んだときにはぜひ、青木さんにも会って貰いたいと思います。

寒さが厳しくなって来ますので、お身体お大事に。

お歳暮代わりに、詰まらないものを贈らせて貰いました。受け取って下さい。

十二月二十日　　　　　　　　　　　　　　　　　　　　　　町田〉

帰りの新幹線の中で、亀井は、何度も、この手紙を読み返した。

細い小さめな字は、神経質な感じがする。しかし、常識をわきまえた書き方だとも思った。

(町田隆夫は、犯人ではなさそうだな)

と、亀井は、思い始めた。

3

亀井と桜井は、東京に戻ると、十津川に、その手紙を見せた。

十津川の感想も、亀井と似たものだった。

筆跡から感じられるのは、几帳面《きちようめん》で、神経質な性格だった。一方、礼儀正しさも感じられる。

「他の三人は、いかがでしたか？」

と、亀井がきいた。

「日下君たちが調べてくれたんだがね。まあ、それぞれに、青森から上京して、苦労しているといったところかな。津軽物産店の片岡清之だけは例外だったようだが」

「片岡は、優雅で、楽しい東京の生活を送って来たということですか？」

「片岡は、高校を卒業したあと、東京のK大に入ったんだが、新宿近くに、2LDKのマンションを買い与えられ、一カ月二十万円の送金を受けて、大学を卒業している。親から、スポーツカーも買って貰っているよ」

「優雅ですな」

亀井は、肩をすくめていった。

「大学を出てからは、また、親が資本を出して、東京に、津軽物産店を開店した。まあ、東京支店といったところかね。従業員は三人から四人だが、社長は社長だ」

「経営は、上手くいっているんですか？」

「片岡は、彼なりに、いろいろと苦労しているようだが、なにせ、ずっと親に養われて来たようなものだし、女遊びと、賭《か》けごとが、仕事より好きというんじゃ、上手くいくはずがないさ」

と、十津川がいい、そのあとを受けて、調査に当たった日下刑事が、亀井に向かって、

「放漫経営もいいところでね。片岡は、一応社長になっているんだが、この社長の給料というのが、完全なお手盛りなんだな。使いたいだけ引き出すんだから、赤字経営にならなければおかしいんだよ。それが潰《つぶ》れずにいるのは、青森の父親が、子供可愛さで、それをカバーしてくれているからさ。別な面から見れば、片岡清之という男は、お人好しということでもあるんだろうね。津軽物産店をやっているのに、去年の二月頃には、サギ師の口車にのせられて、一千万近い金を欺《だま》し取られているんだ」

「女関係は、派手なようだね？」

「派手というより、ルーズというほうがいいようだよ。自分じゃあ、大変なプレイボーイのつもりらしいが、要するに、女に甘いんだな。その証拠に、銀座のホステスに、何百万も巻きあげられたと聞いたよ。その一方で、今度の仲間の橋口まゆみが、彼の子供を妊娠したのに気づかずにいたりするんだ」

「何か事件を起こしたことは？」

「酒好きで、酔って喧嘩をしたりするらしいが、警察の厄介になったことはないね」

「連続殺人を仕出かしそうな人間だろうか？」

「難しい質問だな」

と、日下は、角ばった顎をなぜるようにしてから、

「万事にだらしのない男なんだが、だらしのない男なりに、強情で、自尊心の強いところが

あると、店の従業員はいっているよ。青森では、強情のことを、何とかいうんだろう？」

「じょっぱり」

「ああ、それさ。片岡は、自分でよく、おれは、じょっぱりだといっているようだよ。だから、いったん相手を憎み出すと、とことん憎むんじゃないだろうか」

「片岡が、仲間を殺すとしたら、どんな動機が考えられるね？」

「一見すると、いろいろと恵まれていて、殺人なんかには無縁のようだが、動機としては、こんなことが考えられると思うんだな。七年前に上京した七人組の中では、何といっても、一番、金もあるし、内容はどうであれ社長だ。自分では、七人の中でのリーダー格のつもりでいるんじゃないかな。現に、上京した年の秋に、七人で水戸に行ったときの費用は、片岡が持ったらしい。ところが、なぜか、七人の中で、リーダーになれないんだね。高校時代に、七人で新聞を作っていた頃は、宮本が編集長だったし、今度の旅行は、宮本孝が、全部計画し、金も出している。自尊心の強い片岡には、それが我慢できないのかもしれない。特に、上野で殺された安田章と、鬼怒川で死んだ川島史郎は、内心で、片岡を馬鹿にしていたんじゃないだろうか。安田は、田舎では幅のきく役人になったんだし、川島は、破産状態とはいえ、片岡と違って、自分の力で、会社を作ったわけだからね。親の力で、会社を作って貰った片岡なんかは、馬鹿にしていたということは、十分に考えられると思うんだ。片岡のほうも、それを敏感に感じとって、憎んでいたんじゃないかな。橋口まゆみは、妊娠して、結婚を迫られていたんで殺した。これでどうですか？　警部」

日下は、最後に、意見を求めるように、十津川を見た。

「一応は納得できるがね。証明するのは難しいね」

と、十津川は、慎重にいった。

「他の二人は、どうなんだ？」

亀井が、日下にきいた。

日下は、お茶でのどを湿してから、

「面白いのは、村上陽子のほうだね。彼女こそ、君のいう、じょっぱり女じゃないかな。高校卒業して、一年半ぐらいは、普通の勤めをしていたんだが、その後、歌手になろうと一念発起してから、自分ひとりで、作曲家に会い、プロダクションを訪ね、レコード会社にも行っている。現在、ＮＦプロに所属して、城かおるという芸名だが、五つか六つ、芸名を変えているそうだ」

「正直なところ、将来性は、どうなんだ？」

「いろんな人間に会って、きいてみたんだがね。歌唱力は、かなりなものがあるそうだ。それに、根性もある。美人でもある。だが、なぜか売れないというんだ。何かが欠けているんじゃないかといっていたね。それに、デビューして、もう四年近くたっている。三年たっても、ものにならないと、将来性がないと考える習慣みたいなものが、芸能界にはあるらしくてね。今は、もっぱら地方巡業で、有名歌手の前座で唄っているらしい」

「他の仲間には、NFプロでは、マネージャーをやっているといっているみたいだが、なぜ、そんな嘘をついていたんだろう?」

「無名の歌手だと知られるのが、嫌だったからさ。とにかく、四年近くやっていて、一向に売れないんだからね。その気持ちは、よくわかるね。売れるようになったら、そのときに知らせる気だったんだろうな」

「村上陽子でも、城かおるでもいいんだが、仲間を殺す動機は、あるのかね?」

「それを、いろいろと考えてみたんだがね。売れない歌手と見破られても、昔の仲間を殺すほどのことはないと思えるんだが」

「こういうことは考えられないかね」

と、十津川が、口を挟んだ。

「どういうことでしょうか? 警部」

「村上陽子が、歌手になりたがったということは、彼女が、自己顕示欲の強い女だということを意味しているんじゃないかな。上手くいかないのに、四年近くも頑張っているということは、今さら、あとには引けないという、瀬戸際に立たされた気持ちがあるんじゃないだろうか。そういう人間の心理というものを考えてみようじゃないか。一番いやなことは何だろう?」

「馬鹿にされることじゃありませんか？」

と、亀井が、いった。

「そのとおりさ。カメさん」と、十津川は、肯いた。

「マネージャーをやっていると嘘をついたのも、なんだ売れない歌手かと、笑われるのに耐えられなかったからだと思う。四年近くもやっていて芽が出ないとなれば、なおさらだ。人間という奴は、不遇の時代が長くなればなるほど、依怙地《いこじ》になり、攻撃的になるものだからさ。今度殺された連中は、何かの拍子に、彼女が、城かおるという売れない歌手だと知ってしまったんじゃないかね。そして、馬鹿にした。少なくとも、陽子のほうは、馬鹿にされたと思い込んだ。例えば、運送屋の社長の川島は、一度つき合えよぐらいのことをいったのかもしれない。役人になった安田は、なんだ売れない歌手かといった顔をしたのかもしれない。いったほうは、何気なくいったのかもしれないが、村上陽子本人は、深く傷ついた。それが、殺意になったとは、考えられないかね」

「すると、殺されたほうは、自分がなぜ殺されるかわからずに死んでいったのかもしれませんね」

亀井が、感心したようにいった。

十津川は、照れた顔になって、

「カメさん。そう感心されると困るんだ。これは、あくまで、村上陽子が犯人としての話だからね。片岡清之が犯人かもしれないし、町田隆夫かもわからんし、宮本孝かもしれん」

「宮本孝は、どんな人間なんだ？」

亀井は、また、日下にきいた。

「一口でいえば、生まじめで、努力、また努力の人間だね。働きながら、大学の夜間を卒業し、今は、法律事務所で働きながら、司法試験を受けようとしている。将来の希望は、弁護士だ。宮本は、四谷の春日法律事務所で働いているんだが、所長の春日弁護士に会って来たが、とにかく、評判はいいね。今どきの若者には珍しく、礼儀正しいし、がんばり屋だといっていたよ」

「しかし、犯人として見た場合、宮本が、一番、仲間を殺しやすい立場にいたことだけは確かなんじゃないかな。今度の帰郷プランは、宮本が、ひとりで計画し、手紙を出し、ゆうづる7号の切符を手配したんだからね」

亀井は、そういった。

十津川は、黙って、七人の名前が書き並べてある黒板の前へ歩いて行き、亀井たちを振り返った。

「宮本孝、片岡清之、町田隆夫、村上陽子の誰が、犯人でもおかしくないわけだ。この中の誰がということも大事だが、もう一つ、解決しておかなければならないことがある。わかるかね？」

「安田章の殺しについては、あまり問題はないと思います」と、亀井がいった。

「密室で死んだ橋口まゆみについては、青森県警が、解決に当たっています。残るのは、水戸で降りて、鬼怒川で死んだ川島史郎の問題ですね。これが、自殺でなく、殺人としたら、犯人も、川島と一緒に、水戸駅で、ゆうづる7号を降りたことになります。犯人は、川島を鬼怒川のほとりまで連れて行って溺死《できし》させたあと、多分、車を飛ばしてと思いますが、どこかで、また、ゆうづる7号に乗り込んだことにもなるわけです。果たして、これが可能かどうかが、問題になりますね」

「そのとおり」

と、十津川は、大きく肯いた。

「犯人は、どこで、またゆうづる7号に乗ったのかを、まず知りたいですね」

「それは、恐らく、仙台だよ」

「それは、事実ですか？」

「青森県警からの知らせなんだが、彼らは、仙台を出てすぐ、川島史郎がいないと騒ぎ出したらしいんだ。そのときには、みんないたということだから、犯人は、仙台で、もう一度、ゆうづる7号に乗ったとみていいんじゃないかな」

十津川は、机の引出しから、時刻表を取り出した。

「時刻表によると、ゆうづる7号は、二一時五三分に上野を発車したあと、最初に、水戸駅に停車する。これが、二三時二七分だ。次の停車駅は、午前四時五三分に一ノ関駅に停車するまで、どこにも停車しないことになっているんだが、これは時刻表の上だけのことでね」

「運転停車ですね」

と、亀井が、微笑した。

亀井が、微笑したのは、前の事件で、時刻表にのっていない停車駅が、事件解決のヒントになったことがあったからである。

運転停車というのは、乗客の乗り降りには関係なく、機関士の交代、給水、荷物の積み下ろしのために停車することで、特に、遠距離を走る夜行列車に多い。

「国鉄に聞いたところ、ゆうづるの場合は、この運転停車が多いんだ。ゆうづる7号についていえば、水戸と一ノ関の間で、次の四つの駅に、運転停車することになっている」

十津川は、黒板に、その駅名を書き出していった。

二三・二七 水戸 停車

平（8分）

夜ノ森（11分）

原ノ町（17分）

仙台（2分）

四・五三　一ノ関　停車

「この四駅のうち、仙台で、乗ったのではないかと、私が考えるのは、まず第一に、仙台を出てすぐ、川島がいないことに気づいて、みんなが騒ぎ出したということからなんだ。つまり、犯人は、仙台で乗ってすぐ、自分が、水戸で降りず、ずっと列車に乗っていたと、他の仲間に思わせようとしたんじゃないかということだよ。次に、犯人は、水戸で降りてから、鬼怒川のほとりへ行っている。その間に、ゆうづる7号は、どんどん、北へ向かって走ってしまっているわけだ。私は、犯人は、車で追いかけたと思うのだが、それには、仙台あたりでないと、無理だと思うからだよ。この四つの駅のうち、東北自動車道に一番近いのが、仙台だからでもあるが、それは、地図を見ながら、説明しよう」

十津川は、東北から関東にかけての地図を持って来て、黒板の上に、ピンで止めた。

4

「この地図をよく見てくれ」

十津川は、まず、水戸駅に、赤いサインペンで丸をつけた。

「犯人と、川島史郎は、水戸駅で降りてから、国道五十号線を、西に向かった。駅前のタク

シーが、川島と思われる男を乗せて、現場である鬼怒川のほとりでおろしたと証言している。水戸から、約四十分かかっている。この客が、被害者の川島か、あるいは川島に化けた犯人かはわからないが、水戸から現場まで、車で四十分かかることは間違いない。もちろん、この間に、ゆうづる7号は、北に向かって走っている。さて、犯人は、現場から、ゆうづる7号を追いかけたわけだが、どうしたと思うね？」

「また水戸駅まで引き返して、次の列車に乗るわけにはいきませんね」と、日下がいった。

「ゆうづる7号に追いつく列車というのはありませんから」

「飛行機も、あの時間では飛んでいませんね」

と、亀井はいってから、

「となると、車を飛ばすしか方法はありませんな」

「問題は、どのルートで、列車を追いかけるかだよ」

「水戸へ引き返し、国道六号線を北上するルートが、まず考えられますね。国道六号線は、太平洋岸を走って、仙台まで行ってますから。しかし、水戸まで引き返すのに、無駄な時間を使ってしまうし、国道六号線は、ハイウエーじゃないから、そんなにスピードは出せませんね」

「残るのは、これさ」

十津川は、上野から、盛岡まで、まっすぐ延びている東北自動車道に、赤い線を引いた。

「国道五十号線を、鬼怒川の現場から、さらに西に走れば、栃木県の佐野インターチェンジで、東北自動車道に入ることが出来る。そして、仙台までぶっ飛ばす。これが、もっとも早いルートだと思うがね」

「果たして、そのルートを走って、仙台で、もう一度、ゆうづる7号に乗れるでしょうか？」

と、日下が、いったとき、制服姿の警察官が入って来て、亀井に、お客さんですと告げた。

「客って、誰だい？」

「森下さんという方ですが。どうしても、亀井刑事に会いたいといっています」

「待たせておいてくれないか」

と、亀井がいうと、十津川が、

「カメさん。会って来たまえ」

と、いってくれた。

「しかし、今は、大切な打ち合わせのときですから」

「これは、頭の中であれこれ考えていても、解決のつかん問題だよ。とにかく、会って来たまえ」

「それでは、すぐ、戻って来ます」

亀井は、十津川にそういって、一階の応接室へおりて行った。

森下は、亀井を見ると、泣き笑いの表情になった。

「君には、おれの駄目な一面を知られてしまったな」

「そんなことはないさ。男と女の問題というやつは、他人にはわからないことだからね。それで、松木紀子は、青森へ帰っていたのか？」

「ああ。君のおかげだよ。それで、おれも、今夜、青森へ帰ることにした。そのお別れに来たんだ。今夜の『ゆうづる5号』で、帰るんだ」

「ゆうづる5号？」

「ああ。寝台車で、寝て帰ろうと思ってね。何か僕で役に立つことはないかね？」

「ちょっと待ってくれ」

「どうしたんだ？」

「ここで、待っていてくれ」

と、亀井は、森下にいってから、捜査本部の部屋に引き返した。

「これから、ゆうづる5号に乗って行き、水戸駅で降りて、さっきのことを実験してみたいと思うんですが」

亀井は、十津川にいった。

「ゆうづる5号で？」

「ええ。上野駅から青森へ向かうゆうづるは、1号から9号まで、奇数番号だけあります。どの列車も、同じ寝台特急で、同じ距離を走っています。実験をするには、5号でも7号でも同じだと思うんです。幸い、友人の森下が、今夜のゆうづる5号で、青森に帰るといいますので、彼にも、手伝って貰うつもりです」

「よし。やってみたまえ」

と、十津川は、いった。

5

上野駅に向かって歩きながら、亀井は、森下に、簡単に事情を説明した。

森下は、眼を輝かせて、

「それなら、ぜひ、協力させてくれよ。君には、ずいぶん迷惑をかけたから、何かしなければと思っていたんだ」

「ありがとう」

「おれは、水戸で降りる。君は、そのまま、ゆうづるで、仙台まで行ってくれ。そして、悪いんだが、仙台で降りて、待っていて欲しいんだ」

「いいとも、仙台から青森へは、次の列車にすればいいんだから」

「われわれの推理が正しければ、君も、おれも、仙台で、ゆうづる5号に乗れるさ」

「間に合うとわかれば、それで、君が今抱えている事件は、解決するのかね？」

「解決の糸口がつかめることは、確かだね」

「ぜひ、おれが、その役に立ちたいな」

森下は、語調を強めていった。

上野駅に着くと、亀井は、青森駅までの切符を買った。

いったん、水戸で降りるが、予想どおり、仙台で、ゆうづる5号に追いつくことが出来たら、そのまま、この列車で青森まで行き、青森県警と情報の交換をするつもりだったからである。このことは、十津川警部の了承を得てあった。

「ゆうづる」は、1号から14号まであり、奇数号列車が下り、偶数号列車が上りである。

亀井が、切符を買って、森下と改札口を入ったとき、ちょうど、ゆうづる5号が、「ゆうづる」のテールマークを見せて、ホームに入って来た。

森下が、ちょっと待っていてくれといって、売店で、ウイスキーのポケットびんや、のしいかや、みかんを買って来た。

「水戸から仙台まで、ひとりぼっちになるんでね」

と、森下は、子供みたいな顔でいった。

発車時刻が近づいて、二人は、ゆうづる5号に乗り込んだ。

水戸までは、約一時間三十分である。

ベッドに入ることもないので、二人は、森下の寝台に、並んで腰を下ろした。

二一時四〇分。

ゆうづる5号は、定刻に、発車した。上野―青森間七三五・六キロを、「ゆうづる」の十四本の列車が走る。

窓の外を、東京の夜景が、流れ去って行く。ピンクキャバレーのネオン、ラブホテルのネオン、そんなものが、次々に現われては消えていく。まるで、夜の東京には、そんなものしかないみたいに、しばらくは、似たようなネオンが続く。

「松木紀子とは、電話で話が出来たのか？」

と、亀井がきいた。

「ああ」

と、森下が、短く肯いた。

「それで、彼女は、何といっていた？」

「私を許すといってくれたよ。あの娘《こ》のほうが、教師の私なんかより、どれほど立派かわからん」

「あまり、自分を責めないほうがいいな。教師だって人間だし、男であることに変わりはないんだから」

亀井は、そういって、慰めたが、森下は、首を振って、

「それで、許されることじゃないさ。私は、青森へ帰ったら、学校に辞表を出して、百姓でもやろうと思っている。どうだい？　一緒に飲まないか？」

森下は、ポケットびんの箱をあけた。

「残念だが、おれは、仕事中だからね」

「じゃあ、おれひとりで、少しだけ飲ませてくれ」

森下は、亀井に断わってから、カップで二杯ばかり、たて続けに飲んだ。

だが、酔えないようだった。

「君が抱えている事件だが、新聞に出ていたのを見ると、全員、青森の人間のようだね」

「ああ。そうなんだ」

「すると、犯人も、当然、青森の人間ということになってしまうんだな」

「その点で、おれも気が重いんだが、これは、殺人事件だからね。同郷の人間だからといって、見逃すわけにはいかないんだ」

「よくわかるよ」

「だが、辛いね。特に、彼らは、まだ二十四歳の若者たちだからね。まだ、誰が犯人かわからないが、手錠をかけるときには、嫌な気分になるんじゃないかと、それが、ちょっとばかり不安でね」

「それじゃあ、殺されたのは、上野駅の青年だけで、鬼怒川と青森の事件は、自殺のほうが、君は、苦しまずにすむということかい？」

森下にきかれて、亀井は、複雑な表情になって、

「ほっとはするだろうね。だが、おれは、これが自殺ではなく、連続殺人だという確信を持っているんだ。いや、証拠はない。証拠があれば、さっさと犯人を逮捕しているさ。まあ、二十年間の刑事生活で得た勘というやつかな。だから、自殺とわかれば、同郷人として、ほっとするだろうが、同時に、がっかりもすると思うね」

「しかし、おれは、殺人は嫌だよ」

「刑事だって、別に、殺人を歓迎しているわけじゃないさ」

と、亀井は、いった。

水戸に着くと、亀井は、森下に、仙台での再会を約束して、ゆうづる5号から降りた。

ゆうづるの乗客は、盛岡、青森あたりまで行く人が多いとみえて、水戸で降りたのは、亀井の他には、親子連れが一組だけで、彼らは、水戸までの切符しか買っていなかった。

それが、当然なのだ。水戸までなら、別に、寝台車を利用しなくても、L特急が、平まで約一時間おきに走っている。

亀井と一緒に降りた家族連れにしても、どうやら、子供が寝台車に乗りたいというので、ゆうづる5号に乗ったらしい。

亀井が、青森までの切符を見せて、改札を出ようとすると、改札掛は、案の定、妙な顔をして、

「途中下車ですか？」

と、きいてから、

「ああ、先日の刑事さんですね」

「あのときは、いろいろと協力してくれてありがとう」

「四月一日に、ゆうづる7号から降りた男の人は、やはり、自殺だったんですか？」

「それをもう一度、調べようと思ってね」

亀井は、途中下車の鋏を入れて貰って、改札を出た。

腕時計の針は、二三時一五分をさしている。列車を降りてから、すでに、七分経過してい

るのだ。

水戸駅に四分間停車したゆうづる5号は、もう発車して、北に向かって走っている。

亀井は、軽い焦燥を感じながら、駅前で客を待っているタクシーの中から、新車で、運転手の若そうな車を探して、乗り込んだ。

運転手に、警察手帳を示した。

「協力して貰いたいんだ。もちろん、料金も払う」

「どうすればいいんです？」
三十二、三歳の運転手は、緊張した顔で、きいた。緊張しているが、やる気満々という顔でもあった。
「腕に自信はあるかね？」

「趣味でスピードレースに出たこともありますよ」

「じゃあ、まず、国道五十号線を、鬼怒川のほとりまで走って欲しい。四十分で行かれるかね？」

「四十分あれば、楽ですよ。この時間なら、道路もすいていますからね」

運転手は、レーサーみたいな眼つきになると、荒っぽく、車をスタートさせた。

夜の十一時を回っているので、運転手のいうように、道路の渋滞《じゅうたい》もない。赤信号以外は、ノンストップで飛ばした。

鬼怒川のほとりで、車をとめると、運転手は、誇らしげに、亀井を振り返って、

「刑事さん。三十五分で着きましたよ」

「じゃあ、五分間ここで休んでくれ」

と、亀井は、いった。

「それから、どうすればいいんです？」

「東北自動車道へ入って欲しいんだが、どこで入るのが一番近いかね？」

「佐野インターチェンジでしょうね」

「やっぱりね。じゃあ、そこから入って、仙台まで行ってくれ。国鉄仙台駅までだ」

「仙台まで何時間で行けばいいんです？」

「とにかく、出来るだけ早く走って貰いたいんだ。ここから国鉄仙台駅まで、急いで、何時間で着けるか、それを知りたいんだよ」

「制限速度をオーバーして走っても構いませんか？」

「いいさ。ただし、事故だけはごめんだよ。まだ死にたくないからね。さあ、行こう」

と、亀井は、運転手の肩を叩いた。運転手は、前よりも一層張り切って、車を飛ばした。

佐野インターチェンジから、東北自動車道に入った。

もともと、東北自動車道は、昼間でも、車の通行量の少ない、ハイウエーだが、深夜の今は、もっと、車の数が少なかった。

運転手は、びゅん、びゅん、車を飛ばす。亀井が、スピードメーターをのぞき込むと、百キロを軽く越して走っている。次々に先行車を追い越していく。

なかなかのスリルだった。

確かに、運転はうまい。

「宇都宮」「黒磯」「白河」と、次々に、標示板が、夜の中に浮かびあがっては、流れ去って行く。

快適なスピードだった。

(これなら、間に合いそうだな)

「仙台」の標示が見えて来た。仙台まで、二〇キロ、一〇キロ、五キロと、数字が減っていく。

タイヤをきしませながら、仙台インターチェンジに出た。

車は、仙台市内に入ったが、そこから、国鉄仙台駅までが、遠かった。なかなか、市の中心に入って行けないのだ。

容赦なく、時間が過ぎていく。

「道を間違えてるんじゃないのか？」

「いえ。仙台には、時々来てますからね。ほら、あれが、仙台駅ですよ」

と、運転手が、顎《あご》をしゃくった。

人通りの絶えたメインストリートを、突き当たったところに、茶色い三階建てのステーションビルが見えた。「仙台駅」の文字が見えた。

タクシーが、中央口に横付けになると、亀井は、料金を払って、飛びおりた。

人気《ひとけ》のない駅の構内に駈け込んだとき、ふいに、

「おい。亀井！」

と、呼ばれた。

びっくりして、声のしたほうを見ると、店を閉めたＫＩＯＳＫの前に、森下が立っていた。

「こんなところで、何をしてるんだ？」

と、亀井が、大声で、きき返した。

「何をって、君を待ってたんだよ」

「待ってた？　ゆうづる5号は？」

「とっくに、出ちゃってるよ。おれは、車掌に頼んで、おろして貰ったんだ」

「ゆうづる5号の仙台着は、何時だったかな？　メモした紙を、失くしちまったんだ」

「午前二時三五分。二分停車して、出て行ったよ」

「そうだった。二時三五分だ」

亀井は、自分の腕時計に眼をやった。

午前三時一五分をさしていた。

駅の大時計も見たが、同じだった。

（四十分の遅れか）

その時間は、亀井には、絶望的な長さに思えた。数分おくれたというのではないのだ。

「三時四〇分に、次のゆうづる7号が来る。おれは、切符を買い直して、乗るつもりだよ。ゆうづる7号も、仙台には運転停車だが、頼めば、乗せてくれるだろうからね。君は、どうする？」

と、森下がきいた。

「おれは、とにかく、東京に連絡しなきゃならない。それから、青森へ行けたら行くよ」

亀井は、元気のない声でいった。

刑事としての勘が、見事に外れてしまったのだ。

駅の構内にある黄色の公衆電話のところに行き、百円玉を何枚か入れて、十津川に電話をかけた。

「見事に、予想が外れました」

と、亀井は、正直にいった。

「本当かね？」

十津川の声も、意外そうだった。

「本当です。いくら車を飛ばしても、仙台では、追いつけません」

「どのくらい遅れたのかね？」

「四十分です」

「四十分もかね」

「五、六分ならば、もう少し車を飛ばせば、と思いますが、四十分では、どうしようもありません」

「しかし、ゆうづる7号は、もっと遅く水戸駅に着く。道路も、もっとすいていて、スピードを出せるということは、考えられないかね？」

「それも考えてみました。しかし、ゆうづる5号でも、水戸着は、夜の十一時八分です。国道五十号線は、すいていて、全く渋滞にあいませんでしたし、東北自動車道は、なおさら、すいすい走れました」

「そのタクシー運転手の腕はどうだったね？　もっと腕のいい運転手だったら、もっと時間を短縮できるとは考えられないか？」

「アマチュアとして、スピードレースに出たことがあるというだけあって、見事な腕でした。東北自動車道は、制限速度が八十キロですが、彼は、百キロから、百二、三十キロで飛ばしましたね。あれ以上のスピードは、ちょっと危険じゃないでしょうか。それに、宮本孝、片岡清之、町田隆夫、村上陽子の四人の中の誰かが犯人のわけですが、この中に、レース経験者がいるということを聞いていませんから、今日の運転手以上に飛ばせたとは思えません。

プロのレーサーなら別かもしれませんが、それでも、水戸と仙台の間で、四十分も所要時間を短縮するのは、とうてい無理だと思います」

「だろうな」

「これから、私は、どうしたらいいですか？」

「車も駄目となると、残るのは、ヘリコプターだけだね」

「私もそれを考えました。ヘリなら、十分間に合うと思います」

「ヘリが使われたとすれば、多分、農業用のヘリでも、前もって、契約しておいたんだと思う。関東から東北にかけての農業地帯だからね。君は、夜が明けたら、水戸から仙台へかけてのヘリの会社を当たってみてくれ」

「わかりました」

「森下という君の友だちは、どうしている？」

「私に協力して、仙台で降りていてくれましたが、間もなく、ゆうづる7号が来るので、それに乗って、青森へ帰るそうです」

「君も行きたいだろうが、ヘリのことを頼むよ。ヘリの線も出なければ、川島史郎は、自殺ということで、今度の事件は、少なくとも、東京に関する限り、解決したことになってしまうからね」

6

亀井は、ゆうづる7号に乗るという森下を見送らずに、駅の構内を出ると、宮城県警本部まで、人の気配の消えた深夜の道を歩いて行った。

ヘリのことを調べるには、各県警の助力を得ることが、どうしても必要だったからである。

宮城県警に着くと、当直の警官に事情を話して、協力を頼んだ。

相手は、亀井を仮眠所に案内し、休んでいる間に、県下のヘリコプター会社を調べあげておきましょうといってくれた。

亀井は、九時近くまで眠った。

起きると、亀井は、改めて、県警本部長に挨拶した。

宮城県内で、ヘリを動かしている会社は、すべて洗われた。が、四月一日の夜から、二日の早朝にかけて、頼まれて水戸から仙台まで、人を乗せて飛んだというヘリは見つからなかった。

亀井は、福島、前橋、水戸と南下して行き、各県の県警本部に、県下のヘリのことを調べて貰った。

結果は、同じであった。福島県、栃木県、群馬県、そして茨城県でも、四月一日の夜から二日の朝にかけて人を乗せて、水戸―仙台間を飛んだヘリは存在しなかった。

亀井は、念のために、さらに南下して東京と、千葉も調べてみたが、そんなヘリコプターは、見つからなかった。

亀井が、何の収穫もないままに、上野署の捜査本部に戻ったのは、四月八日の夜である。

十津川は、亀井の報告を聞くと、

「ヘリコプターもなしか」

と、いった。さほど、失望した表情を見せなかったのは、最初から、ヘリが使われた可能性は、あまり考えていなかったからである。

「これで、川島史郎の自殺が、確定ですか？」

亀井が、不満そうに、十津川を見た。

「少なくとも、川島史郎の仲間が、彼を水戸で殺したという線は、消えたということだね」

十津川は、自分にいい聞かせる調子で、いった。

日下は、黙って、二人のやりとりを聞いていたが、

「カメさん」と、亀井に声をかけた。

「仙台じゃなくて、東北自動車道を、終点の盛岡まで飛ばしたら、列車に追いつけるんじゃないのかね？」

「かもしれないが、無意味だよ。仙台を過ぎてすぐ、川島史郎がいないことに気がついて、

みんなが、騒ぎ始めたというんだ。仙台で、みんながいたことが、証明されているんだ。だから、盛岡で乗れても、仕方がないのさ」

「そうだったな。畜生！」

と、日下は、舌打ちした。

亀井は、十津川に、

「青森のほうは、どんな具合ですか？」

と、きいた。

「君が、出かけたあと、電話連絡して、町田隆夫の前科のことなどを知らせたんだがね。そのとき、向こうの江島警部にきいたんだが、青森県警でも、他殺の証拠がつかめずに、苦慮しているようだ」

「そうなると、高校時代の仲間七人が、七年ぶりに故郷青森への旅行をしたが、その中の一人、川島史郎が、動機はわからないが、仲間の一人、安田章を上野駅で殺したものの良心の呵責《かしやく》に耐えかねて、ゆうづる7号から途中下車して鬼怒川に投身自殺、一方、青森に着いた五人の中の橋口まゆみが、惚れた片岡清之への当てつけに服毒自殺した。それで終わりですか？」

「君は、不服のようだね？」

「何か納得できないんです」

亀井は、憮然とした顔でいった。

「しかし、川島史郎の件は、君が実験してみて、仲間の誰かが殺すことは不可能だという答えを出して来たんだよ」

「確かに、そうなんですが――」

「どこが納得できないんだね？」

「七人の旅行が、単なる旅行とは違っていたからです。昔の高校時代の仲間が、誘い合って、観光に出かけたというのとは違います。彼らが、夜行列車に乗って向かったのは、故郷なんです。そこには、彼らの過去があり、彼らの家族がいるわけです。しかも、東京のように、開かれた土地ではありません。良くも悪くも、閉ざされた土地です。人間の恨みつらみは、東京みたいな大都会では、拡散して、薄められてしまうかもしれませんが、東北では、逆なのです。恨みつらみは、一層、どろどろしたものになっていくはずです。そうした作用は、上野駅で、すでに始まったと思うのです。上野は、東北から上京して来る人間にとっては終着駅ですが、同時に、北へ帰る人間にとっては、始発駅であるからです。もし、七人の一人が、他の仲間に対して、恨みつらみを抱いていたとすれば、故郷の青森へ近づくにつれて、今、申しあげたように、その人間の胸の中で一層、どろどろしたものになっていったはずなのです。それなのに、良心の呵責に耐えかねて、途中下車をし、投身自殺をしたなどということは、どうしても考えられないのです。第一、そんな気の弱い人間なら、上野駅で、仲間の一人を、あんな残酷なやり方で殺したりはしないと思うのです」

「カメさん。君のいいたいことはわかるが、川島史郎が仲間に殺されたと考えることは、物理的に不可能なんじゃないのかね」

「そうなんです」と、亀井は、小さな溜息をついた。

「まるで、自分で、自分の首をしめているようなものです。参りました。自分で、川島史郎の自殺を証明しておきながら、それが不満なんですから」

7

同じ頃、青森県警も、苦悩に包まれていた。

ホテルの一室で毒死した橋口まゆみを、殺されたものとみて、捜査本部を設置したものの、いぜんとして、他殺の証拠はつかめず、容疑者をしぼることも出来ずにいたからである。

他殺とするためには、密室の壁と、遺書の壁をのり越えなければならないのだが、その作業は、いっこうに、はかどらない。

一方、容疑者の四人については、東京の警視庁から、東京での七年間の報告を受けていた。

もっとも容疑が濃いのは、橋口まゆみの恋人だった片岡清之である。

片岡自身、彼女と関係があったことを認めているし、彼女のお腹の子も、片岡が父親とみて、まず、間違いあるまい。

しかし、警視庁の報告を参考にすると、どう見ても、片岡は、女を殺すような男には見えなくなって来るのだ。

片岡は、浪費家で、女にルーズな男だという。

こういう男は、女から、自分の子供が出来たといわれ、結婚を迫られても、まず、金で解決しようとし、次には、無責任に逃げ回りはするが、めったに、相手を殺したりはしないものである。それだけ激しく愛したりしないのだ。

むしろ、生まじめで、女に慣れていない男が、前後の見境がなくなって、殺人に走ることが多い。

片岡が殺したとすれば、よほど、切羽つまった理由があったと思うのだが、これが、わからなかった。

他の三人、宮本孝、町田隆夫、村上陽子には、直接、橋口まゆみを殺す動機は見当たらない。宮本、町田の二人は、彼女の恋愛の相手ではなかったし、村上陽子は、女だからである。

この三人が犯人の場合は、他の動機ということになる。

町田には、殺人の前科があった。

それを、前日に、警視庁から知らされたときは、江島も、三浦も、他の刑事も、色めき立った。

別に、前科者に対して、偏見を抱いているわけではない。むしろ、一般の市民より、刑事たちのほうが、偏見を持っていないといっていいだろう。前科そのものより、その内容を考えるのが、刑事だからである。

江島たちが、色めき立ったのは、自分の前科をかくして今度の旅行に加わった町田が、それを知られ、からかわれるかして、カッとなり、仲間を殺したのではあるまいかと、考えたからだった。つまり、新しい動機が見つかったと思ったからである。

しかし、その後の警視庁からの報告によると、町田が岐阜で犯した殺人は、正当防衛に近いものだという。殺人犯というイメージより、正義漢というイメージのほうが、強くなってしまったのだ。

それに、町田が、自分の秘密を仲間に知られて、カッとして殺したとすれば、橋口まゆみだけでなく、上野駅の安田章も、鬼怒川の川島史郎も、町田が殺したと考えるのが適当だろう。だが、その後の警視庁の調査によると鬼怒川で川島を殺すのは、町田には物理的に不可能だということだった。

三浦は、町田隆夫に前科のあることを、他の仲間が知っていたかどうかを調べてみた。すでに死んでしまった安田章、川島史郎、橋口まゆみの三人には、確かめようがなかったから、片岡清之、村上陽子、それに、宮本孝の三人に、それとなく当たってみた。

片岡と陽子の二人は、明らかに、知らなかったようである。

宮本も、始めのうち、そんなことは知らないといい張っていたが、三浦が、すべてわかっているというと、他の六人に連絡したくて、探偵社に頼んで調べて貰っているうち、町田の前科のことも知ったことを認めた。

「でも、僕は、他の六人、いや、町田をのぞく五人には、そのことは、一言も喋っていませんよ。これからだって、話はしません」

と、宮本は、宣誓でもするような調子でいった。

町田の前科が、殺人の動機という線は、これで、消えてしまったなと、三浦は、思った。

村上陽子が、城かおるという売れない歌手だったという発見も、一つの動機になるのではないかと考えられた。

特に、橋口まゆみとは、七人の中の唯一の女同士である。仲が良かったとも考えられるが、また、反撥し合っていたかもしれない。

橋口まゆみのほうは、平凡な顔立ちで、東京に七年もいたのに、あまり洗練されてはいない。

一方、村上陽子のほうは、なかなかの美人で、服装も派手だ。当然、男たちの注目は、陽子のほうに集まる。

まゆみの恋人である片岡も、彼女より、陽子を、ちやほやしたに違いない。まゆみにしたら、面白くなかったろう。そんなとき、陽子が城かおるという売れない歌手だと知ったら、それを、いたぶりの材料にして、陽子をからかったのではないだろうか？

それでなくても、売れない歌手ということに、後ろめたさを感じていた陽子は、頭に来て、まゆみを毒殺したのではあるまいか？

あり得ないことではないと、江島警部も、三浦刑事も思った。

しかし、いくら捜査を進めても、橋口まゆみが、村上陽子をからかっていたという形跡は見つからなかった。

最後は、宮本孝だった。

宮本は、町田隆夫に前科があることを知っていたし、村上陽子が、城かおるだということも知っていたようである。

橋口まゆみが、妊娠していることは、さすがに知らなかったらしいが、片岡との関係は知っていたらしい。

宮本は、苦労して大学を卒業し、法律事務所で働きながら、司法試験を受けようとしていると、警視庁から報告してきた。

勤勉で、努力家だ。だが、だからといって、悪に走らないとはいえない。他人の秘密を握ったら、なおさらだ。その秘密をタネにして、相手をゆすっていたとしても、おかしくはないのだ。

浪費家の片岡など、絶好の標的だろう。死んだ安田章、川島史郎、橋口まゆみも、宮本に脅迫されていたのかもしれない。しかし、そうだとしたら、殺されるのは、当然、脅迫者の宮本のほうでなければおかしい。それなのに、現実には、宮本は生きていて、他の仲間が死んでいるのだ。

だから、宮本の脅迫説も、自然に、消えて行った。

8

「これ以上、彼らを足止めさしておくのは、無理じゃないかねえ」

江島が、元気のない声でいった。

今日は、すでに、四月八日、というより、間もなく、九日の夜明けである。

三浦は、窓の外が、少しずつ、白っぽくなっていくのを見つめた。この夜明けのように、事件が解決に近づいているといいのだが。

「東京の警視庁のほうも、川島史郎は、自殺で決まりそうですね」

「そのようだ。宮本孝、片岡清之、町田隆夫、村上陽子の四人は、上野と鬼怒川の事件にも無関係とわかったんだ。これで、引き止める理由はなくなったよ」

「しかし、私には、橋口まゆみの死は、どうしても、殺人《ころし》としか思えないんです。あんな形での自殺なんか、考えられません。部屋の鍵をかけて、遺書を書いて自殺というのは、よくありますが、自殺するのに、なぜ、ニセの睡眠薬を置いておく必要があるんでしょうか？ その上、当人が飲んでいたのは、青酸カリなんです」

「不自然なのは、私にもわかってるさ。しかし、他殺なら、どうやって、遺書を書かせたんだ？ 筆跡は、橋口まゆみなんだし、ふるえてはいなかった。それに、部屋には、チェーンロックまでおりていたんだ。完全な密室なんだよ。また、動機もわからん。わからんだらけじゃあ、どうしようもないな」

江島は、三浦を叱るというより、自分自身に腹を立てているという様子で、大きく舌打ちをした。

「とにかく、彼らを、これ以上、引き止められんよ」

と、江島は、いった。

「捜査本部は、どうなります？」

三浦が、江島を見てきいた。

「当然、解散だな。殺人事件と見て、捜査を始めたが、それを証明できないんだからね」

と、江島はいってから、三浦に向かって、

「しかし」

と、つけ加えた。

「君には、引き続いて、この件を調べて貰う。ひとりで大変だろうが、やってみてくれ。私だって、今でも、他殺だと思っているんだ」

9

県警本部に設けられていた捜査本部は解散し、宮本たちは、自由になった。

四人は、ホテルの食堂で、朝食をとりながら、これからどうするか話し合った。

「おれは、すぐ東京へ帰るよ」

と、肩をすくめながらいったのは、片岡だった。

「おれたちを、殺人の容疑者扱いするなんて、青森は、やっぱり、日本の田舎《いなか》だよ。おれは、東京が懐かしくなっちまったね」

「僕は、とっくに東京に帰っていなければいけなかったんだ」

と、いったのは宮本だった。

「じゃあ、一緒に東京に帰るか？」

片岡が、誘った。

「三人の葬式には、出席しないの？」

陽子が、咎《とが》めるような眼で、宮本と片岡を見た。

宮本は、生まじめに、

「僕だって、それを考えたんだがね。急を要する仕事が東京に待ってるし、川島は、安田を上野駅で殺して、自殺したんだろう？　どちらの家でも、気まずい思いで、葬式をするんじゃないかな。そんな空気のところには行きたくないからねえ。しばらくして、落ち着いてから、お墓参りでもさせて貰おうと考えたんだ。だから、今日中に、東京へ帰ろうと思ってるんだ」

と、答えた。

片岡のほうは、それに便乗するように、

「おれも、同様だな。おやじに電話して、三人の葬式には、黒のリボンをつけた大きな花輪をおくって貰うよ。それで、今回は、勘弁して貰う。そうだ。おれたち四人の名前にしておいてもいいぜ」

「でも、まゆみさんは、自殺なんだし、片岡君の恋人だったんでしょう？　彼女の葬式は今日だそうだから、それにだけは出てから、東京に帰ったら？」

と、陽子は、片岡にいった。

しかし、片岡は、肩をすくめて、

「だから、よけい、顔を出しにくいんだよ。正式な仲じゃなかったからね。自殺したのはお前のせいだなんて責め立てられたら、おれは、どう返事したらいいんだ？　え？　それに、おれは、津軽物産の東京店の責任者だからね。一日だって、留守にできないんだ」

と、いい、それで、陽子に対する答えはすんだという顔で、

「君は、どうやって帰るんだ？」

と、宮本にきいた。

「僕は、急ぐから、青森空港から、羽田《はねだ》へ飛行機で行くつもりにしているよ」

「おれは、飛行機は大嫌いだよ。それに、青森から羽田へ飛んでいるのは、ジェット機じゃなくて、YS11だぜ。もうボロ飛行機だから、危ないんじゃないか」

「それでも、列車より早く着くと思ってね」

と、宮本は、いってから、

「君たちは、どうするんだ？」

と、町田と陽子にきいた。

「僕は、君たちみたいに、忙しい身体じゃないからね。もう少し、青森の町をぶらぶらしてから、東京に帰るよ。出来たら、三人の葬式に顔を出すつもりだ」

と、いったのは、町田だった。

片岡は、それを聞くと、「ちょうどいい」と、ふところに手を入れた。

「おやじにも頼んどくが、おれからも、三人に香典を出すから、君が、持ってってくれ。一人に一万円ぐらいでいいかな」

勝手にいい、財布から一万円札を三枚抜き出して、町田に押しつけた。

町田は、苦笑しながら、

「君の名前で、渡しておくよ」

と、いった。

宮本は、あくまで、もっと落ち着いてからといった。

「君は、どうする？」

片岡は、財布をしまいながら、陽子を見た。

陽子は、照れたような笑い方をしてから、

「実は、あと二回、この近くで公演があるの。かくして出るつもりにしてたんだけど、ばれちゃったんだから仕方がないわね。その公演が終わったら、東京に帰るわ。公演の合間に、時間があったら、三人のお葬式に出るつもりにしてるんだけど」

と、いった。

「城かおるというの、なかなかいい名前じゃないか」

と、片岡がいった。

「ありがとう」

「演歌のKなんて、十五年辛抱して、パッと売り出したんだ。君だって、可能性は、大いにありだよ」

「そうだと嬉しいんだけど」

「大丈夫さ。そのうちに、おれたちで、後援会を作るよ。町田は詩人なんだから、彼女の歌を作ってやれよ」

片岡は、ひとりで決めて、はしゃいでいた。

町田は、長い髪をかきあげるようにしながら、

「いいとも。津軽を舞台にしたものを考えておくよ」

「ありがとう」

陽子が、本当に嬉しそうに、ぴょこんと頭を下げた。

一見して、四人とも、仲間の三人が、相ついで死んだことなど、何の傷痕《きずあと》も残していないように見えたが、それは、あくまで表面上のことで、それぞれに、こたえていることは確かだった。やたらにはしゃいでいる片岡にしても、自分の子供を宿していた橋口まゆみの死のショックで、逆に、わざとはしゃいでいるのかもしれなかった。

朝食をおえて、コーヒーを飲んでいるところへ、県警の三浦刑事が、顔を出して、四人に、改めて、長く足止めしたことを詫びた。

「人の好《い》い刑事さんね」

と、陽子が、三浦刑事が帰ったあとでいうと、町田は、小さく笑って、

「そうかな」

「違うの？」

「僕の眼から見ると、あの刑事は、口惜しくて仕方がないって顔つきだったなあ。今だって、彼は、われわれの一人が、橋口クンを殺したと思っているに違いないよ。それで、様子を見に寄ったんだと見たんだがな」

「おれも同感だね」

と、片岡が、すぐ、肯いて、

「県警が、今度の事件を自殺じゃなく、他殺と考えて捜査したのは、あの刑事の主張だったって話だからね」

「でも、もう自殺に決まったんでしょう？」

「でも、あの刑事は、町田のいったように、まだ、他殺だと思ってるね。さしずめ、このおれなんか、彼にマークされているナンバー・ワンじゃないかな」

片岡が、肩をすくめた。

宮本が、腰を浮かして、

「僕は、そろそろ失礼するよ。東京行きの飛行機が、十時二十分に出るんだ。青森空港まで、ここから、車で十五、六分かかるそうなんでね」

「一日一便しかないのか？」

片岡がきいた。

「いや。一日二便だ。次は午後の四時十五分でね。午前の便を逃がすと、五時間以上待たなきゃならないんだ」

「じゃあ、東京で、また会おうじゃないか」

「ああ、いいよ。もう時間がない」

宮本は、あわただしく、食堂を出て行った。

彼が出て行くと、片岡も、腕時計に眼をやって、

「おれも、もう東京へ帰らなきゃね。会社のことが心配なんだ。実は、おやじから電話を貰ってね。しっかりしろと、ハッパをかけられたんだよ。それに、彼女が死んだりしたこともあってね。少しばかり、心を入れかえようと思ってるのさ。じゃあ、失礼する」

と、いい、あわただしく出て行った。

あとに、町田と、陽子だけが残された。

陽子が、寂しそうにいった。

「みんな、東京に帰ってしまうのね」

町田は、足を投げ出すようにして、煙草をくわえてから、

「そうだね」

と、肯き、彼女にも、煙草をすすめた。

「まるで、二人だけ取り残されてしまったみたい」

と、陽子は、周囲《まわり》を見回してから、

「変なものね。上野駅に集まって、青森行きの寝台車に乗り込んだときは、みんな、故郷へ帰るというんで、修学旅行に行くみたいに、はしゃいでいたでしょう。事件に巻き込まれて、びっくりしたことはあるけど、青森に着いたら、今度は、あわただしく、東京へ戻って行くのね」

「七年間、東京にいる間に、東京が生活の場になってしまっているからさ。いくら、故郷が懐かしくても、人間は、生きていかなければならないからね。僕だって、今は、東京が生活の場になってしまっている。でも、死ぬときは青森で死にたいと思うんだ。人間は、生まれたところで死ぬのが、一番幸福だというのが、僕の考え方だからね」

「私も、死ぬときは青森で死にたいな。私ね、高校時代に、面白くないことがあると、よく、連絡船を見に岸壁に行ったわ。青森駅の前を右のほうへ歩いて行くと、貨車の引込み線があるでしょう？　あの線路を渡って行くと、『いかり』っていううらさびれたスナックがあってね。その傍を通って、岸壁に出てね。そこに腰を下ろして、連絡船の桟橋をよく眺めたわ。海に、かもめが浮かんでいて、魚釣り禁止の札が立ってるのに、なぜか、いつも、二、三人、並んで釣りをしていたわ」

「海が好きなんだね」

「今でも好きよ。海を見てると落ち着くのね。でも、東京の海は駄目だわ。ここの海が好きなのよ」

「そのことを、片岡たちに話したのかい？」

「ええ。宮本クンにも話したわ。そしたら、二人とも笑ったわ。いい年齢《とし》をして、センチだって」

「自分じゃ、どう思ってるの？」

「そうね。歌の世界に入って、四年もたってるから、いろいろと、人生について勉強させられたけど、別な見方をすれば、片寄った世界に入っちゃったから、子供じみたところもあるかもしれないわ」

「今日は、どこで、公演するんだい？」

「今日、明日とも、青森市内の映画館。ええと――」

と、陽子は、小さな手帳を取り出して、

「今日、四月九日は、S映画館、明日十日は、N会館。どちらも、午後二時から四時まで。もちろん前座歌手で、持ち歌がないから、他人の歌を唄うのよ。早く、自分の歌を唄いたいわ。見に来てくださる？」

「わからないな。僕は、気まぐれでね。ふらりと、下北へ行くかもしれないし、すぐ、東京へ行ってしまうかもしれない」

「自由でいいわ」

「いいかえれば、定職がないということでね」

と、町田は、苦い笑い方をした。

「下北へは、何しに行くの？」

「恐山を見たいんだ。あそこにいるイタコ（盲目の巫女《みこ》）に会って、本当に、彼女たちが、死者の言葉を伝えられるものかどうか知りたいんだよ」

「気味が悪いわ」

「もし、本当に、死者の言葉を伝えてくれるものなら、聞いてみたいと思ってね」

「そのことだけど——」

「何だい？」

「町田クンに、聞きたいことがあるんだけど——まあ、止《よ》すわ」

「構わないさ。僕の前科のことだろう。人間を殺したとき、どんな気持ちか知りたいんだろうと思うけど、その瞬間は、もちろん、快感もないけど、といって、恐怖もなかったね」

第九章　青森駅

1

青森駅は、一日に約三万人の乗客が乗り降りするにしては、意外に小ぢんまりした駅である。

昭和三十四年に改築された現在の駅舎は、二階建てで、「あおもり駅」と、平仮名の文字が、屋上に並んでいる。

同じ東北でも、新しくなった仙台駅の巨大なビルに比べると、まるで、田舎の小駅といった感じすらしてしまう。

駅には、それが、悲願でもあるかのように、東北新幹線誘致の垂れ幕が下がっていた。もし、東北新幹線が、ここまで延びて来たら、仙台駅のような、巨大なステーションビルが建つのだろうか。

だが、今の青森駅は、小さく、それだけに、夜行列車で着くと、よけい、旅情が感じられる。

また、列車を降りて、跨線橋《こせんきよう》をあがると、そこから、青函連絡船への通路が長く延びているせいだろう。青森駅は、文字どおり、東北の終着駅のはずなのに、なぜか、上野駅のような、ここで終わりという、物悲しい空気がない。

観光案内にも、「北海道への玄関口、青森へようこそ」と、書かれている。いわば、北海道への入口なのだ。

特に、特急「はつかり11号」（青森着〇・一三）や、特急「みちのく」（青森着二三・五〇）が着く午前〇時頃、列車から降りた人々が、息をはずませるようにして、青函連絡船乗り場へ向かって歩いて行くのを見ると、青森は、北海道への玄関口の感が強くなる。

四月十一日は、朝からどんよりと曇っていて、今にも、降り出しそうな空模様だった。

そのせいか、肌寒かった。

ここ何日か、春の遅い津軽にも、ようやく、春が顔をのぞかせたように見えていたのに、今日は、また、寒さがぶり返したみたいな感じだった。

青森駅の待合室にあるスチームにも、また、暖房が入れられた。

青森駅の東口駅舎の待合室には、常連がいる。
十二、三人の老人たちである。

元の職業は、刑事あり、銀行員あり、船員ありと、さまざまだが、現在は、無職である。

いつの頃から、駅の待合室に集まるようになったのかわからないが、朝、バスが動き出す頃になると、七十三歳以上に交付される無料パスを使って、市内のあちこちから、青森駅へ集まって来る。そして、暖房のきいた待合室の長椅子に腰を下ろして、一日中、お喋りを楽しむのだ。

老人たちが、座る場所も、いつの間にか決まってしまって、窓際の長椅子が、彼らの専用だった。

この日も、朝八時には、無料パスの利く市バスを使って、出勤して来て、待合室の長椅子には、七、八人の老人たちが集まっていた。

全員が、顔見知りである。明るい話を交わすときもあれば、年齢《とし》が年齢だから、仲間の一人が急に姿を見せなくなったと思うと、病死していたりして、悲しい話題になってしまったりすることもある。

この日も、八十二歳になる元サラリーマンの常連が、死んでしまったということが知らされて、みんなで、彼の思い出話が始まった。

元船乗りの岸本老人が、オーバーのふところから、得意げに、ウイスキーの角びんを取り出し、

「あの爺《じ》さまの、冥福《めいふく》ば祈って、みんなで乾杯しねが」

「コップがねよ」

「そこの売店で、紙コップば貰ってきねが」

紙コップが用意されると、岸本老人は、みんなに、ウイスキーを注いで回ったが、隅の椅子に、若い女性が、ぐったりしたように、ぽつんと座っているのを見つけて、

「どんだ。お嬢さんも一杯やらねが？　こった寒い日だば、酒が一番いいんだ」

「無理にすすめねほういいよ」

他の老人が、心配そうにいった。

彼らが集まって、一日中、待合室の一角を占領していることに、批判がないわけではないが、国鉄側も、公安も、老人たちのささやかな楽しみを黙認してきた。

それなのに下手に、一般客を怒らせたりしたら、公安に追い出されてしまう。それを心配して、岸本老人を止めたのだが、酒好きで、人のいい岸本老人は、

「この娘さんは、どうも顔色がよぐねんだ。したはんで、酒でも飲ませてやるがと思ってさ。どうだ、娘さん」

と、女の肩に手をかけて、軽くゆすった。

そのとたん、大柄な女の身体は、ずるずると、椅子から滑り落ちて行き、床に、仰向けに転がった。

腰を下ろしているときには見えなかったが、彼女の顔には、苦痛が、そのままの形で貼《は》り

つき、眼を剝《む》いた、死者のものだった。

近くにいた若い二人連れの娘が、悲鳴をあげた。

そのとき、元警官の北村老人がすっくと立ち上がると、

「みんな静かに！」

と、叱りつけるようにいった。

甲高いが、よく通る声だった。

「岸本さんは、すぐ公安さ行って知らせて来てくれ。他の人だば、死体さ触《さわ》らねように。現場保存ってのが、一番、大事なんだ」

さすがに、元警官だった。

岸本老人は、すぐ、鉄道公安室に知らせに行った。

2

青森駅の鉄道公安室からの知らせを受けて、県警本部の三浦刑事は、取るものも取りあえず、現場である青森駅に急行した。

パトカーの中でも、三浦は、歯がみをしていた。殺されたという若い女が、どうやら、村上陽子らしいと聞いたからだった。

捜査本部が解散されてからも、三浦は、江島警部の命令でひとりで、事件を追っていた。しかし、たった一人では、宮本孝、片岡清之、町田隆夫、村上陽子の四人の行方を監視はできない。村上陽子は、青森市内で、公演を続けているらしいことは知っていたが、尾行はつけていなかったのである。

(しまった)

と、思っても、後の祭りだった。

パトカーが、二台、三台と、青森駅に到着し、さして広くない待合室は、たちまち、刑事たちや、鑑識課員で一杯になった。

北村老人たちは、今度は、野次馬の整理に当たっている。

三浦は、死体の傍に屈《かが》み込んだ。

(やはり、村上陽子だった)

と、思い、改めて、口惜しさが、三浦の胸に突き刺さってきた。

陽子は全体に細っそりしているが、のども細い。

その細いのどの辺りに、はっきりと、鬱血《うっけつ》の痕《あと》が見えた。誰かが、くびを絞めて殺したのだ。

鑑識が、写真を撮るというので、三浦は、脇にどき、駅の時計を見上げた。午前八時四十分だった。

陽子の死体の傍には、スーツケースが二つ、きちんと並べて置いてある。

(東京に帰るために、ここへ来て殺されたのだろうか?)

と、三浦が思ったとき、おくれて、江島警部も、姿を見せた。

「村上陽子かね?」

と、江島は、死体のほうを、顎でしゃくって見せた。

「そうです。しかし、今度は、間違いなく他殺ですよ。犯人は、くびを絞めて殺したんです」

「ここで殺されたということは、列車に乗るつもりだったということだろうね」

鑑識課員が、指紋検出の終わったハンドバッグを、江島に渡した。

椅子の下に落ちていたものだった。

江島と、三浦で、中身を調べた。財布や、ハンカチなどに混じって、まず、切符が出て来た。小型の時刻表もである。

青森二三時三五分発の「ゆうづる14号」のB寝台の切符だった。もちろん、昨夜、青森を出発するゆうづるである。

上野着は、午前九時一分だった。

「あと十二、三分で、彼女の乗るはずだった列車は、上野に着きますね」

と、三浦は、小型の時刻表を見ながらいった。何となく感傷的な口調になっている。

「ゆうづる14号というと、最終のゆうづるじゃなかったかね？」

「そうです」

「すると、発車の前に、彼女は、ここへ来たはずだ。昨日の午後十一時三十五分より前にね。そして、何者かに殺されたんだろうが、そのあと、ずっと、待合室の椅子に座らされていたのを、誰も怪しまなかったのかね？」

「駅員に、きいて来ます」

三浦は、すぐ、待合室を出て行ったが、五、六分して、戻って来た。

「駅員と、公安官が、彼女がずっと、待合室にいたのを見ていました。しかし、最終のゆうづる14号が出て行ったあと、午前四時五十分には、もう、上野行きの上り『みちのく』が出ますし、四時五十三分には、やはり上野行きの『はつかり2号』が出ます。この列車は、それぞれ、午前三時四十八分、午前四時三分にとホームに入ります。この列車に乗る人たちが、午前〇時頃から、待合室に来て、待っているので、彼女ひとりではなかったというわけです」

「なるほどね」

「それで、彼女も、上り『みちのく』か、『はつかり2号』に乗るんだろうと思ったといっています。午前四時台に出発する列車だと、遠くの人たちは、前日の夜おそくから、ここに来ていないと、乗れませんから」

「そうだな。犯人は、それを見越して、殺したあとも、死体を待合室へ置いておいたのかもしれんな。椅子にもたれて、眠っているようにしておけば、誰も怪しまないと計算したんだろう」

「その間に、犯人は、時間を稼いで、逃げたのかもしれません」

「犯人は、あとの三人の中にいると思うかね？」

江島がきくと、三浦は、きっぱりと、

「他に考えようがありませんよ。橋口まゆみだって、同じです。宮本孝、片岡清之、町田隆夫、この三人の一人に殺されたに決まっています」

「その中の宮本孝の手紙が、入っていたよ」

と、江島は、ハンドバッグの底から、白い封筒を取り出した。

差出人は、宮本孝。宛名は、ＮＦプロダクション内、村上陽子様となっている。

〈お元気ですか？

この手紙を、村上陽子宛にしようか、それとも、城かおる宛にしようか、ずいぶん迷いました。

七年前の約束に従って、今度、青森への帰郷旅行を計画しているうちに、君が、芸能界に入ったことを知りました。そういえば、君は、高校時代から歌が上手かったし、明るい性格だったから、芸能界に向いているのかもしれないな。

七人全員で、四月一日から二泊三日で、故郷青森へ帰る計画を立てました。ぜひ、参加してください。

他の連中にも、知らせます。

四月一日の二一時五三分上野発「ゆうづる7号」です。

その切符を同封します。

再会を楽しみにしています〉

同じような手紙は、ホテルで死んだ橋口まゆみも持っていた。

江島は、それをポケットから取り出して、比べてみた。もちろん、筆跡は同じである。


〈お元気ですか？

七年前のロマンチックな約束を覚えていますか？　いや、覚えているからこそ、毎年、僕の口座へ振り込んでくれていたんでしたね。

あの約束に従って、勝手に帰郷旅行の計画を立てさせて貰《もら》いました。四月一日から二泊三日の旅です。この手紙を出すので、君の住所も調べました。君が、渋谷のデパートで働いていることも、そのときに知りました。他の連中も、それぞれ元気で、東京にいましたよ。

万障くり合わせて、参加してください。君の元気な顔が見られないと、他の連中が、寂しがるからね。

四月一日の「ゆうづる7号」の切符を同封します。

午後九時五十三分発だから、間違えないように。

再会を楽しみに〉

「やはり、宮本は、みんなの秘密を知っていたわけですね。この手紙に書いた以上のことも、知っていたのかもしれません」

と、三浦がいった。

「それにしても、一人一人に、違った文面の手紙を書いているのは、やはり、高校時代に、新聞を出していたからかね」

「その宮本を含めて、他の三人が、今、どこにいるのか、ぜひ、知りたいものですな」

「犯人は、村上陽子を殺したあと、『ゆうづる14号』に乗ったんじゃないだろうか？」

「それで、上野へ向かったということですか？」

三浦は、もう一度、駅の時計に眼をやった。

午前九時五分前になっていた。

「あと六分で、ゆうづる14号は、上野駅に着きます。上野駅の公安に連絡しますか？」

3

〈ゆうづる14号は、五分ほど遅れて、19番線ホームに到着致します〉

と、上野駅のアナウンスが、繰り返している。

中央改札口のところには、ゆうづる14号で着く乗客を迎えに来たらしい人たちが、ひとかたまりになっていた。

午前九時ジャスト。

一人の男が、酔った足どりで、ふらふらと、中央改札口に近づいて来た。

改札口にいた駅員の一人が、

(危なっかしい男だな)

と、思ったとき、その男は、手に持った入場券を、駅員に向かって差し出すような恰好をしながら、改札口の真ん中で、ふいに、へたへたと、くずおれてしまった。

「どうしたんですか?」

と、若い改札掛が、声をかけた。

男は、顔をあげて、「助けてくれ!」と叫んだ。

だが、その声は、かすれて、よく聞こえなかった。

改札掛は、男の顔を、のぞき込むようにして、

「どうしたんですか？」

と、もう一度、声をかけた。

そのとき、倒れた男の身体が、小きざみに、けいれんを始めた。

近くにいた人たちは、呆気《あつけ》にとられて、ただ見守っている。

若い改札掛も、蒼《あお》い顔で、おろおろしていた。

ちょうど、そこへ通りかかった中年の駅員が、さすがに、年齢《とし》の功で、

「すぐ、救急車を呼んでくれ！」

と、指示してから、改札口の真ん中へ倒れてしまっている男の身体を、引っ張るようにして、脇へ運んだ。

五分で、救急車が、到着した。

男の身体を貫いていたけいれんは、すでに止まっている。二人の救急隊員は、ともかく、男の身体を車に運び、酸素吸入をしながら、不忍池《しのばずのいけ》近くにある救急病院に運んだ。

ゆうづる14号が、五分おくれて、上野駅に着いたのは、その直後だった。

4

上野署に作られた捜査本部は、今日、正式に解散することになっていた。

今日まで、粘って来たのは、キャップの十津川を始め、捜査員たちの間に、どうしても、納得できないものがあったからだった。

しかし、上野駅で死亡した安田章を殺したのは、川島史郎であり、その川島史郎は、水戸駅で、ゆうづる7号から途中下車して、鬼怒川に投身自殺という以外に、考えようがなくなっていた。

それに、凶悪な事件は、他でも起きている。

それで、四月十一日の今日、止むなく、捜査本部を解散することに決めたのだが、そこに、また飛び込んで来たのが、青森駅で、村上陽子が、絞殺されたという県警からの知らせだった。

とたんに、十津川の頭から、捜査本部解散の六文字は、どこかへ吹き飛んでしまった。

「事件は、続いていたんだ」

と、十津川は、眼を光らせて、捜査員たちにいった。

「この捜査本部は、誰が何といおうと、続けるぞ」

そこへ、今度は、不忍池病院から、電話が入った。

「上野駅構内で変死した男が、救急車で運ばれました。ここへ来る前に、すでに死亡していたんですが、毒死で、青酸中毒死と思われるんですが」

「その男の身元が、わかりますか？」

「年齢二十四、五歳。名刺入れに入っていた二十枚ばかりの名刺には、津軽物産東京店・代表取締役　片岡清之とありました」

「いくぞ。カメさん」

十津川は、大声で、亀井刑事を促していた。

二人は、曇り空の下を、不忍池病院に急行した。

三階建ての綜合病院である。

副院長の森崎医師と、救急隊員が、十津川たちを、手術室に案内した。

手術台の上に、上半身裸にされた男が、仰向けに寝かされていた。

写真で見た、片岡清之だった。

「ここに運ばれたときは、完全に手おくれでした」

と、森崎医師が、いった。

「青酸中毒死だそうですね？」

「外見から、そう見て、まず間違いないと思います。もちろん、解剖しなければ、正確なことは申しあげられませんが」

「名刺があったと聞きましたが？」

「身元を知りたいと思って、所持品を調べたんです。そこにあります」

と、森崎医師は、近くの丸テーブルを指さした。

そこには、財布、名刺、名刺入れ、ハンカチ、ライター、煙草などが載っていた。

名刺入れの中には、確かに、「津軽物産東京店・代表取締役　片岡清之」の名刺が、二十枚入っている。

財布の中身は、十五万円。

十津川は、もう一度、手術台の上の死体に眼をやった。

その右手が、堅く握りしめられているのを見つけて、硬直した指を、一本一本、解いていった。

死者が握りしめていたのは、百円の入場券だった。

「上野駅から運んだんでしたね？」

と、十津川は、二人の救急隊員にきいた。

「そうです。中央改札口のところで、ふいに倒れて動かなくなったんだと、いっていましたね」

と、救急隊員の一人が、答えた。

（すると、この入場券は、中央改札口を通るために、被害者が買ったものなのだろうか？）

「ゆうづる14号は、確か、午前九時頃、上野駅に到着するはずです」

と、亀井が、小声で、十津川にいった。

「ゆうづる14号といえば、青森県警の話だと、その切符を持って、村上陽子が、青森駅で死んでいたんだったね」

「そのとおりです」

「片岡は、ゆうづる14号で帰って来る誰かを、上野駅へ迎えに来ていたのかもしれんな」

「誰かというより、宮本孝、町田隆夫のどちらかだと思いますね。宮本か、町田かが、青森駅で、村上陽子を殺しておいて、ゆうづる14号に乗ったんです」

「その論法でいくと、ここに横たわっている片岡清之も、同じ男が、毒殺したことになるのかね？」

十津川は、死体のほうにちらりと眼をやった。

亀井は、一瞬、迷いの表情になったが、自分の迷いを打ち消すように、

「もちろんです。そうでなければ、不自然です。高校時代の親しい仲間七人の中の誰かが、何かの理由で、次々に、昔の友人を殺しているんです。だから、青森で、村上陽子を絞殺したのも、上野駅で、この男を毒殺したのも、同じ犯人でなければおかしいんです」

「そして、それは、必然的に、犯人は、宮本孝か町田隆夫のどちらかということになる

「弁護士志望の青年と、殺しの前科のある青年か。どちらが、連続殺人の犯人だと思うね？」

「そのとおりです」

十津川が、きいたとき、森崎医師が、急に思い出したように、

「忘れものがありました」

「何です？」

「この患者のポケットに、実は、手紙が入っていたんです。私信なので、別にしておいたのを、つい忘れてしまったんです」

「それを見せて貰えますか？」

「ええ。もちろん」

森崎医師は、白衣のポケットから、二つ折りにした封筒を取り出して、十津川に渡した。速達だった。

宛名《あてな》は、津軽物産東京店・片岡清之様となっていたが、その字は、筆跡をかくすためだろう。左手で書いたみたいに稚拙《ちせつ》だった。

差出人の名前を見ると、これも、同じような筆跡で、

「昔の七人組の一人より」となっていた。

十津川は、中の便箋を取り出した。

その一枚の便箋にも、同じようなぎごちない筆跡で、次のように書かれてあった。

〈片岡君。

君に、恐ろしいことを告げなければならない。安田を殺したのは、川島じゃない。橋口まゆみも、自殺じゃない。

われわれの仲間の一人が、次々に、三人を殺していったんだ。

なぜか知らないが、そいつは、われわれ全員を、ひどく憎んでいるんだ。だから、そいつは、三人を殺したぐらいでは、絶対に満足しないだろう。次に狙《ねら》われるのは、君かもしれないし、他の者かもしれない。困ったことに、証拠がないので、そいつを、警察に突き出すことが出来ない。

こうなったら、お互いに力を合わせて、自分たちを守り、彼が、安田たちを殺したという証拠を摑《つか》んでやろうじゃないか。

その相談のため、四月十一日の午前八時に、上野駅のパンダの像の前へ来てくれ。実は、これと同じ手紙を、そいつにも出しておいたんだ。そいつは、疑われるのを恐れて、やって来るはずだ。そのときに、そいつを捕まえるのも面白いじゃないか。

気をつけて。　　昔の七人組の一人より〉

十津川は、黙って、それを亀井にも見せた。

「どう思うね？」

「これは、明らかに罠ですね」

と、亀井が、いまいましげにいった。

「なかなか巧妙な罠だよ。こんな手紙を受け取ったら、片岡ならずとも、上野駅に行かざるを得なくなるんじゃないかな。行かなければ、犯人だから来なかったといわれかねないからね。それに、上野駅に行って、事件の真相を知りたくなるのも人情だからね」

「上野駅に八時というのは、早過ぎる時刻ですね。なぜ、こんな早い時刻を指定したんでしょうか？」

「ちょっと確認してみよう」

「何をですか？」

「待っていたまえ」

と、十津川は、亀井にいい、森崎医師から、電話のある場所を聞き、その電話で、上野駅にかけた。

ゆうづる14号について問い合わせると、五分おくれの九時六分に到着したと教えてくれた。

十津川は、電話を切って、やはりというように、亀井に向かって、微笑した。

「午前八時なら、まだ上野駅に、ゆうづる14号は、着いていないということさ」

「犯人のアリバイ作りというわけですか?」

「犯人が、ゆうづる14号に乗っていれば、片岡を、殺せないことになるからね。そして、君の推理では、昨夜、犯人は、青森駅で、村上陽子を絞殺してから、ゆうづる14号に乗ったわけだ。君の推理が当たっていれば、その犯人は、絶対に、片岡清之を殺せないことになる」

「しかし、片岡は、毒殺です」

「だから?」

「カプセルに入った毒を飲まされた可能性があります。青森のときの橋口まゆみと同じようにです。と考えると、片岡は、カプセルが溶ける時間だけ、死んだ時刻より前に飲まされたことになります」

「それはわかるがね。カメさん。その時刻が早くなればなるほど、ゆうづる14号に乗った犯人は、片岡を殺せなくなるんじゃないかね?」

「私の推理が間違っていたんです。犯人は、ゆうづる14号に乗ったんではなく、一つ前のゆうづる12号で、上野に帰って来たのかもしれません」

「ゆうづる12号は、何時に上野に着くんだ?」

「ちょっと待ってください」

と、亀井は、ポケットに突っ込んであった小型の時刻表を取り出した。

「ええと、ゆうづる12号の上野着は、午前六時五十二分です。これで来れば、八時にやって来た片岡を、悠々とつかまえられます」

「青森発は、何時なんだ？」

「前日の午後九時十五分です」

「ゆうづる14号は、何時だったかね？」

「青森発は、午後十一時三十五分です」

「すると、青森駅で殺された村上陽子の死亡時刻が問題になってくるね」

「そのとおりです。彼女が、午後九時十五分より前に殺されていれば、犯人は、ゆうづる12号で上京、上野駅で、片岡に会って、毒殺することが、出来たことになります」

「いずれにしろ、犯人は、東京に戻って来ているわけだな」

「宮本孝と、町田隆夫が、本当に東京に戻っているかどうか確認してみたらどうでしょうか？」

「まず、宮本に会ってみよう。彼は、四谷の法律事務所で働いているはずだ」

十津川と、亀井は、片岡の遺体を、解剖に回す手続きをしてから、車で、四谷に向かった。

5

国鉄四ツ谷駅から、半蔵門のほうへ二百メートルほど行ったところに、宮本の働く春日法律事務所があった。

所長の春日一政は、かなり有名なベテラン弁護士である。十津川も、二、三度、話をしたことがあった。

宮本は、事務所にいたが、十津川と亀井を見ると、明らかに、顔色を変えた。

十津川にしろ、亀井にしろ、宮本孝のことは、いろいろと調べはしたが、会うのは、今日が初めてだった。

（まじめな感じの青年だな）

と、十津川は、思いながら、

「私たちが来るのを、予期していたみたいだね？」

と、いきなり、ぶつけてみた。

宮本は、首を振って、

「そんなことはありません」

「しかし、私たちが刑事とわかったとき、君の顔色が変わったよ。君は、刑事に会うと、顔色が変わるくせでも持っているのかね？」

「ただ、ちょっと驚いただけです。誰だって、警察の人が訪ねて来れば、驚くんじゃありませんか？」

「別にやましいところがなければ、驚くことはないさ」

「僕だって、何もやましいことはありませんよ」

「今朝、君の友だちの片岡清之が、上野駅で死んだ。いや、毒殺された。知っているかね？」

「いや、知りません」

と、宮本はいった。が、その声に、元気がなかった。否定の仕方が、どこか弱々しい。

十津川は、小さく笑った。

「君は、知っているんだ」

「そんなことはありません」

「今朝の八時から九時頃、どこにいたかいえるかね？」

「八時には、まだ家にいましたよ。いつものとおり、八時過ぎに、家を出て、九時少し前に、事務所へ着いたんです。ここは、九時が出勤時間ですから」

「君の家は、どこかな？」

「東十条駅の近くのアパートです」

「すると、上野駅に近いわけだね？」

「近いけど、今日は、上野へは行きませんよ」

「君は、友だちと、青森へ行っていたんだったね？」

「そうです。四月一日のゆうづる7号に乗って、高校時代の仲間と、帰郷したんです」

「東京へ戻って来たのは？」

「四月九日の飛行機です」

「飛行機？」

「ええ。事務所も忙しいし、本当は、四日には、出勤することになっていたからです。青森空港から、東亜国内航空のＹＳ11で帰ったんです」

「他の者も、飛行機で帰ったのかね？」

「いえ。僕だけです。片岡は、飛行機が嫌いだから、汽車で帰るといっていたし、町田と村上クンは、何もいっていませんでしたね」

「すると、九日は、出勤したのかね？」

「ええ。午後から、事務所へ出ていましたよ」

「自宅に帰ったのは？」

「九日の午後五時です」

「間違いないかね？」

「疑うのなら、誰にでもきいてください」

「きいてみよう。ところで、君は、今朝、上野駅へ行ったんじゃないのかね？　もし、嘘をついていると、あとで、まずいことになるよ。片岡清之を殺した疑いだけじゃなく、青森で、村上陽子を殺した疑いもかかって来るからね」

「ちょっと、待ってください」

宮本が、あわてた声でいった。

「何だね？」

「村上陽子が殺されたというのは、本当なんですか？」

「知らなかったのかね？」

「知りませんよ。ぜんぜん」

と、宮本は、蒼い顔でいってから、

「やっぱり、あの手紙に書いてあったことは本当だったんだな」

と、呟《つぶや》いた。十津川は、それを聞き咎《とが》めて、

「手紙って、何のことだね？」

「昨日、速達が来たんです」

宮本は、上衣のポケットから、二つに折りたたんだ封筒を取り出した。

宛名の稚拙に見える文字を見たとたんに、十津川は、

（あの手紙だな）

と、思った。

中の便箋には、思ったとおり、片岡が持っていたのと、全く同じことが書かれていた。

〈宮本君。

君に、恐ろしいことを告げなければならない。安田を殺したのは、川島じゃない。橋口まゆみも、自殺じゃない。――――〉

「正直にいいます。それを読んで、今朝、上野へ行ったんです。行かないと、自分が、犯人にされるかもしれないと思ったからです」

宮本は、覚悟を決めたという感じで、喋り始めた。

「指定された八時に行ったのかね？」

「いや。様子を見ようという気があって、二十分ばかり遅れて行きました。パンダの像の近くで、様子を見ていたんですが、誰も現われないんです。九時近くなって、中央改札口のほうへ行って見ました。そのとき、片岡の姿を見つけたんです。それで、声をかけようとしたんですが、そのとたん、彼は急にふらふらとなって、改札口に倒れてしまったんです。そのうちに、救急車が駈けつけて来たりしたんで、僕は、あわてて逃げました。あそこにいたら、犯人にされるかもしれないと思ったからです。僕が、毒殺したんじゃありません」

「君が犯人じゃないとすると、残るのは、町田隆夫一人ということになるんだが、彼が、犯人だと思うかね?」

「そんなことは、考えられません」

「なぜだね? 町田は、過去に、人間を一人殺しているんだよ」

「知っています。しかし、四年前の事件は、正当防衛に近いものです。うちの先生が弁護に当たっていたら、無罪か、少なくとも、執行猶予にもっていっていますよ。僕たちだって、彼に前科があるからって、別に、それを、とやかくいいませんでした。いうくらいなら、最初から、町田を、今度の帰郷に誘いませんよ。だから、彼には、動機がないんです」

「君の場合はどうだね? 今度の旅行の計画は、すべて君が立てたんだったね?」

「そうです。七年前の約束で、僕に委《まか》されていましたから」

「それなら、殺人計画も立てやすかったはずだ」

「止《よ》してください。僕にだって、動機がありませんよ。安田たちを殺したって、僕は、何のトクにもならないんだから」

「それじゃあ、いったい誰が、次々に、君の仲間を殺していくんだろう?」

「そんなことは、僕にもわかりませんが――」

「が、何だね?」

「川島史郎と、橋口まゆみも、自殺じゃなくて、他殺なんですか？　橋口まゆみの場合は、どう考えても、自殺としか思えないんですが」

「自殺だとすると、動機は、何だね？」

「もちろん。失恋ですよ。彼女を、妊娠させて捨てた片岡への抗議の自殺といってもいいんじゃないかな。彼女の遺書にも、そう書いてありましたよ。宛名はありませんでしたが、相手は、明らかに、片岡です」

「君は、片岡清之を、あまり好きじゃなかったようだね？」

十津川がきくと、宮本は、軽い狼狽の色を見せて、

「いい奴なんですが、ちょっと、チャランポランなところがありましたからね。それに、橋口まゆみが、可哀そうだったし――」

と、いった。

6

十津川は、亀井を、あとに残して、宮本の言葉を確認させることにして、ひとりで、目黒区内にある町田隆夫のアパートを訪ねた。

町田は、「青風荘」という木造二階建てのアパートの六畳間に、ひとりで住んでいた。

十津川が訪ねたのは、昼近かったが、町田は、本や、雑誌に埋まるような恰好で、布団に横になっていた。

「どうも、寝台車で、よく眠れなかったものですから」

と、町田は、眼をこすりながら、十津川にいった。

十津川は、すすめられるままに、丸椅子に腰を下ろし、山になっている本や、雑誌を見回してから、

「寝台車というと？」

「ゆうづる14号で、今朝、青森から帰って来たんです」

「本当に、ゆうづる14号で、帰って来たのかね？」

「ええ。それが、どうかしたんですか？」

町田は、ベッドに腰を下ろし、煙草をくわえて、不審そうに、十津川を見た。

「村上陽子を知っているね？」

「もちろん、知っていますよ。彼女が、どうかしたんですか？」

「彼女は、今朝青森駅の待合室で、死体で発見されたんだよ。くびを絞められてね。片岡も上野駅で死んでいる」

「本当ですか？」

「こんなことで、嘘をついても仕方がないだろう。しかも、彼女のほうは、ゆうづる14号の

切符を持って、死んでいた。上野駅までの切符だよ」

「なぜ、殺されたんですか？」

「それを、君にききたいんだがね。宮本孝は、一昨日、飛行機で東京に帰ったといっている。君は、なぜ、二日もよけいに青森にいたのかね？」

十津川がきくと、町田は、怒ったような表情になって、

「刑事さん。青森は、僕の故郷ですよ。一日でもよけいに、いたいと思うのが、人情じゃありませんか。特に、僕みたいな、都会の落伍者にとっては。違いますか？」

「あいにくと、私は、東京生まれで、故郷というものがないんだ」

十津川は、そんないい方をしてから、もし亀井だったら、こんな質問はしなかったかもしれないと思った。

「その間に、青森で、何をしていたのかね？」

「町の中をぶらぶら歩いていましたよ。その間に、死んだ三人の葬式にも出ました。片岡に頼まれた香典も出しておきました」

「村上陽子も、二日間よけいに青森にいたわけだが、その間に、二人だけで会ったことはあるかね？」

「彼女は、仕事で残ったんです。城かおるという新人歌手でもあるんですよ」

「それは知っているよ」

「彼女は、二日間、青森市内で公演しなければならないんだといってましたね。僕にも、見に来てくれといってましたが、行かれませんでした。彼女も、三人の葬式には出たいといっていたので、そこで会うかもしれないと思っていたんですが、会えませんでしたね」

「君は、青森で、家族に会ったのかね？」

「両親は、もう亡くなっているし、遠い親戚がいるだけです」

「それでも、故郷には、一日でも長くいたいものかね？　さっきもいったように、私は、故郷という言葉は知っていても、それを実感したことがないものでね」

「僕には、前科があります」

「知っているよ」

「調べたんですね？」

「ああ。君たち七人のことは、全部、調べたよ」

「罪を犯したときは、もう、これで、故郷へ帰ることは、二度とないだろうと思いました。ところが、刑務所に入っている間、見るのは、故郷の夢ばかりでしたよ。東京の夢なんか一度も見なかった。だから、今度も、参加したんです」

「君には、定職がなかったね？」

「ええ」

「それなら、故郷の青森へとどまって、ずっと生活したほうが、いいんじゃないかね？　別に、東京で生活していかなくてもいいんだろう？」

「僕は、今度、ただ、ふらふらと、歩き回って来ました。津軽の海を見て来たし、弘前にも行って来ましたよ。ただ、ひたすら、故郷の匂いを嗅ぎ回って来たんですよ。海も、空も、優しく、僕を包んでくれました。自然は、前科者の僕だからといって、差別はしませんからね。だから、死ぬときは、故郷の青森で死にたいと思いますよ。しかし、働くとなると、どうだろうかと考えますね。出来たら、僕だって、あの見なれた海や、空の中で、生活できたらと思いますよ。しかし、生活するとなると、否応なしに、人間関係が出来てきますからね。東京に比べると、向こうの人は、親切心で、こちらの私生活にまで入り込んで来ますからね。それに耐えられるかどうか自信が持てなかったんです。だから、東京に戻って来たんですよ」

「村上陽子のことに話を戻すが、彼女も、ゆうづる14号の切符を持っていたところを見ると、君と一緒に帰京することになっていたんじゃないのかね？」

「いや。約束はしてませんでした。二日間、青森市内で公演してから帰るといっていましたから、ひょっとすると、一緒の列車になるかなとは思っていました。しかし、ホームに彼女の姿がなかったんで、早い列車で、東京に帰ったと思ったんです」

「しかしねえ。彼女は、駅の待合室で殺されていたんだ。私は、青森駅の地図を見たんだが、正面入口の左横が、待合室になっている。駅に入ると、いやでも、待合室に眼が行くと思うんだが、彼女がいるのに気がつかなかったのかね？」

「彼女がいたという待合室は、どちらの側だったんですか？」

「どちらの？」

十津川は、ちょっとあわてた。実際に、青森駅を見ていない十津川は、どちらのといわれても、わからなかったからだ。青森駅の地図は見たが、それには、確か、村上陽子が殺されていた待合室しか、書いてなかったが。

「どういうことなのかね？」

と、十津川のほうからきいた。

「普通、青森駅というと、商店街のほうからの入口しか考えませんが、反対側にも、入口があるんですよ。西口なのかな、あそこは。青函連絡船の桟橋のあるほうです。そちら側にも、待合室があるんです。僕は、昨日の夜、青函連絡船を見に行っていましてね。子供のときから、岸壁に座って、出港して行く連絡船を見ているのが好きだったんですよ。だから最後にそれを見てから、列車に乗ったんです。ゆうづる14号の切符は、前もって買ってあったから、西口の入口から入ったんです。そのまま、ホームに待っているゆうづる14号に乗ったんですよ。もし、彼女が、反対側の入口から入って、そこの待合室にいたのなら、会わなかったのは、当たり前だということになりますね」

町田は、落ち着いた声でいった。

十津川には、その落着きが、少々気にくわなかった。

「君が、ゆうづる14号に乗って来たという証拠はあるかね？」

「証拠ですか。弱ったな」

と、町田は、小さく笑ってから、

「切符は、上野で渡してしまって、もう持ってないし、どうやって、証明したらいいんですか？」

「ゆうづる14号は、時間どおりに上野に着いたかね？」

「いや、五分ばかり遅れましたね。車内放送で、そういってましたから」

「寝台のナンバーを覚えているかね？」

「十二号車の8の下だったと思います」

「検札が来たのは、どの辺りでかね？」

「青森駅を出て、一時間くらいしてでしたね」

「他に、何か覚えていないかね？　ゆうづる14号の中で、何か事件でも起きて、君がそれを覚えていれば、君が、乗っていた証拠になるんだが」

「そうですね。僕の乗っていた車両で、急病人が出ましたが、そんなことでも構いませんか？」

「どの辺を走っているときかね？」

「水戸駅を出てからだから、七時半頃じゃなかったかな。ベッドは、もう解体されていましたよ。向かい合って座った三十歳ぐらいの男が、急に苦しみ出したんです。どうも、虫垂《ちゅうすい》炎《えん》らしいというんで、車掌が飛んで来たんだけど、どうにもならないんですよ。そのうち、乗客の中に、クロマイを持っている人がいましてね。それを飲ませて、横にして、患部を冷やしていたら、少し痛みが止まったみたいでしてね。とにかく上野駅まで着いて、そこから救急車で運ばれて行きましたよ。こんなことでいいんですか?」

「調べてみていいだろうね?」

「どうぞ。僕も、疑われるのは、あまり愉快じゃありませんから」

「もう一つ、きいておきたいことがある。君たち七人の中で、すでに五人が死んでいるんだ。残っているのは、君と宮本孝の二人だけになった。ひょっとすると、次に死ぬのは、君かもしれない。何か心当たりがないかね? 君自身が狙われる理由でもいいし、他の仲間が、次々に死んでいく理由でもいいんだが」

「全く想像がつきませんよ。みんな、いい奴ばかりですから」

「宮本孝について、どう思うね?」

「一言でいえば、生まじめな努力家じゃないかな。僕とは、正反対の性格だけど、それだけに、かえって、好意を持っていますよ」

「嫌いなところもあるんじゃないのかね?」

「さあ。別にありませんね。とにかく、高校時代からの友人ですから」

「彼が、次々に、昔の仲間を殺していると仮定しての話だが、そんなことをする人間と思うかね？」

十津川がきくと、町田は、当惑したように、首をすくめて、

「全く、想像がつきません。彼は、人を殺せるような男じゃありませんから」

「しかし、東京に出てからの彼については、君は、知らなかったわけだろう？」

「それは、そうですが」

「七年間、東京という大都会で生活していると、性格が変わるということも、考えられるんじゃないかね？　君だって、上京したとき、まさか、人を殺す破目になるとは、思わなかったろう？」

「ええ」

町田は、肯いてから、眼を伏せた。

「悪いことをいってしまったかな」

「構いませんよ。事実なんですから」

「最後に一つだけききたいんだが」

「何ですか？」

「君は長髪だと聞いていたんだが、短く刈っているんだね」

「これですか」

と、町田は、照れ臭そうに、きれいに調髪された頭に手をやって、

「青森で、床屋に行ったんですよ。急に思い立ちましてね」

7

十津川は、帰りに上野駅に寄り、駅長室で、ゆうづる14号の専務車掌に会った。

小柄な、どこか亀井刑事に似た顔立ちのその中年の車掌は、きいてみると、やはり、東北出身だった。

「そのことなら、よく覚えています」

と、専務車掌は、ニコニコ笑いながらいった。楽しい思い出という感じだった。

「水戸駅を出て五、六分してからです。十二号車で、急性虫垂炎のお客さんが出まして、大変でした。三十歳ぐらいのサラリーマンの方です。ええと、名前は――」

と、車掌は、手帳を取り出して、眼を通してから、

「谷木哲也さんです。何でも、出張で青森へ行った帰りだということでした。よほど、列車を停めようかと思ったんですが、お客の中に、クロマイをお持ちの方がいらっしゃいまして、それを飲ませ、腹部を冷やしていると、痛みも一時、おさまったので、上野駅まで、我慢し

「そのお客の前の席に座っていた男を覚えていますか?」

「ええ。覚えていますよ。町田という若い男の方でした」

「なぜ、彼の名前を覚えているんですか?」

「お客が苦しんでいると、最初に知らせてくださったのも、町田さんですし、車内の人たちに話をして、クロマイをお持ちの方を見つけてくださったのも、町田さんです。それで、お名前をお聞きしておいたわけです」

「それで、谷木というサラリーマンは、どうしました？」

「上野からすぐ救急車で病院に運びまして、無事、手術が終わったということです」

「町田隆夫は、人助けをしたというわけですか？」

「私も、町田さんのことを、一応、上司に話しておきました」

「水戸駅を出てからということは、間違いありませんね？」

「ええ。間違いありません」

「ゆうづる14号は、水戸から終着上野まで、停車しませんでしたね？」

「そのとおりです」

「運転停車もなしですか？」

と、十津川がきくと、専務車掌は、微笑して、

「専門的なこともご存知ですね。水戸から上野までは、運転停車する駅もありません」

「そうですか」

と、十津川は、肯いた。

これで、町田が、上野駅構内での片岡清之殺しに無関係なことが、はっきりした。

片岡は、カプセルに入った青酸カリを飲まされて死亡したと考えられている。カプセルの厚さなどによって、飲んでからの死亡時刻は調整できるとはいえ、その時間は、せいぜい十五、六分までだろう。

水戸から上野まで、ゆうづる14号の所要時間は、一時間三十分である。その間、列車内にいた町田が、片岡に、カプセル入りの青酸カリを飲ませることは、不可能である。

時速六十キロから八十キロで走っている列車から飛びおりることも出来まい。

(上野の片岡清之殺しについて、町田は、シロだ)

と、十津川は、上野駅から、上野警察署の捜査本部に戻りながら、そう結論した。

(しかし、青森駅の村上陽子殺しについて、彼には、アリバイがない)

アリバイがないだけではなかった。同じゆうづる14号の切符を持って、村上陽子が死んでいたのは、単なる偶然なのだろうかという疑問が、当然、わいてくる。

二人は、ゆうづる14号で、一緒に東京に帰ろうと、約束していたのではないだろうか。

そして、待ち合わせの場所も、駅の待合室と決めておいたのではあるまいか。

犯人なら、そうするだろう。

犯人は、待合室で、村上陽子に会うと、他人《ひと》の眼がなくなった瞬間を狙って、絞殺して、自分は、何食わぬ顔で、ゆうづるに乗ってしまう。

（だが――）

と、十津川は、自分の考えに、自分で、疑問を持ってしまった。

今度の事件は、七人の中の誰かが犯人で、その人間が、次々に、自分の友だちを殺しているのだと、十津川は、考えていた。

とすると、村上陽子を殺したのが、町田とすれば、上野駅で片岡を殺したのも、町田でなければならないのだ。だが、町田には、物理的に片岡を殺すことは出来ない。

十津川は、いつもの彼らしくもなく、歩きながら、小さく首を振り続けた。

8

翌日、十津川は、亀井を連れて、片岡清之の自宅マンションを調べに出かけた。

「どうも、今度の事件は、よくわからずに参っています」

と、亀井は、途中で、十津川にいった。

「青森生まれのカメさんでも、今度の事件は、よくわからないかね？」

「七年前、仲の良かった高校の仲間七人が、上京した。その七人が、久しぶりに会って、ゆうづるで、故郷に帰った。その中の一人が上野駅で殺され、続いて二人目が水戸近くの鬼怒川で溺死、三人目は、青森市内のホテルで毒死、四人目が、青森駅待合室で絞殺され、五人目はまた上野駅で殺されました。明らかに、同一犯人による連続殺人です。それ以外には、考えられません。こんなはっきりした事件も珍しいと思うのです。そのくせ、肝心の動機が、全くわかりません。また、個々について考えてみても、水戸で降りた川島史郎を、他の五人が殺すことは不可能です。青森市内のホテルで、毒死した橋口まゆみが他殺だという証拠も見つかりません。今度の二つの殺人も同様です。町田は、青森で村上陽子を殺すことは出来ても、上野で、片岡清之を毒殺することは不可能です。逆に、宮本孝なら、片岡を殺せますが、青森で村上陽子は殺せません」

「私も同感だよ。全体から見て、今度の連続殺人ほど、はっきりしている事件はないと思う。七人の中の誰かが犯人なんだ。それなのに、個々の殺人を考えると、全く、お手あげなのだ」

「生き残っているのは、宮本孝と、町田隆夫の二人だけですから、この二人のうちのどちらかが、犯人に違いないと思うのですが」

「そのとおりだよ」

「あの二人が、共犯ということは考えられないでしょうか？」

「共犯？」

「はあ。二人が共犯だとすれば、すべて、上手《うま》く説明が出来るんです。一番新しい二つの殺人でも、青森の殺人を町田隆夫が受け持ち、上野の殺人を宮本孝が受け持ったとすれば、簡単に説明できます。また、水戸駅下車の川島史郎のケースですが、仙台を過ぎたところで、町田が、川島がいないといって来たと証言しているのは、宮本なんです。他の三人は、まだ、この時点では、眠っていたわけです。つまり、町田が、仙台から、ゆうづる7号に乗っていたというのは、宮本が、証言しているだけです。もし、この二人が共犯だとすれば、町田が、ゆうづる7号に乗り込んだのは、仙台ではなく、次の盛岡かもしれません。東北自動車道を、仙台まで走ったのでは追いつけなくても、終点の盛岡まで飛ばしたら、追いつけたのかもしれません」

「宮本と町田の共犯か」

「駄目ですか？」

「駄目ということはないが、どうも、すっきりしないなあ。犯人が一人と考えても、動機がはっきりしないのに、共犯説だと、よけいにわからなくなるんじゃないかね」

「やはり、最大の問題は、動機ですか？」

「問題は、君がいったように、いろいろとあるが、私が、一番知りたいのは、連続殺人の動機だよ。仲の良かった昔の同級生が、七年後に、なぜ、次々に殺人を犯すことになったのか、その動機を知りたいね」

「青森県警のほうは、どう考えているんですか？」

「向こうも、こちらと同様らしい。県警の江島警部と電話で話をしたんだが、やはり、動機がわからないのが、一番気になるといっていたね。彼は、同じ青森の人間だから、よけい、それを感じるみたいだな。村上陽子の件については、ゆうづる14号の出発前後のことを調べてくれるように頼んでおいたよ。町田が、彼女を殺したのだとすれば、問題の待合室で、村上陽子と一緒にいるところを、誰かに見られている可能性があるからね」

「奥さんは、どうしていらっしゃいますか？」

亀井が、急に話題を変えたので、十津川は、照れた顔になって、

「なぜ、ここで、家内が出てくるのかね？」

「確か、奥さんは、旅行好きでいらっしゃったはずですから、東北にも、興味を持っておいでじゃないかと思いまして」

「今度の事件が終わったら、東北旅行に行きたいといっているよ。今は、時刻表や、写真集なんかを見て我慢しているようだ」

「そのときは、私が、東北地方の穴場をお教えしますよ」

「ありがたいが、今は、犯人を見つけ出したいね」

と、十津川は、自分をいましめるようにいった。

片岡清之の自宅は、彼の店から歩いて、五、六分の場所にあるマンションの一室だった。

管理人に、カギをあけて貰いながら、十津川は、

「まず、例の手紙を読みたいね」

と、亀井にいった。

「宮本が、全員に出した、旅への誘いの手紙ですね？」

「ああ。そうだ。彼は、少しずつ文面を違えて出している。そこが、面白いんだ」

と、十津川は、いったが、その手紙が、犯人割り出しの手がかりになるとは思っていなかった。

ただ、手紙によって、宮本が、他の六人をどう思っていたかがわかるような気がするのだ。もし、宮本が犯人だとすれば、それが、何かの参考になるかもしれない。

2ＬＤＫの部屋は、かなり乱雑だった。男ひとりの部屋だからというよりも、部屋の主の性格が反映しているようだった。

ステレオは、何十万としそうな立派なものだが、レコードのほうは、乱雑に積み重ねてあったりする。書棚や、洋ダンスなども、それぞれ、どっしりとした、立派なものなのに、その使い方は、乱暴だった。本を、ひっくり返して並べていても平気な性格なのだろう。洋服ダンスには、英国製の生地を使った背広やコートが、ずらりと並べてあるのだが、洋服ダンスの脇には、汚れた下着が、山になっている。

これでは、商売も上手くいくまいとわかるような部屋の感じだった。

十津川は、状差しに入っていた手紙の束を、亀井と、一通ずつ、調べていった。

宮本から来た手紙は、すぐ見つかった。

文面は、次のとおりだった。


〈お元気ですか？

七年前の約束に従って、故郷青森への旅行を計画しました。

四月一日から二泊三日の旅です。

女の子たちにも、誘いの手紙を出してあります。

一緒に青森へ行き、高校時代の思い出話に花を咲かせようじゃありませんか。

ゆうづる7号（上野二一・五三発）の切符を同封します。

再会を楽しみに〉

「別に変わったところはありませんね」

と、亀井が、眼をあげて、十津川にいった。

十津川の感想も同じだった。

他の手紙類も調べてみた。

女からの手紙が、やたらに多かった。

死んだ橋口まゆみからの手紙もあったし、バーのホステスらしい女からの手紙、あるいは、テレビタレントの卵と自称する女からの手紙もある。

その中には、あなたの子供が出来たらしいが、どうしてくれるつもりかという、きわどい文面のものもあった。これは、橋口まゆみとは、別の名前だった。

書棚の引出しには、二冊のアルバムが入っていたが、そこにも、何人かの女が、親しげに片岡と写っていた。

「なかなか、ご発展だったようですね」

亀井が、苦笑しながら、アルバムを閉じた。

「これじゃあ、店が上手くいかないのも当然だね。女の他に、バクチもやっていたようだしね。もし、七年前の仲間に殺されたのでなければ、容疑者が多くて悩まされるところだったな」

「そうですね」

と、亀井は、肯いてから、

「しかし、犯人が、宮本孝か、町田隆夫と限定されているのに、どちらが犯人かわからないのも、やり切れませんね」

「同感だな。一番不可解なのは、宮本孝と町田隆夫の二人とも、次に自分が殺されるかもしれないのに、なぜ、仲間が次々に殺されるのか、その理由が、わからないといっている点なんだ。もちろん、二人のうちの一人は、犯人だから、彼は、動機を知っているわけだが、もう一人のほうが、わからないというのは、なぜなのかねえ？　すでに、五人も死んでいるというのにだ」

「理由は、いくつか考えられると思います」

「君のいう宮本と町田の共犯説も、その一つということだね？」

「そうです。共犯なら、お互いに呆《とぼ》けて、動機を隠すと思います」

「他に、何があるかな？」

「他の六人が、気づかずに、犯人を傷つけていたということが、考えられますね」

「なるほどね。そのケースだと、前科のある町田が、犯人の可能性が強くなるんだが、宮本は、調べて彼の前科を知っていたが、他の五人は、知らなかったようだしねえ。他にもあるかね？」

「これは、可能性が、ほとんどありませんが、犯人が、病気という場合もあります。精神的な病気です」

「可能性はゼロじゃないが、宮本と町田の二人に会った感じで、二人とも、正常な神経の持ち主だよ」

と、十津川は、いってから、

「ところで、その後、君の友だちから、連絡はないのかね。君と、ゆうづる5号に乗ったあと、青森へ帰ったんだろう？」

「森下ですか。あの夜、私に付き合ってくれたために、ゆうづる5号に、仙台で乗れなくなってしまって、次のゆうづる7号に、無理に仙台で乗せて貰って、青森へ帰りました。運転停車の場合は、原則として、人間は乗せませんから」

「探していた娘さんには、連絡はとれたのかね？」

「とれたといっていました」

「青森へ帰ってから、どうしているのかね？」

「それが、私も気がかりなんですが――」

亀井は、語尾を濁した。

森下は、過去に、教え子の一人松木紀子を犯したことを悔いて、教師の職を辞するつもりだと、亀井にいった。

生まじめな森下のことだから、あの考えは撤回《てっかい》しまい。

しかし、教師一筋に生きて来た森下が、教師をやめて、果たして、他に生き甲斐《がい》を見つけ出せるだろうか？

亀井は、それが、心配だった。亀井自身、刑事をやめたら、他に、生き甲斐を見つけ出せそうには思えないからである。

青森へ帰ったはずの森下から、連絡がないのも気がかりだった。

しかし、東京でいくら心配していても、どうにもならないし、亀井自身は、今、連続殺人事件の渦中にいるのだ。

「これからどうしますか?」

と、亀井は、刑事の気持ちに戻って、十津川にきいた。

「二つのことを、実行しなきゃならない。第一は、今までの事件を解決することだ。犯人は、どうやって、ゆうづる7号から水戸で下車して、川島史郎を殺したあと、仙台で、再び、同じ列車に乗り込むことが出来たのか、あるいは、青森市内のホテルでの密室殺人があるが、これは、青森県警に委せるより仕方がない。最後は、青森と上野で続いて殺された二人のことを、犯人とどう結びつけられるかという疑問がある。もちろん、動機の解明もしなければならない。第二は、宮本か町田のどちらかが犯人だとすれば、犯人は、次に、最後の一人を殺そうとするだろう。それを防がなければならない。それに、青森県警に頼んで、町田の青森での行動も調べて貰おう」

「二人に、監視をつけますか?」

「問題は、そこなんだがね。二人に監視がついたとわかれば、動くことをやめてしまうかもしれない。私としては、どちらが犯人かわからないが、六人目を狙うところを逮捕したいのだ」

「それが理想ですが、下手をすると、本当に最後の一人が殺されてしまう恐れがあります」

「わかっている。だから、カメさん。君に頼むんだ。尾行していると気づかれずに、尾行して貰いたい」

「難しいですが、やってみましょう」

と、亀井は、緊張した顔で肯いた。

第十章　突破口を求めて

1

青森駅の待合室に、県警本部によって、次の立て看板が設置された。

〈四月十日の深夜、この待合室で、東京の二十四歳の女性が、何者かに絞殺されました。この女性の傍に、怪しい人間がいたのを目撃した方は、至急、県警本部にお知らせください〉

立て看板には、村上陽子の顔写真が、貼りつけてあった。

もちろん、三浦刑事たちは、これだけで十分と考えたわけではない。

彼らも、駅周辺の聞き込みに歩き回った。

もう一つ、三浦たちが解決しなければならない課題が残されている。

ホテルの一室で毒死した橋口まゆみの事件だった。

いったん、自殺として処理したのだが、事件が、次々に展開した今となっては、橋口まゆみの死も、自殺とは、考えられなくなった。

何者かによる他殺。というより、生き残っている二人、宮本孝か、町田隆夫かのどちらかが、橋口まゆみを、毒殺したに違いないのである。

他殺とすれば、なぜ、あの部屋は、密室状態になっていたのか？ チェーンロックがかかっていたし、キーを使わなければ開かない状態になっていて、そのキーは、中のテーブルの上だった。

遺書も問題だった。部屋に残されていたのは、文面から見て、明らかに遺書だったし、死んだ橋口まゆみの筆跡である。それに、強制されて書いたとは、思われない。他殺とすれば、なぜ、橋口まゆみは、遺書を書いたのだろうか？

最後に、薬の問題がある。なぜ、今、市販されていない睡眠薬のびんが、現場に残されていたのだろうか？

聞き込みのほうは、いくつかの証言を得たし、立て看板を見た市民からの電話や、投書も、次々に寄せられた。

しかし、これはという情報は、一つもなかった。

問題の女性が、中年男にからまれて困っていたという情報。

彼女が、酔っ払っているのを見たという話。

暴力団員ふうの男二人が、彼女をかついで待合室に運び込んだのを見たという投書。

どれも、信用がおけなかった。

犯人は、二十四歳の男でなければならないのだし、解剖した結果、村上陽子は、酒は飲んでいなかったのだ。

四月十日の午後二時から四時まで、村上陽子は、城かおるとして、市内のN会館で、公演していたから、N会館で彼女を見たという証言は、数多く寄せられたが、これは、前からわかっていたことで、何のプラスにもならなかった。

「彼らに協力して貰いましょう」

と、三浦は、江島警部にいった。

「彼ら?」

「例の老年探偵団の連中です」

「ああ、あの老人たちか」

と、江島は、肯いてから、

「みんな七十過ぎの老人だろう。何かの役に立つのかね?」

「村上陽子が死んでいるのを最初に発見したのは、彼らです。それに、彼らは、あの待合室の主みたいなもので、ある意味でいえば、情報屋みたいなものでもあります。警察には、遠慮して話さないことでも、彼らには、安心して話すかもしれません。老人というのは、聞き上手ですから」

「君が責任を持ったらいいだろう」

「ありがとうございます」

と、三浦は、頭を下げた。

彼は、さっそく、青森駅へ出かけた。待合室には、いつものように、老人たちが、ひとかたまりになって、腰を下ろしていた。

三浦は、その中の一人、元警察官の北村老人に、協力を要請した。

とたんに、当の北村老人も、他の老人たちも、生き生きした表情になった。

「あの立て看板のことだば、気にしてだんだ。したって、若い娘さんが殺されでるのば、最初に発見したのは、俺《おら》だちだったはんでな」

「着々と、情報ば集めてるど」

「警察の喜びそんだ話も聞いでらよ」

「まとめて、警察さ知らせるべと思ってたんだけんど」

老人たちが、一斉に喋り始めた。

三浦は、笑いながら、彼らのお喋りを手で制して、

「あなた方には、情報の取捨選択をして頂きたいのですよ。打ち明けた話をしますと、彼女を殺したのは、同年輩の男だと考えられています。時刻は、ゆうづる14号の出発する午後十一時三十五分付近という二点にしぼって貰いたいのです」

「よぐわがった。あんた何て名前だったけがな?」

北村老人が、代表する形で、きいた。

「県警の三浦です」

「三浦君が。おらがみんなさ徹底させるはんで、安心して委《まか》せてけれ」

北村は、すっかり現役の警官に戻った顔つきになっていた。

三浦が、老人たちと別れて、捜査本部に戻ると、江島が、

「今、東京から電話が入ったよ」

と、いった。

「何かわかったんですか?」

「いや、捜査の依頼だ。町田が、二日間、青森で何をしていたか調べて欲しいというのさ。町田は、東京で、警察の質問に対して、安田章、川島史郎、橋口まゆみ三人の葬式に顔を出したあとは、市内をぶらついたり、海を見たり、弘前に行ったりしたと答えているらしい」

「調べてみましょう」

三浦は、まず、安田章、川島史郎、橋口まゆみの家を訪ねてみた。

どの家も、大事な息子なり、娘なりを失っているのだから、暗く沈んでいるのは、当然だったが、中でも、安田章を殺して自殺したらしいといわれた川島史郎の家は、家中が、暗澹《あんたん》たる空気に包まれていた。

昔気質《かたぎ》の農家である。

五十七歳になる父親は、安田章の家族に申しわけないといって、自殺を図り、危うく助かったものの、まだ入院中だった。

三浦が訪ねたときは、川島史郎の姉で、二十八歳になる友子が、応対に出た。

彼女は、近くの農協に勤めていたのだが、弟が、友人を殺して自殺したといわれてから、農協を辞めたという。

三浦が、友子に、

「弟さんが、安田章君を殺したというのは、どうやら、間違いだったようです」

と、告げると、友子は、ぱっと、顔を明るくして、

「本当ですか？」

「本当です」

「よがった。入院してる父《とう》さんが、大喜びするべ」

「弟さんの葬式のときですが、友人の町田君が来ましたか？」

「そんだの。お香典ば頂きました。片岡さんのお香典も一緒に持ってきてくれてね——」

「そのとき、これからどこへ行くかいっていませんでしたか?」

「ゆっくりしていってけれってしゃべったんだけど。弟がほんとに安田さんば殺したのか聞きたかったはんでね。したら、これから恐山《おそれざん》さ行くはんでって、すぐ戻ってしまったんです」

「恐山?」

「んだ」

「何しに行くといっていました?」

「そごまでは、聞がねかったけんど」

「町田君が、来たのは、何時頃ですか?」

「十日の午後二時だったんでねべか」

友子は、町田の出した香典袋も見せてくれた。

確かに、町田の名前が書いてある。

三浦は、捜査本部に帰って、そのことを報告した。

江島は、東京警視庁の十津川に、電話をかけた。

「恐山ですか?」

と、十津川は、電話の向こうで、きいた。

「そうです。下北半島の恐山です」

「おかしいな」

「何がおかしいんですか？　恐山は、青森県の名所の一つですから、久しぶりに帰郷した町田が出かけたとしても、別に不思議はないと思いますが」

江島が、首をかしげると、

「いや、そういう意味じゃありません。町田に、くどく念を押したんですが、彼は、下北も、恐山もいわなかったからです。行っておかしくない所なら、なぜ、私が質問したとき隠していたのかと、それが不審な気がしましてね」

「なるほど」

「恐山は、確か、イタコで有名でしたね？」

「そうです。イタコには、死者の霊を呼び戻す能力があると信じられていましてね。信心深い人々が、亡くなった肉親や友人の声を聞こうと、イタコに頼みに出かけるわけです」

「町田も、そのために出かけたんでしょうか？」

「それも、調べてみましょう」

と、江島は、約束した。

彼が、電話を置くと、傍で聞いていた三浦が、

「町田が犯人で、自分が殺した仲間の声を聞くために、恐山に行ったんじゃないかということですか？」

と、江島にきいた。

江島は、首を振って、

「違うねえ。そんなことをしたら、気弱くなって、あとの殺人が出来なくなるよ。町田が犯人としてのことだがね。町田の両親は、もう亡くなっていたねえ？」

「彼が大学二年のときに、亡くなっています」

「他には？」

「調べてみます」

と、三浦はいい、別の電話で、問い合わせていたが、

「役所で戸籍を調べて貰ったところ、町田の姉が、昭和——年の五月二十七日に死んでいます。町田が、高校三年のときです」

「七年以上前のことか」

「そうですね。他に、きょうだいはなかったようです」

「その姉も、病死かね？」

「戸籍の上ではわかりませんが、調べますか？」

「そうだな。念のために、調べてみてくれ」

と、江島は、いった。

三浦は、すぐ出かけて行ったが、二時間ほどして、出先から電話してきた。

「町田の姉の死因がわかりました」

と、三浦が、いった。

「病死かね？」

「近所の人たちには、そういっていたようですが、実際は、自殺です。警察が、そのとき、一応、調書を作っています。町田由紀子。当時十九歳。服毒自殺です」

「自殺の理由は？」

「検視に当たった警官に会ってきいてみたんですが、わからなかったそうです。身体が弱かったから、それを悲観しての自殺ではないかとはいっていますが」

「十九歳ねえ」

「その姉の声が聞きたくて、町田は、恐山へ行ったんでしょうか？　姉弟の仲は、非常によかったようですから」

「かもしれないが、七年以上も前のことだからねえ」

「そうですね」

「自殺の理由がわかったら、聞いておいてくれ」

と、江島は、いった。

2

その調査が、はかばかしくいかないうちに、時間が過ぎ、四月十三日になると、北村老人たちが、県警本部にやって来た。

北村を先頭に、九人の老人が、ずらりと並んだところは、なかなか、壮観だった。

北村は、懐かしそうに、廊下や、調べ室などを見歩き、自慢げに、仲間たちに、昔話を聞かせている。

「北村先輩」

と、三浦は、笑いながら、声をかけて、

「何がわかったか、教えて頂けませんか」

「ああ、そんだったな。そのために来たんだったな」

と、北村老人は、われに返ったような顔になった。

「目撃者が見つかりましたか？」

「見つかったども。警察の喜びそんだ目撃証人ば見つけて、私《おら》がちゃんと調書もとってきた」

「調書？」

「んだ。署名もさせてる。これだば、文句ねえべな」

北村老人は、やおら、内ポケットから封筒を取り出し、三浦に手渡した。

「証人訊問調書」と、大きな字で書いてある。

中身は、便箋二枚に、次のように書いてあった。


〈私、小池豊一郎（五十二歳）は、四月十日はつかり11号で東京からやって来る甥を迎えに、車で青森駅に出かけました。

青森駅に着いたのは、午後十一時十分頃であった。早く着き過ぎてしまったので、車を降りて、駅の待合室に入ったが、そのとき、待合室には、五、六人の人がいました。

私も、椅子に腰を下ろして、煙草を吸っていると、若い男が、若い女を、抱くようにして入って来ました。

女のほうは、酔っているのか、足元がふらついていました。男は、「しようがないなあ」と呟きながら、女を隅の椅子に腰かけさせ、自分は、待合室を出て行きました。

私は、それきり、その男女のことは忘れてしまい、はつかり11号が到着したので、甥を迎えに行き、車で帰宅しました。

その後、新聞で事件を知り、思い出してみると、殺された村上陽子さんは、服装その他から、私が見たあの女性に間違いありません。

男のほうは、年齢二十四、五歳、身長一七五センチくらい、茶系統のサファリジャケットを着ていて、長髪でした。二人が待合室に入って来たのは、午後十一時十五分頃でした。右、相違ないことを誓います。

小池豊一郎〉

「この小池さんには、すぐ会えるんですか？」

「そんだ。洋服屋のおやじだけんど、電話の傍《そば》さ待たせてるよ。誰か、電話して呼んでけねが」

北村は、仲間に声をかけた。すぐ、一人が、部屋の電話を借りて連絡を取った。

小池豊一郎という洋服屋の主人が、県警本部にやって来たのは、二十分後だった。

息をはずませ、眼を輝かせて飛び込んで来た小池は、

「おらが、警察の役に立ちそうだべか？」

と、三浦にきいた。

「ここに書いてあるのが事実なら、大いに役に立ちます」

「神さまにかけて、事実です」

「青森駅に着いたのが、午後十一時十分というのは、間違いありませんか？」

「んだ、間違いでない。実はの、はつかりの到着ば一時間間違えて迎えに行ったんだ。はつ

かり11号の青森到着が、午前〇時十三分だのに、十一時十三分と間違えてしまっての」

「あなたが見た若い女性は、殺された村上陽子に間違いないですか？」

「ベージュ色のコート。短いブーツ。ブーツの色だば白。コートの中が、白いワンピース。そいから、グッチのハンドバッグに、白いスーツケース。洋服屋だはんで、ちょっと見ただけでも覚えでるんだ」

小池は、得意げにいった。

「男のほうはどうです？」

「茶系統のサファリジャケットに、ズボンがグレーのフラノだったね。ズボンが少し短いんでねのがなと気になっての。靴は、黒で、スリップ・オンだったべ」

「長髪だったんですね？」

「そんだ。肩まで伸ばして、一見、芸術家タイプでしたよ」

（町田隆夫だ）

と、三浦は思った。彼が、こちらで会った町田の服装や、髪形と全く同じだったからである。

三浦は、念のために、同じ年齢の男の写真に、町田の顔写真を混ぜて見せたところ、小池は、あっさりと、町田の顔写真をつまみあげた。

3

亀井は、日下刑事と、町田のアパートの監視に当たっていた。

宮本孝のほうには、西本と清水の二人の刑事がついていた。

青森県警からは、四月十日の夜、町田が、村上陽子と一緒にいるのを見た目撃者を見つけ出したという報告が入っていた。

目撃された時刻は、午後十一時十五分頃という。これで、町田が、村上陽子を殺してから、ゆうづる14号に乗って上野へ向かったことは、ほぼ間違いなくなった。

（しかし――）

と、亀井は、アパートを見守りながら、首をかしげた。

（町田が、ゆうづる14号に乗ったことが確かめられればられるほど、上野駅の片岡清之殺しについて、彼は、シロになってしまう）

「カメさん。町田が出て来た」

と、日下刑事が、耳打ちした。

デートの約束でもあるのか、町田は、しきりに腕時計に眼をやりながら、駅に向かって歩いて行く。

二人の刑事は、尾行を開始した。

町田が向かったのは、上野だった。

山手線を上野で降り、構内を、中央改札口のほうへ歩いて行く。

時間は、六時少し前だった。

「町田は、また青森へ行くつもりなんじゃないかな？」

日下が、人波の向こうに見えかくれする町田に眼を向けたまま、亀井にいった。

「いや。そうじゃないらしい。手ぶらだし、彼がしきりに見ていたのは、発車時刻表のほうじゃなくて、到着時刻表のほうだよ。誰かを迎えに来たんだ」

と、亀井がいった。

「誰をだろう？」

「わからんね。彼には、家族はないはずなんだが」

午後六時九分。

はつかり6号が、定刻どおり、青森から到着した。

乗客が、どっと降りてくる。ホームが人で埋まる。

改札口の傍にいた町田が、その乗客の群れに向かって、片手をあげた。どうやら、この列車の乗客を迎えに来たらしかった。
二十二、三歳ぐらいの若い娘が、小さなスーツケース一つを提げて改札口を出て来ると、町田に向かって、笑いかけた。町田は、相手のスーツケースを持ち、その肩を抱くようにして、駅の外の喫茶店に向かって歩いて行った。

「町田に、やはり、彼女がいたわけか」

と、日下は、肩をすくめてから、

「二十四歳なんだから、恋人の一人ぐらいいてもおかしくはないんだな」

「――」

「どうしたんだい？　カメさん。あの女を、知ってるのか？」

「ああ。知ってる。知ってるんだ」

亀井は、唸《うな》るようないい方をした。

「カメさんの知り合いの娘か？」

「いや。そうじゃないが、知ってるんだ。名前は、松木紀子、二十二歳」

「青森の生まれかね？」

「青森の高校を出て、すぐ上京した。男に欺《だま》され、その相手を刺した。このときは、情状酌量されて、執行猶予になっている」

亀井は、森下のことはいわなかった。

町田と松木紀子の二人は、喫茶店の奥のテーブルに腰を下ろし、顔を近づけて、話し込んでいる。

亀井たちは、喫茶店の外で、二人の出て来るのを待った。

「あの女が共犯だとすると、辻褄《つじつま》が合うんじゃないかな」

日下が、小声でいった。

確かに、日下のいうとおりだった。青森で、町田が村上陽子を殺し、東京で、恋人の松木紀子が、片岡清之を毒殺したとすれば、辻褄が合う。日下は、言葉を続けて、

「あの娘は、なかなか美人だから、女に甘い片岡は、簡単に、毒入りカプセルを飲まされてしまったんじゃないかな」

まるで、もう、松木紀子を共犯と決めてしまったような口振りだった。

亀井が、黙っていると、日下は、

「鬼怒川での殺しだって、共犯がいると考えれば、簡単に説明がつくじゃないか。あの娘も、六人の連中と一緒に、四月一日のゆうづる7号に乗っていたんじゃないかな。水戸近くで、彼女が、川島史郎を誘って、水戸で降りて、鬼怒川まで連れて行って殺した。町田のほうは、そのまま、ゆうづる7号に乗って行った。これなら、仙台で再乗車したも何もないわけだ」

「確かにそうなんだが――」

「反対かい？」

「青森県警に頼んで、松木紀子が、いつまで青森にいたか調べて貰おう。四月十日の夜から十一日朝にかけて、彼女が青森にいたら、逆立ちしても、東京で片岡清之は、毒殺できない

わけだからね」

4

十津川は、亀井からの電話連絡を受けると、直ちに、青森県警に、松木紀子の調査を依頼した。

県警の江島警部は、

「H高の卒業生で、森下という教師の教え子ということがわかっていれば、住所も簡単にわかると思いますよ」

と、いった。

十津川は、「お願いします」と、いってから、

「そちらからの連絡にあった小池という目撃者のことですが」

「あの証人は信用がおけます。適確に、相手を見ています。何かおかしい点がありますか？」

「私も、信用のおける証人だと思っています。彼は、目撃した男を、長髪だといっているようですね？」

「そのとおりです。肩まで垂らした長髪だったと証言しています。つまり、町田隆夫だとい

うことです」

「青森では、理髪店は、何時までやっていますか？」

「そうですねえ。多分、八時までだと思いますが、それがどうかしましたか？」

「四月十日の午後十一時十五分に、小池証人は、長髪の男を見ているわけですね。それが町田だとすると、十一時三十五分発ゆうづる14号に乗ったときも、長髪だったことになります。ところが、翌朝、上野駅で降りた町田は、髪をきれいに刈ってあった。それをきくと、青森で床屋へ行ったといっているんです」

「本当ですか？」

「本当です」

「うーん」

と、江島は、唸《うな》った。

「もっとも、私が、彼に会ったのは、上野駅ではなく、彼のアパートですから、東京に来てから、理髪店に行ったのかもしれません」

十津川が、なぐさめるようにいうと、江島は、ほっとした声で、

「多分、そうでしょう。そうでなければおかしい」

と、いった。

松木紀子について、翌十四日の午後に、青森県警から、連絡があった。

「松木紀子、二十二歳。彼女の母親は、まだ健在で、姉一人、弟一人がいます。姉は二十四歳で市内のデパートに勤めています。弟は十七歳で、高校の三年になったところです。それで肝心の点ですが、松木紀子は、四月二日に帰郷して、十二日まで家にいました。四年ぶりの帰郷とかで、高校時代の友人なんかとも会っています。問題の四月十日から十一日にかけてですが、市内でブティックをやっている塚原アイ子という昔の同級生のところへ遊びに行き、話がはずんで、この友だちのアパートに泊まっています。アパートの管理人も、十二日の朝、彼女を見ていますから、間違いありません」

「そうですか」

今度は、十津川が、失望する番だった。

町田と松木紀子との共犯説は、これで消えたのだ。

亀井や、日下たちは、失望するだろう。共犯なら、事件を上手く説明できるはずだったからである。

「松木紀子は、四月二日に、青森に着いたといいましたね？」

「ええ。姉が、勤めを休んで、駅へ迎えに行ったそうです。それが、面白いことに、例のブルートレインで着いたんですよ」

「例のというと、ゆうづる7号ですか？」

「そうなんですよ。宮本孝たちが乗って来たゆうづる7号に、松木紀子も乗っていたんです」

「松木紀子が、ゆうづる7号で帰ったのは間違いありませんか？　次のゆうづる9号だったということはありませんか？」

「それはありませんね。母親は、娘から連絡があったとおり、午前八時五十一分着のゆうづる7号で着いたといっていますよ」

「くどいようですが、その母親が、嘘をついているということは考えられませんか？　というのは、松木紀子が、次のゆうづる9号で着いたということだと、上手く説明できることがあるんです」

「水戸で死んだ川島史郎のことですね」

「そうです。町田と松木紀子が共犯で、彼女一人が、水戸で川島史郎と降りて彼を殺し、一列車おくらせて、ゆうづる9号で、帰郷したとすると、上手く説明できるんです」

「ところが、残念ながら、松木紀子は、間違いなく、ゆうづる7号で、青森に帰っています。というのは、同じゆうづる7号で帰郷する息子夫婦を迎えに来ていた母親がいましてね。この女性が、松木紀子の家の近所に住んでいるんです。もちろん、松木紀子のこともよく知っていて、彼女が、ゆうづる7号から降りて来たのを見つけて、『紀ちゃんじゃないの？　久しぶりね』と、声をかけているんです。この女性は、別に嘘をつく必要がないし、同じ列車で着いた息子夫婦も、松木紀子を見ていますから、間違いないと断言できます」

「そうですか」

十津川は、電話を切りながら、これで、また、問題は、振り出しに戻ってしまったなと思った。

5

この報告は、すぐ、監視中の亀井と日下にも伝えられた。

「共犯の線は消えたな」と、日下は、残念そうにいった。

「おれは、てっきり、町田と、彼の女の共犯だと思ったんだがね」

「宮本孝の動きはどうなんだ？」

と、亀井は、町田のアパートを見張りながら、きいた。

「西本刑事からの報告だと、宮本は、毎日、九時に法律事務所に出勤し、終わると、まっすぐ、自宅に帰って来るそうだ。今のところ、その生活に変化はないといっている」

「会って来よう」

と、突然、亀井が、いった。

「会うって、誰にだ？」

「町田だ。町田に会ってくる」

「待ってくれよ」

と、日下は、あわてて亀井の腕をつかんだ。

「会ったりしたら、奴に警戒されるだけじゃないか。カメさん」

「わかってる。だが、松木紀子と町田が、どうして結びついたか、どうしても知りたいんだ。それがわかれば、町田が犯人かどうかの判断も出来ると思うからな」

「警部の承諾を得なくてもいいのか？」

「そんな時間はないよ。町田が犯人なら、今日中に、宮本を殺すかもしれないし、逆に、宮本が犯人なら、同じように、今日中に町田が殺されるかもしれないからさ。大丈夫だ。偶然、上野駅で、彼女を見たことにするよ。君はここで待っていてくれ」

亀井は、それだけいって、まっすぐ、アパートに歩いて行った。

亀井が、彼の部屋をノックすると、町田が顔を出したが、六畳の部屋には、昼近いのに、布団が敷いてあるのが見えた。

「入ってもいいかな？」

と、亀井がいうと、町田は、あわてて、その布団を丸めて、隅に押しやってから、

「どうぞ」

と、いった。

亀井は、畳の上にあぐらをかいてから、

「昨日の夕方、安田章が殺された事件をもう一度、現場検証する気で、上野駅に出かけたら、偶然君を見かけてね」

「そうですか」

町田は、微笑して、

「じゃあ、彼女も見られたかな」

「ああ、なかなか可愛い娘《こ》じゃないか。君の恋人かね？」

「そうです。同じ青森の女の子ですよ。素敵な子ですよ」

と、町田は、嬉しそうにいった。

「名前を教えてくれないかな？」

亀井は、知らないふりをしてきいた。

「松木紀子。二十二歳です」

「どうして知り合ったのかね？　君が、今度、青森へ帰ったとき、向こうで知り合ったのかね？」

と、亀井がきくと、町田は、ちょっと考えてから、

「警察は、どうせ彼女のことも調べるんでしょうから、本当のことをいいましょう。僕が人を殺したことがあるってことは、もうご存知でしたね。つまり、前科持ちってことです。時々、故郷に帰りたいと思っても、それが引っかかって、なかなか帰れなかったんですよ。

高校を卒業して青森を出てくるとき、何となく故郷に錦を飾りたいみたいな気負いを持っていましたからね。そのくせ、辛い気持ちになると、無性に、青森へ帰りたくなってくるんです。一年前の春にも、故郷に帰りたくなりましてね。上野駅へ行ったんですよ。ところが、どうしても、青森行きの列車に乗り切れない。次々に、列車が出て行くのを、やり切れない気持ちで見守っていたら、僕と同じように、一時間も、二時間も、スーツケースをぶら下げて、列車を見送ってる娘がいたんですよ。自分と同じような娘がいるなと思って、声をかけたのがはじまりです。話してみたら、彼女も、僕と同じように、傷害の前科があったんですよ。同病相憐《あいあわれ》むというんですかね。そんな感じで、親しくなったんです」

「君たちは、四月一日のゆうづる7号で、青森へ行ったわけだが、彼女も、同じ列車で、帰郷したんじゃないのかね？」

「ええ。行きましたよ。二人で話したりしているうちに、やっと、故郷へ帰る気になれて来たからです。二人なら、たとえ、故郷で傷つけられても、立ち直れると思ったからです」

「では、向こうでは会っていたわけだね？」

「ええ」

「なぜ、今度、彼女は、君と一緒に東京に帰って来なかったのかね？」

「僕の家族は、もうほとんどいませんが、彼女の母親も、姉弟も、健在ですからね。だから、自然に、ゆっくりして来たんです」

「例の七人組の仲間には、彼女のことを話してなかったのかね？」

「ええ。彼らと、また交友が始まれば話そうかと思っていたんですが、次々に死んでしまいましたからね。宮本には、そのうちに紹介するつもりですよ」

「彼女は、どこの高校を卒業したのかね？　君と同じ県立高校かね？」

「いや、H高です」

「ほう。H高か」

と、亀井は、初めて聞いた顔で、

「私も、実は、H高出身なんだ。高校を卒業してから、すぐ上京して、警官になったんだ」

「そうですか。じゃあ、彼女は、あなたの後輩なんですね」

「私の同級生で、森下という男が、母校の教師をやってるんだが、彼女から、森下の名前を聞かなかったかね？　多分、彼女も教えたと思うんだが。英語の教師なんだ」

「森下さんですか？――」

「そう。森下」

「聞いていませんね。今度、彼女に会ったらきいてみますよ。彼女、知っていると思いますから」

「ああ、聞いておいてほしいね」

と、亀井は、いった。

青森に帰った森下からは、全く連絡がなかった。事件の解決に追われながら、亀井は、森下のことが、気になっていた。

だから、相手に警戒されるのを承知で、町田に、松木紀子のことに続いて、森下のこともきいたのである。

町田は、彼女のことでは、嘘はいわなかった。あっさり、名前もいったし、彼女に傷害の前科があることも口にした。

一年前に、上野駅で出会ったというのも、嘘ではあるまい。松木紀子は、一年前に、住んでいたアパートの家主夫婦に、これから青森へ帰るといい、タクシーで上野駅に向かったことはわかっている。恐らく、そのとき、町田に出会ったのだろう。彼女のことを調べたときも、それらしいことを耳にしているからだ。

しかし、森下のことは知らないというのは、事実だろうか？

森下は、青森に帰るとき、亀井に向かって、松木紀子に会ったこと、彼女が自分を許してくれたことを話している。

彼女にとって、それは、大きな決断だったろう。それなら、彼女は、町田に、森下のことを話したのではあるまいか。普通の恋人同士なら、自分の過去の傷はかくそうとするかもしれないが、この二人は、お互いの前科まで告白し合っているのだ。連帯感は、普通の恋人以上のものがあるだろう。どんなにいいづらいことでも、話し合っているのではあるまいか。

それなのに、町田が、森下の名前さえ聞いていないというのは、どこか不自然な気がしてならないのだ。

6

「八方ふさがりか」

十津川は、がらんとした捜査本部の中で呟いた。

部下の刑事たちは、町田隆夫と宮本孝の二人の監視のために、出払ってしまっている。

だが、町田も、宮本も、これはという動きを示していないのだ。

町田に、松木紀子という恋人がいたとわかったときは、これで共犯説が裏付けされたと思い、今まで、謎とされていた部分が解明されたと喜んだのだが、それは、ぬか喜びに過ぎなかった。

自分が動き回っていないだけに、十津川は、よけい、焦燥を感じるのかもしれなかった。

「警部」

と、若い警官が、顔をのぞかせて、十津川を呼んだ。

「何だ？」

「奥さんが、階下《した》にいらっしゃってますが」

「奥さんて、誰の奥さんだ？」

「警部の奥さんです」

「私の？」

十津川は、ふと、狼狽した顔になった。別に狼狽しなければならない理由はないのだが、彼も、日本の中年男らしく、自分の職場に、女房が顔を出すと、照れ臭くて仕方がない。

「しようがない奴《やつ》だなあ」

と、十津川は、その若い警官に顔をしかめて見せてから、彼は一緒に留守番役に当たっている早川警部補に、

「ちょっと行ってくる」

「ごゆっくり」

「馬鹿なことをいうな」

十津川は、捜査本部の部屋を出て、階下《した》におりて行った。

妻の直子は、誕生日にプレゼントしたベージュのツーピースを着て応接室で、呑気《のんき》に列車の写真集を眺めていた。

「どうしたんだ？」

と、十津川は、突っ立ったまま、ことさら、不機嫌な声を出した。

部下の刑事たちが、文字どおり、足を棒にして捜査や張り込みに当たっているときに、そ

の指揮に当たる人間が、のうのうと女房に会っている後ろめたさが、自然に、十津川を不機嫌にしているのだが、直子のほうは、そんなことは、わかっているという顔で、

「ちょっと、伝言があって来たの」

「今、連続殺人事件の捜査中なんだ」

「わかってるわ。だから、私の伝言は、そのためのものなのよ」

「事件のための伝言？」

「突っ立ってないで、座ってくださらない」と直子は、微笑した。

「私の伝言は、五分ですむわ」

「しかし、君には、今度の事件のことはわかっていないはずだ」

「新聞に出ている以外にはね」

「捜査に当たっているわれわれでも、今、壁にぶつかってるのに、素人の君に、犯人がわかるとは思えないんだがね」

十津川は、やっと、表情をなごませて、直子にいった。おかしなもので、事件の話をしていると、妻と会っている後ろめたさが、やわらぐのだ。

「もちろん、私には、犯人なんてわかりませんわ。でも、私は、一度、東北へ行ってみたいと思っていたの。まだ、あそこには、昔の良き日本が残っているような気がして」

「事件が終わったら、君を連れて行くよ」

「ありがとう。それでね、東北の写真とか、どんな列車に乗ったらいいのかと思って、夜行列車の写真を見たりしてたんだけど、やはり、上野から、ゆうづるに乗って行くのが一番いいと思ったわ。今度の事件も、ゆうづるで、最初に起こったんでしょう?」

「最初は、青森行きのゆうづる7号の中で起き、最後は、上野へ来るゆうづる14号で起きた。いや、まだ、最後かどうかわからないが」

「そのゆうづるで、面白いことを発見したの。もちろん、警察でも、とっくに気がついていらっしゃるでしょうけど」

「どんなことだね?」

「ゆうづるというのは、上野と青森間を走る夜行列車で、すべて寝台車。1号から14号まであって、1、3、5、7、9、11、13の奇数号が下り、2、4、6、8、10、12、14の偶数号が上りだわ」

「そのくらいのことは、東京生まれの私だって知っているよ」

「私ね。全部夜行列車だし、寝台車だし、特急だから、ゆうづるは、全部、ブルートレインかと思ったのよ」

「全部、ブルートレインじゃないのか?」

十津川は、首をかしげた。上野と青森の間を同じように走っている寝台特急なのに、名称も同じ「ゆうづる」なのに、違うというのは、どういうことなのだろうか?

「それが違うのね。電気機関車が、寝台専用の客車を引っ張って走るのが、いわゆるブルートレイン。車体がすべて、ブルーに塗ってあるわ。これがそうだわ」
直子は、写真集の中ほどを開いて、十津川に見せた。美しいカラー写真だった。

〈東北の夜の主役『ゆうづる』〉

と、書かれた写真は、「ゆうづる」のヘッドマークをつけて、夜のレールの上を疾走する青い車体だった。
「ところで、『ゆうづる』は、この他に、ブルートレインじゃない、電車特急というのがあるの。新幹線のように、前後に、起動車がついている形式の寝台特急よ。これは、車体の色がブルーじゃないから、ブルートレインと呼べないわね。これが、電車特急のゆうづるだわ」
直子は、次の頁を繰ってみせた。

〈夜の旅を終えて、いよいよ終着駅上野へ。疾走する上り『ゆうづる』〉

そんな説明の写真に写っているのは、ヘッドマークはやはり「ゆうづる」だが、車体は違っていた。

確かに、電車特急で、色も、ブルーではなく、白が主で、ブルーが、帯のようについているだけである。

「下りでいえばね。1、3、5号が電車特急で、7、9、11、13号がブルートレインなのよ」

「――」

「どうなさったの？」

「時刻表を持ってるか？」

「いいえ。でも、時刻表には、『ゆうづる』としか書いてないわ」

「いいんだ。君は、もう帰ってくれ」

十津川は、直子を追い返すと、自分は、捜査本部の部屋に駈け戻った。

「奥さんは、何の用でした？」

と、早川警部補が、笑いながらきいた。

「時刻表はどこだ？」

「奥さんは、時刻表を持っていらっしゃったんですか？」

「時刻表だ！」

十津川は、怒鳴り、書棚を引っかき回して、奥に寝ていた時刻表を引きずり出した。

常磐・東北本線の頁を開く。

直子のいうように、時刻表には、1号から14号まで、すべて「ゆうづる」とあるだけで、電車特急、ブルートレインの別は、記入されていない。

（だが――）

「おい。早川君」

と、十津川は、ふいに、呼んだ。

「何でしょうか？」

「君は、すぐ、カメさんと交代して来てくれ」

「は？」

「カメさんに、どうしても、やって貰いたいことが出来たんだ」

7

亀井は、何ごとかという顔で戻って来た。その亀井に、

「これからすぐ、私と一緒に、上野駅へ行ってくれ」

と、十津川は、声をかけた。

「どうするんです？」

「今、九時二十分だ。これから行けば、ゆうづる7号に間に合うよ」

「乗るんですか？」

「乗って、実験をしてみたいんだ。犯人が、川島史郎と一緒に水戸駅で降りて、鬼怒川で溺死させたあと、仙台で、同じ列車に乗れるかどうかの実験をだよ」

「しかし、それは、前に、私が、ゆうづる5号で実験してみましたが」

「そうだったね」

「その結果、どうしても、四十分足らないことがわかったんです。これは、ご報告したはずですが」

「わかってる。だが、君が実験したのは、ゆうづる5号であって、7号じゃない」

「そのとおりですが、同じ寝台特急だし、走るのも、上野から青森という同じ線区です」

「それもわかってるよ。だが、念のために、ゆうづる7号で、もう一度、実験してみようじゃないか。事件があったのは、ゆうづる5号じゃなくて、ゆうづる7号なんだから」

十津川は、喋りながら、もう、立ち上がって、歩き出していた。

亀井も、その後に続いた。

上野駅に着くと、亀井が、青森までの寝台特急券を買った。一両だけしかないA寝台券は、売り切れていたが、B寝台券のほうは簡単に手に入った。

亀井には、十津川の意図がわからなかった。確かに、十津川のいうとおり、亀井が実験したのは、事件の起きたゆうづる7号ではなく、5号だった。しかし、同じ寝台特急なのだ。

ゆうづる7号は、いつものとおり、二一時五三分に、上野を発車した。

水戸着が、二三時二七分。これも定刻どおりだった。

二人は、ここで、途中下車をした。

駅前のタクシー乗り場のほうへ歩いて行くと、突然、

「刑事さん」

と、呼ばれた。

タクシーの運転手が手をあげて、呼んでいるのだ。

ゆうづる5号で実験したとき、亀井を乗せて、仙台まで走ってくれた若い運転手だった。

十津川にそれをいうと、十津川は、ニッコリして、

「それなら都合がいい。同じ運転手で、仙台まで走って貰おうじゃないか」

と、いった。

亀井は、十津川と一緒にタクシーに乗ってから、

「この前と同じに走ってくれ。まず、国道五十号線を、鬼怒川まで走って五分休憩。そのあと佐野インターチェンジから、東北自動車道に入って、仙台駅まで、突っ走って貰いたいんだ」

「二度も同じことをやるなんて、いったい、何の調査なんです？」

「殺人事件の調査だよ」

　と、十津川がいった。

　その一言で驚いたのか、それとも、興奮したのか、運転手は、急に無口になって、車をスタートさせた。

　まず、深夜の国道五十号線を、鬼怒川の橋の袂《たもと》まで走り、そこで、五分間停車。

　続いて、佐野インターチェンジへ向かい、そこから、東北自動車道に入った。相変わらず、このハイウエーは、車の数が少ない。

「この前より、もっと飛ばしますか？」

　運転手がきいた。

「この前と同じでいいよ」

　と、いったのは、十津川だった。

　亀井は、ハイウエーの道路標識が、次々に変わっていくのを見ながら、

「これでは前のときと全く同じですよ。仙台では、列車に間に合いません」

　と、十津川にいった。

「それは、仙台へ着いてみなければ、わからないじゃないか」

　十津川は、いやに落ち着き払っていった。

「しかし、警部。インターチェンジを出て、仙台市内に入ってから、国鉄仙台駅までが、時

間がかかるんです」

タクシーは、仙台インターチェンジを出た。

人の気配の消えた深夜の仙台市内を、国鉄仙台駅に向かって走る。

三階建ての仙台駅が、見えてきた。

駅に横付けになると、十津川が、料金を支払って、車を降りた。

亀井は、改札口を通りながら、せわしなく腕時計に眼をやった。

「水戸からここまでの所要時間は、前に私が実験したときと、ほぼ同じです。四分間短縮しただけです。これでは、とうてい間に合いませんよ」

「そうかな」

二人は、ステーションビルの二階に設けられた東北線ホームにあがって行った。

ホームに人影はなく、もちろん、ゆうづる7号のブルーの車体も見えなかった。

「警部。やはり、間に合いませんでしたね」

亀井が、溜息をつくと、十津川は、ホームの時計を見上げながら、

「ゆうづる7号は、まだ来ていないのかもしれないよ。駅員に確かめてみようじゃないか」

と、いった。

「そんなことはないと思いますが」

亀井は、十津川の言葉に首をかしげながらも、ホームの駅員室から出て来た小太りの駅員

に、

「ゆうづる7号は、もうとっくに出たんでしょうね？」

と、きいてみた。

当然、イエスの返事が戻ってくるものと思ってきいたのだが、その駅員は、ホームの時計に眼をやって、

「あと三分で到着します。ここには運転停車なので、乗客の乗り降りはありませんが」

「まだ来てないんですか？」

亀井は、びっくりして、思わず、駅員の眼鏡をかけた丸顔を見つめてしまった。

亀井は、まだ、納得できなくて、

「ゆうづる9号ではなくて、その一つ前のゆうづる7号のことをきいているんですが」

と、念を押した。

駅員は、微笑した。

「そうです。ゆうづる7号は、間もなく、到着します。ここでは、二分間の運転停車です」

「参りました」

と、亀井は、十津川のところへ戻って、首を振って見せた。

「どうやら、間に合ったらしいね」

十津川が、微笑した。

〈ゆうづる５号〉		〈ゆうづる７号〉
21：40発	上　野	21：53発
↓		↓
23：08着	水　戸	23：27発
↓		↓
（３時間27分）		（４時間13分）
↓		↓
（２：35着）	（仙　台）	（３：40着）
↓		↓
7：05着	青　森	8：51着
9時間25分	全所要時間	10時間58分

「そうなんです。わけがわかりません。この前の実験では、四十分も、おくれてしまったんです。今日も、タクシーで走って時間は、この前と大差ありませんでした。それなのに、間に合った理由がわかりません」

「それは、前のが、ゆうづる5号で、今日がゆうづる7号だからだよ」

「しかし、警部、同じゆうづるでしょう。同じ、寝台特急です。同じ区間を走っているのに、片方が、四十分もよけいにかかるとは、思えないんですが」

「私も、同じゆうづるなら、同じ時間で、上野・青森間を走っているものとばかり思っていたんだ。だから、君が、ゆうづる5号で実験したとき、それでいいと思ったのさ。だが違っていたんだ。ゆうづるには、ブルートレインと、電車寝台の二種類があって、ゆうづる5号は、電車特急で、ゆうづる7号は、ブルートレインなんだ。車体の構造が違う」

「それは、わかっていましたが、同じゆうづるで、時間が違うとは思いませんでした」

「念のために、時刻表で調べたんだ。電車特急のゆうづる5号は、上野を二一・四〇に発って、青森着が翌朝の七・〇五だ。この間、九時間二十五分かかっている。ところで、ブルートレインのゆうづる7号は、上野発二一・五三で、青森着が翌朝の八・五一で、十時間五十八分かかっているんだ。つまり、ゆうづる7号のほうが、5号より、一時間三十三分も、よけいにかかるということさ。だから、仙台着が、ずっと時間がかかると考えたのさ」

「なるほど」

と、亀井は、眼を輝かせて、

「青森生まれの私も気がつきませんでした。水戸から仙台までの所要時間も、きいてみましょう」

亀井は、さっきの駅員に、警察手帳を見せて、ゆうづる5号と7号の違いをきいた。

ゆうづる7号のほうが、四十六分よけいにかかるのだ。前と同じスピードでタクシーを飛ばして来て、間に合うのが、当然だった。

犯人も、間に合ったのだ。

「四月二日に、ここで運転停車したゆうづる7号に、その列車の切符を持った人間が、むりに乗りませんでしたか？」

「四月二日ですか」

駅員は、ホームに入って来たゆうづる7号に、ちらりと眼をやってから、

「そういえば、アベックの方が、ゆうづる7号の切符を持って来られましてね。東京で乗りおくれてしまったので、車を飛ばしてきた、どうしても乗せてくれといわれるので、お気の毒になりまして、お乗せしました」

「どんなアベックでした?」

「男が二十四、五歳で、女性のほうは、もう少し若く見えましたね」

(町田隆夫と、松木紀子だろうか?)

ゆうづる7号は、ブルーの車体を、ゆっくりと、ホームに横たえた。

どの客車の窓のカーテンも、閉まったままだ。午前三時四十分。乗客のほとんどが、眠っているのだろう。

「警部」

と、亀井は、思いつめた顔で、十津川にいった。

「青森へ行かせてください」

「やはり、共犯だったようだね」

「どうしても、その件で、会って来たい人間がいるんです」

「いいだろう。行って来たまえ。私は、東京へ帰る」

十津川は、肩をポンと叩いて、亀井を、ゆうづる7号に乗せた。

二分間停車で、また動き出した列車を、駅員と並んで見送ってから、十津川は、

「四月二日に、ここからゆうづる7号に乗ったアベックですがね。どんな男女だったか、覚えていることを話してくれませんか」

「夜だし、男のほうは、サングラスをかけていましたしね。女性のほうが、久しぶりに故郷に帰るのだといっていましたよ。新婚さんかと思いました」

「男は、長髪でしたか？」

「いや。普通だったと思いますが。コートを羽おっていましたね。二人ともです。女のほうは、男にしがみつくようにしていましたから、よっぽど仲がいいんだと思いました。あの二人が、何かしたんですか？」

「まだ、何ともいえません」

「別に、悪いことをするような人たちには見えませんでしたがねえ」

人の好さそうな駅員は、しきりに首をかしげている。

いつもの十津川なら、「いい人間でも、殺人を犯すことがありますよ」というところだが、今日は、肩をすくめただけだった。

いぜんとして、犯人の動機がわからなかったからである。どうやら、町田隆夫が犯人らしく思えて来たが、彼は、一年前、松木紀子と知り合っている。愛し合っているに違いない。

それなのに、なぜ、高校時代の友人を、次々と殺したりしたのだろうか？

それが、どうしてもわからないのだ。

8

東京は、すでに、桜の盛りも過ぎたというのに、亀井が、ゆうづる7号で青森に着いた朝は、こちらでは、粉雪が舞っていた。

冬がまだ居座っているのか、寒のぶり返しというのかわからないが、亀井は、雪景色の青森が好きだった。夏の青森というのは、何となく、東北らしくないのだ。

駅構内の日本食堂で朝食をとってから、電話帳で、森下の名前を探した。そのナンバーを手帳に書き写してから、赤電話の受話器を取りあげたが、すぐには、ダイヤルを回す気になれなかった。

気が重いのだ。

しばらくの間、ためらってから、それでも、森下に会わなければならないのだと思い直して、十円玉を放り込んだ。

電話には、最初、奥さんが出て、すぐ、森下に代わった。

森下は、嬉しそうに、

「よく来てくれたね。うちへ来ないか？　おれが、車で迎えに行くよ」

「いや。二人だけで話したいんだ」

「朝からやっている店というと、あまりないんだが」

「朝食は、駅の食堂でとったから、喫茶店で、お茶を飲みながらでいい。駅の近くの喫茶店に来てくれ」

亀井は、堅い声でいった。森下も、電話の向こうで、それを感じたらしく、「わかった」と、いった。

「駅の傍に、『つがる』という喫茶店があるんだ。そこで待っていてくれ」

小さな喫茶店だった。

時間が時間なせいか、客の姿はない。亀井は、窓の傍に腰を下ろし、コーヒーを頼んでから、宙に舞う粉雪に眼をやった。

温泉にでもつかりながら、森下と、雪見酒でもくみ交わせたら、どんなに楽しかったろう。そんな思いが、亀井の胸をかすめた。今度の事件が終わったら、休暇をとって、久しぶりに故郷へ帰り、教師をやめてしまった森下をなぐさめる意味でも、酒をくみ交わそうと思っていたのだ。

店の前に、車がとまり、森下が、店に飛び込んで来た。

「あいにくの雪でね。昨日は、いい天気だったんだが」

森下は、革ジャンパーについた雪を払い落としながら、ことさらに、明るくいい、「よいしょ」と、声を出して、亀井の前に腰を下ろした。

「どうだ。今夜、浅虫温泉にでも行かないか。おれの親戚で、旅館をやっているのがいるんだ」

「おれは、すぐ、東京に帰らなければならないんだ。例の事件が、まだ終わっていないんでね」

と、亀井は、わざと、ぶっきらぼうにいい、

「その前に、君に会って、確認しておきたいことがあって、やって来たんだ」

「何を確認したいんだ?」

「H高の教師はやめたのか?」

「ああ。辞表を出したよ。おれには、人を教える資格はないからな。これからは、百姓でもやろうと思ってる。もともと、おれの家は百姓だったんだからね」

「松木紀子に会ったといったね?」

「ああ。会ったよ」

「どこで会ったんだ?」

「東京だ。彼女は、何もいわずに、おれを許してくれたよ」

「そのとき、彼女は町田隆夫という男を、君に紹介しなかったか?」

「いや。別に、誰も紹介しなかったが――」

「それは、嘘だ」

亀井は、重い口調でいった。

森下の顔色が変わり、彼は、何かいいかけて、その言葉を呑み込んでしまった。

そんな森下を、亀井は、痛々しく見つめて、

「君は、嘘をつけない男なんだ」

「――」

「おれを、ずっと、瞞《だま》せると思っていたのか？　君が、おれを捜査本部に訪ねて来て、ゆうづる5号で帰郷するんだが、何か役に立てないかといわれたとき、おれは、君が、全くの善意から、そういったんだと思った。だから、君と一緒に、ゆうづる5号に乗った。事件の解決に役立つと思ったからだ。だが、水戸で降りると、いくら車を飛ばしても、仙台で、再び、ゆうづる5号に乗れないことがわかって、捜査は、壁にぶつかってしまった。もし、君が、あの時間、つまり、ちょうど、ゆうづる5号に間に合う時間に、おれを訪ねて来なかったら、実験をするにしても、事件のときと同じゆうづる7号に乗ったろう。そうなっていたら、事件は、もっと早く解決していたはずなんだ」

「おれには、よくわからないが」

「わかっているはずだよ。君は、ゆうづる5号に、ちょうど間に合う時間に、おれを訪ねて来たんだ。ちゃんと計算してだ。おれは、君と一緒に、青森へ行けることと、事件解決のた

めの実験が出来ることの二つが、同時に出来ると思って、君の罠にはまったわけさ」

「罠なんて、いやなことはいわないでくれ」

「じゃあ、何といえばいいんだ？　今になって、思い出したんだが、君は、高校時代から、汽車に興味を持っていた。それに、教師になってからは、修学旅行なんかで、しばしば上京していたはずだから、ゆうづるのことも、くわしく知っていたと思う。同じゆうづるという名前の寝台特急でも、ブルートレインと、電車寝台があり、電車特急のほうが、上野・青森間を走るのに、一時間以上も早いことも知っていたんだ」

「――――」

「君と松木紀子の間には連絡があるはずだ。君は、彼女が町田を愛しており、殺人事件にのめり込んでしまっているのを知ったのだ。しかし、君は、彼女に対して、深い負い目を持っていた。だから、それを胸におさめただけじゃない。君は、彼らのために、警察を瞞したんだ。町田は、宮本孝から、ゆうづる7号の切符を送られてから、同じ列車に乗って、実験をしてみたに違いない。その結果、最初の停車駅水戸で降り、鬼怒川で殺したあと、車を飛ばせば、仙台で、再び、ゆうづる7号に乗れることを知った。川島史郎を、その犠牲者に選んだのは、多分、彼が女に甘かったからだろう。水戸にゆうづる7号が停まったとき、松木紀子が、川島を誘い出したのかもしれない。ここで降りるから、荷物を持ってくれとでもいったんだろう。水戸は九分間停車だから、鼻の下を伸ばした川島は、松木紀子を、改札口の近くまで送って行ったんじゃないのか。そこで、町田が、彼を殴りつけるか、クロロフォルムを嗅《か》がせるかして気絶させたのだ。短い距離なら、彼女が、酔った恋人を介抱するふりをして、改札口を通ることが出来る。一方、町田のほうは、川島史郎になりすまして、改札口を通る。ゆうづる7号の切符を見せて、途中下車といえば、改札掛が、印象に残っていて、よく覚えているわけだ。町田はサファリジャケットを着ていたが、川島を気絶させたとき、上衣を交換したんだろう。酔った恋人を抱いている様子で、改札口を出た松木紀子は、水戸までの切符二枚を改札掛に渡したんだ。町田と紀子は、水戸までの切符も買っておいたんだ。だから、真田という駅員はゆうづる7号で降りた乗客は一人だけと思ったのではないか。川島を担いで改札口を出て紀子は、前もって、水戸駅前に駐車させておいた車に運び入れ、自分で運転して、鬼怒川に向かった。あとから改札口を通った町田は、あくまで、川島になりすまして、タクシーに乗ると、鬼怒川のところまで走らせて、そこで降りた。先に来ていた紀子と一緒に、正体のない川島を車からおろし、また服を取りかえ、途中下車の鋏《はさみ》の入った切符を、川島のポケットに入れ、川島の切符を、町田が自分のポケットに入れてから、鬼怒川に投げ捨てたんだ。そのあと、車を飛ばして、仙台へ行き、もう一度、ゆうづる7号に乗り込んだんだ。乗りおくれたアベックとしてね」

「なぜ、そんなことまで、おれに話すんだ？」

「君がどこまで知っているか、それを知りたいからだ。町田と松木紀子が、共犯だと確信しているが、どうしても、動機がわからない。知っているのなら、教えて欲しいんだ」

「おれは、何も知らないんだ。ただ、おれは――」

「彼女への負い目か？」

「そうなんだ。おれは、どうなる？」

「どうにもならんさ。君は、ただ、おれと一緒に、ゆうづる5号に乗っただけのことだから
だよ。それで押し通せば、君は、何の罪にもならないさ」

「そういういい方は、嫌なんだが」

「他に、どんないい方が、おれに出来るというんだ？」

「おれは、どうしたらいいんだ？」

「それは、君自身が決めることさ。正しいことをしたんだと思うのなら、それでいい。もし、
間違ったことをしたと思うのなら、本当に警察に協力してくれればいい」

「それは、出来ない」

森下は、苦しそうに、俯向《うつむ》いていった。

亀井は、「わかった」と、いった。

「君が、そういうだろうと思っていたよ。しかし、それで、松木紀子への負い目が消えるの
か？」

森下の返事がないままに、亀井は、彼と別れると、いぜんとして降り止まぬ粉雪の中を、青森県警本部に向かった。

9

ここで、亀井は、初めて、三浦刑事や、江島警部と会った。

亀井が、ゆうづる7号の実験のことを話すと、三浦も、江島も、眼を輝かせた。

「これで、一つの壁を突き破ったわけですね」

と、三浦が、いった。

「一つだけです。こちらの橋口まゆみの件はどうなりました？　密室の謎は解けましたか？」

亀井がきくと、江島が、ニッコリ笑って、

「町田が犯人という前提に立って、一つの仮説を立ててみたんだよ。これは、三浦君が考えた推理なんだがね。くわしくは、彼が話すのを聞きたまえ」

「私は、殺された橋口まゆみの身になって、考えてみたんですよ」

と、三浦刑事が、いった。

「彼女は、非常に不安な気持ちでいたと思うんですよ。片岡の子供を宿していたが、彼が、本気で、自分と結婚するつもりでいるのかどうかわからなかったからです。そこへ、宮本孝から、故郷青森への旅の話が来ました。しかも、片岡も同行するという。彼女は、片岡の気持ちを確かめるチャンスだと思ったに違いありません。だが、なかなか、片岡に向かって、それをきくことが出来ない。もし、簡単に出来ていたら、それまでに、婚約でもしていたでしょうからね。そこで、橋口まゆみは、昔の友人の一人に、どうしたらいいか相談したわけです。いったい、誰に相談したでしょうか？　川島史郎と安田章は、すでに死亡しています。残るのは四人ですが、片岡本人には相談できない。一番相談しやすいのは、同性の村上陽子でしょうが、陽子は、昔の彼女とは、すっかり変わってしまっていたし、片岡が色目を使っていました。こんな陽子には、相談しにくい。あと二人のうち、宮本は、ゆうづる7号の切符を送ってくれた世話役ですが、まじめな努力型で、恋愛問題を相談するタイプではありません。離婚の相談とか、慰謝料の相談なら、弁護士の卵の宮本に話を持ちかけたでしょうがね。残るのは、町田だけです。この段階で、橋口まゆみは、町田に前科があるのを知りませんでしたし、町田を詩人と考えていたに違いありません。それに、久しぶりにあった昔の仲間に対しては、高校時代の印象で相手を見てしまうと思います。高校時代の町田は、文学青年で、あの仲間のリーダー格だったわけですから、まゆみが、町田に相談を持ちかけたとしても、おかしくはないと思うのです。つまり、彼女は、よりによって、自分を殺そうとしている人間に、相談してしまったと思うのです」

「橋口まゆみは、自殺行為をしたというわけですね」

「そのとおりです。犯人の町田にとって、四月一日からの故郷への旅は、殺人の旅だったわけですから、殺人の道具の一つとして、現場にあった睡眠薬のびんと、錠剤を持参していたに違いありません。まゆみに相談されたとき、恐らく、町田は、あの睡眠薬のびんを見せて、こういったのです。これは、睡眠薬のびんだが、中に入っているのは、何のことはない、ビタミン剤だ。自分は、時々、このびんを他人《ひと》に見せてびっくりさせて楽しんでいる。君も、片岡をびっくりさせて、彼の本当の気持ちを確かめたらいいとです。パターン化した芝居をするようにいったわけですが、ありふれた芝居だけに、橋口まゆみは、その気になったんだと思います。彼女は、町田にいわれたとおり、片岡宛の遺書を書き、睡眠薬のびんをテーブルに倒しておき、ドアを閉めてから、町田がくれたビタミン剤を飲んだんです。そのとき、恐らく彼女はニコニコ笑っていたでしょうね。ところが、そのビタミン剤には、青酸液が、塗《ぬ》ってあった。彼女は、あっという間に死んだでしょう。子供だましの手を使ったわけです」

「七年前の友情と信頼が、トリックとして使われたわけですね」

と、いってから、亀井が、ふと、苦い表情になったのは、森下のことを思い出したからだった。

「君の考えはどうかな？」

と、江島警部が、亀井にきいた。

「密室トリックは、今、三浦刑事がいわれたようなものだったと思います。ただ、ホテルのドアは、閉めれば、自動ロックされますから、犯人は、彼女に、遺書を書かせたあと、元気が出るからとでもいって、青酸液を塗ったビタミン剤を飲ませ、死亡を確認してからドアを閉めて出て行ったのかもしれません」

「いや、それはないよ。チェーンロックもかかっていたんだ。あとは、二つの謎が残っているだけだ」

「その二つとは？」

「町田の長髪の件と、ゆうづる14号に乗っていた町田が、どうやって、上野駅で、片岡清之を毒殺できたかということだが、これは、東京の警視庁が解決してくれると、期待しているよ」

「問題は、もう一つあります。最大の問題がです。町田隆夫が、なぜ、昔の友人を次々に殺していったかという殺人の動機です」

亀井がいうと、三浦が、

「それに関連しているかもしれないので、調べていることがあります」

「何ですか？」

「町田が、二日間こちらにいた間に、下北の恐山へ行っています。これに不審を持たれたのは、東京の十津川警部なんですが、ひょっとすると、これが、殺人の動機に関係があるかもしれないと思っているのです」

「本当ですか？」

と、亀井が、勢い込むと、三浦は、あわてて、

「かもしれないと思っているだけのことです。それに関連した調査に、これから出かけようと思うのですが、一緒にどうです？」

「もちろん、同行させて貰いますよ」

と、亀井は、いった。

10

二人が外に出る頃は、幸い、雪は止んでいたが、空気は、前より一層、冷たさを増していた。

「町田の姉は、彼が高校三年のときに死んでいます。これは、十津川警部にもお知らせしましたが」

と、アーケイドのある歩道を、青森駅と反対の方向に歩きながら、三浦がいった。

「自殺だったということですね？」

「世間には、病死ということになっていますが、自殺です。恐山に行った町田が、イタコに死者の霊を呼び出して貰い、その声を聞こうとしたのなら、この姉の霊かもしれません」

「これから、誰に会いに行くんですか？」

「高校時代の担任の教師です。三年前に、教師をやめて、家業の本屋の主人におさまっています。町田だけでなく、他の六人の担任でもあったんです」

数分歩いたところで、「石野書店」の看板が、眼に入った。

主人の石野は、五十二、三歳、もと、国語の教師だったというだけに、おだやかな感じの男だった。まだ、教師の雰囲気が残っている。

二階に、三浦と亀井を招じ入れてから、石野は、

「事件のことは、ニュースで知って、当惑しています。七人とも、私の教え子でしたから」

と、暗い表情でいった。

「高校時代の七人は、仲が良かったようですね？」

三浦刑事が、きく。亀井は、ここでは、黙って聞き役に徹するつもりだった。

「そうですね。七人組と呼ばれたり、セブンスターとからかわれたりしていましたよ。七人で、校内新聞を出していたので、自然に仲が良くなったんでしょう。私は、当時、新聞について、相談を受けたりしていました」

「七人のうちの町田隆夫は、どんな性格でした？」

「最近の町田には、全然、会っていないのでよくわかりませんが——」

「高校生のときの町田のことを知りたいんです。特に、三年生の頃のですが」

「頭は良かったです。特に、芸術とか哲学とか、あるいは、宗教といった方面に、興味を持っていましたね」

「感受性が強いということですか？」

「そうです。一年のときから、詩を作ったりしていましたが、三年にあがる頃から、宗教に興味を持ち始めましてね」

「キリスト教なんかですか？」

「いや、神秘主義みたいなものにです。科学では解明できないものに、興味を感じるといっていたのを覚えていますよ」

「恐山のイタコみたいなものですね？」

「もちろん、イタコにも、興味を持っていましたね。時々、イタコに会いに出かけていたようです。中にはインチキな者もいるが、本物の霊能者も必ずいて、その人間には、間違いなく、死者の声が聞こえるはずだと、彼は、いっていましたね」

「他の六人は、どうですか？　町田のそんな考えに賛成していたようでしたか？」

と、三浦がきくと、石野は、はじめて微笑して、

「他の六人は、面白いことに、微塵《みじん》も、そんなところのない生徒たちでしたね。片岡は、享

楽型だし、宮本は、努力家だが平凡、川島は、馬力のあるスポーツマンタイプ、安田は、宮本に似た努力家でした。女生徒二人は、橋口まゆみは、可愛い女の子で、きっといいお嫁さんになるだろう。村上陽子のほうは、自己主張の強い活潑《かっぱつ》な子でしたよ。いずれにしろ、神秘主義なんかには無縁でしたね」

「町田が、三年のとき、彼の姉が死んでいますね」

「ええ」

「病死ということになっているが、本当は、自殺だというのは、ご存知でしたか？」

「あとになって知って、びっくりしました」

「姉が突然、自殺したりしたあとは、町田は、前より一層、神秘主義のとりこになったり、恐山のイタコに会いに出かけたりするようになったんじゃありませんか？」

「私も、そうなるだろうと思ったんですが」

「違ったんですか？」

「町田は、校内新聞に、時々、人間の予知能力とか、死者との対話とかいったことを書いていたんですが、姉さんが死んでからは、ぷっつりと、書かなくなりましたね。私も、そうした問題には興味があって、本を読んだりしていたので、町田のほうから、よく話しかけて来たんですが、それも、急に、なくなりましたよ」

「なぜでしょうか？」

「それが、今でもわからんのです。最初は、好きだった姉が突然死んでしまった。それを予知できなかったり、死んでしまった姉の霊と思うように対話できないので、神秘主義に興味を失ってしまったのではないかと思ったんですが、東京の大学から、わざわざ、京都の大学の印度哲学科に入ったりしているし――」

「今度、帰郷したときは、恐山に行っていますよ」

「そうですか」

「町田の姉の自殺の原因を、ご存知ですか?」

「そのことですが、最初は、病死だと思っていたんです。町田も、彼の家族の人も、そういっていましたからね。私が、自殺を知ったのは卒業式のときです。式がすんだあと、町田が、ひとりで私の家に来ましてね。唐突に、僕の姉は、自殺したんですといったんですよ」

「何の脈絡もなくですか?」

「そうです。ひどく、唐突だったので、私もびっくりしました」

「自殺の原因も、あなたに話しましたか?」

「どうして、姉さんは自殺したのかとききましたら、町田は、僕が自殺に追いやったようなものですといいました」

「町田が、そういったんですか?」

「そうです」

「なぜ、そういったんでしょう？　仲のいい姉弟だったわけでしょう？」

「私も、わけがわからないので、くわしい話を聞かせてくれといったんですが、町田は、黙ってしまいましてね。私も、それ以上、きけなくなって、あまり考え込まないほうがいいなと、無難なことをいって別れたんですが」

「それきりですか？」

三浦がきくと、石野は、テーブルの上の煙草に手を伸ばして、火をつけてから、

「その後、時折り、町田のその言葉を思い出して、気になっていましてね。何かの拍子に、彼の家の近くに行ったりしたとき、彼の姉さんのことを、きいてみたりしたんです」

「それで、何かわかりましたか？」

「町田の姉さんは、名前を町田由紀子といいまして、死んだときは十九歳です。小柄ですが色白な東北美人でした。確かそのとき、短大二年だったと思います。いろいろと聞き回ってわかったのは、彼女には婚約者がいたということです。大学生ですが、彼女が死んだとき、彼はアメリカに留学中でした」

「なるほど」

「もう一つは、単なる噂ですが、彼女は、行きずりの男に暴行され、そのために自殺したという話を聞いたことがあります」

「暴行されてですか――」

三浦が呟き、亀井は、ふと、女にだらしのないという片岡の顔を思い浮かべた。

だが、亀井は、すぐ、首を振った。

片岡たちが、町田の姉を暴行し、その恨みを七年後に晴らしたのではないかと、ふと思ったのだが、考えてみれば、七年前の片岡たちは、十七、八の高校生だったのだ。それに、暴行には、二人の女性は、関係があるまい。

これ以上のことは聞けなくて、二人は、石野書店を出た。

「どう思います?」と、三浦が亀井にきいた。

「今度の事件と、どこかでつながってくると思いますか?」

「正直にいって、わかりませんね。何しろ、七年前の事件ですからね。しかし、考えてみれば、今度の殺人事件は、七年前に上京してきた男女によって引き起こされているんですね」

「私も同じことを考えました。無理かもしれませんが、この線を、もう少し追いかけてみます。何かわかったら、すぐ、お知らせしますよ」

と、三浦は、約束した。

第十一章　始発駅「上野」

1

亀井は、その夜のゆうづる14号で、東京へ戻った。町田隆夫が乗ったと同じ列車である。捜査本部のある上野署に入ったのは、午前九時半だった。

十津川が、ひとりで留守番をしていた。

「やあ、お帰り」

と、十津川は、立ち上がって、亀井を迎えた。

「町田は、まだ動かずですか？」

「ああ、町田にも、新宿の喫茶店でウエイトレスをしている松木紀子にも監視がつけてあるが、今のところ、宮本孝を殺しに動く気配はない」

「いっそのこと、町田と松木紀子を逮捕したらどうですか？　青森のホテルの密室殺人は、何とか解決できましたし――」

亀井がいうと、十津川は、首を振って、

「逮捕しても、起訴できんよ。第一、動機がわからん。第二に、すべて推理でしかない。証拠といっても、状況証拠だけだ。私が検事でも、これでは、公判が維持できないから、二の足をふむね」

「青森県警の江島警部が、町田の長髪の件と、上野駅の片岡の死は、東京で解決して欲しいといっていました」

と、亀井がいった。

十津川が、微笑した。

「長髪の件は、解決したよ。上野へ帰って来た町田が、きれいに整髪していて、青森で理髪店へ行ったといったので、誤魔化されたが、やはり長髪のかつらを使っていたんだ。それをかくすために、青森市内で、わざと、理髪店へ行ったんだろう。長髪を短くしたと思わせるためにね」

「上野駅での片岡清之の毒死は、どうですか？」

「ここで電話番をしながら、そのことだけを考えていたんだがね」

「何か答えが見つかりましたか？」

「ああ、見つかったよ」

「町田は、どんなトリックを使ったんですか？」

亀井が、勢い込んできくのへ、十津川は、肩をすくめて、

「答えは一つだよ。町田と、松木紀子には、上野で片岡を殺すのは物理的に不可能だ。それが結論だね」

「すると、他にも共犯者がいたということでしょうか？　まさか、宮本孝が共犯者だったなんていうんじゃないでしょうね？」

「宮本が共犯だったら、町田は、もっと簡単に、殺人を犯せたはずだ。だから、彼は、共犯者じゃない」

「しかし、町田と松木紀子には、物理的に不可能となると？――」

「どういうことになるか、二人で考えてみようじゃないか」

十津川は、そういって、煙草に火をつけた。

亀井は、変な顔をして、

「警部。物理的に不可能なら、必然的に町田と松木紀子は、片岡清之殺しについては、シロということになるんじゃありませんか？」

「君も、そう思うかね？」

「ええ。いけませんか？」

「思うのが、当たり前だよ」

「しかし、そうなると？――」

「君は、片岡殺しについて、町田と紀子は、シロじゃないかといった。そのとおりだと、私も思う。それなのに、なぜ、町田が殺したと考えたんだろう？」

「それは、連続殺人の続きとして、片岡のことも考えたからだと思います」

「それに、死んだ片岡清之のポケットに入っていた手紙がある。あの手紙は、今度の連続殺人の犯人でなければ書けない手紙だった。同じ内容の手紙で、宮本も、上野駅に招き寄せられた。この点からも、犯人は、町田だと思い込んでしまったのだ」

「じゃあ、犯人は、宮本ですか？　自分も、匿名《とくめい》の手紙で、上野駅へ招き寄せられたと見せたのは、疑惑を他に向けるためでしょうか？」

「いや、宮本が犯人なら、今度は、四月十日の夜、青森駅で、村上陽子を殺すことが、物理的に不可能になってしまうよ」

「これでは、完全なジレンマですが？」

「犯人の狙いは、それにあったんじゃないだろうか？」

「われわれ警察を、ジレンマに落とすことがですか？」

「そのとおりだ」

「しかし、問題は、どうやって、犯人が、われわれをジレンマに陥れたかということになりますが」

「片岡清之の死を、別の角度から考えてみることは出来ないだろうか？」

「と、いいますと？」

「片岡のことは、君と二人でいろいろと調べた。どんな人間かわかったはずだ」

「金持ちの道楽息子で、バクチ好きで、女にだらしなく、そして、傲慢《ごうまん》です」

「つまり、敵が多かったということだ」

「そうですね」

「女からの恨みの手紙もあったよ」

「ええ。私も見ました」

「ここに、多くの人間から恨まれている男がいるとする。その人間を殺すのに、どんな手段をとるね？」

「自分の手を汚さずに、その男を恨んでいる人間に殺させれば、一番いいと思いますが」

「そのとおりだよ」

「町田も、そう考えたということですか？」

「片岡のように敵の多い男を殺そうと思う人間は、誰でも、同じことを考えるんじゃないかね。だが、普通は、上手くいかない。理由は簡単だよ。こちらが手を汚さずにと考えれば、向こうだって、同じことを考えるからだ。それに、誰だって、犯人として警察に捕まるのは嫌だからな」

「そうですね」

「しかし、一方では、警察に捕まる心配さえなければ、誰かを殺してやりたいと思っている人間が、何人もいるのも事実だよ」

「正直にいいますと、私にだって、そういう相手がいます」

「警官としては、あまり穏やかじゃない発言だねえ」

と、十津川は、笑ってから、

「町田は、片岡を憎悪している人間を見つけ出し、それを約束したんだ。もちろん、言葉だけでは、相手が信用するはずがない。そこで、あの手紙だよ。あの手紙は、恐らく、町田が、左手で書いたものだろう。それを、相手の前で書いて見せ、これを、片岡と宮本に送りつけ、片岡が、上野駅に来たところを殺せば、容疑は、絶対に、宮本か自分に来るといったんだろうね。七人組の中で、殺人事件が起きていることは、新聞で報じられているし、片岡が、あの手紙を持って死んでいれば、百人中百人が、犯人は、七人の中にいると思うだろう。相手も、それで、納得したんだと思うね。他人のやった殺人を、わざわざ、自分が犯人だといってくれる奇特な人間だと、真犯人は、思ったかもしれない。ところが、町田は、自分が容疑を引っかぶることで、かえって、警察を混乱させられることを計算していたのさ」

「すると、町田は、片岡清之の件については、シロだということですか？」

亀井がきくと、十津川は、首を振って、

「片岡を殺したのは町田じゃないだろう。だが、引き金をひいたのは、彼なんだ。恐らく、青酸カリを用意したのも、町田だろうね」

「片岡殺しの計画も、四月一日に、ゆうづる7号に乗る時点で、出来あがっていたんでしょうか？」

「出来ていたと見るのが、妥当だろうね」

「すると、最後の殺しも、もう計画されているということでしょうか？」

「最後の一人の宮本孝かね？」

「そうです」

「町田は、頭のいい男だよ。宮本孝を、どうやって殺すかも、当然、考えているはずだ」

十津川は、迷いのない顔でいった。

「なぜ、宮本を、最後にしたんでしょうか？　偶然だと思いますか？」

「そうは思わないね。最後にしたほうが、殺しやすいからとしか考えられないよ。なぜ、そうなのか、私には、全くわからないんだが」

「どうしたらいいでしょうか？　宮本が殺されるのを防ぐには、町田を逮捕するのが一番いいと思いますが、今の状態では、警部のいわれるように、逮捕令状をとるのは、難しいでしょうし――」

「われわれが考えたように、片岡清之を殺したのが、別人だとすれば、その人間を捕まえることで、活路が開けるかもしれない。町田のことを喋ってくれれば、とりあえず、共犯で逮捕できるからね」

「片岡を恨んでいた人間を、片《かた》っ端《ぱし》から調べてみます」

2

十津川自身は、留守番役を若い刑事に頼んで、宮本孝に会いに出かけた。

宮本は、町田に殺されようとしている。その宮本が、なぜ、町田に狙《ねら》われるのか、なぜ他の五人が殺されたのか、その理由が、皆目見当がつかないといっているのが、どうしても、合点がいかなかったからだ。

宮本の働いている四谷の春日法律事務所には、西本と清水の両刑事が、監視に当たっていた。

「どうだね？」

と、十津川は、二人の刑事に、声をかけた。

「宮本は、事務所の中にいます」

と、西本が、覆面パトカーの中で、十津川にいった。

「怯《おび》えている気配は見えないかね？」

「まだ、当惑が続いているようです」

「いぜんとして、彼は、自分が、殺される理由がわからずにいるのかねえ」

「そのようです。ついさっき、松木紀子を張っていた鈴木刑事から連絡がありました。早退けして、アパートへ帰ったそうです」

「動き出したということかな」

「喫茶店のマスターには、頭痛のためといったそうです」

「そろそろ、何かなければいけない頃なんだが――」

と、十津川がいったとき、清水刑事が、

「宮本が外出します」

と、いった。

宮本が、書類鞄を小脇にかかえて、事務所から出て来るのが見えた。

事務所の前で、タクシーを停めて乗り込んだ。

「君たちは、後をつけてくれ」

と、十津川は、西本たちにいってから、大通りを渡って、法律事務所の中に入って行った。

春日弁護士は、有名な冤罪《えんざい》事件を扱ったことがあったりして、かなり著名だった。年齢は、六十歳を過ぎているはずだが、髪もまだ黒々として、精力的に見える。

十津川が、警察手帳を見せると、春日は、笑って、

「まさか、刑事のあんたが、私に弁護を依頼に来たんじゃあるまいね？」

「そのうちに、お願いに来るかもしれません。警察の人間にとっても、住みにくい世の中ですから」

と、十津川も、笑ってから、

「ここで働いている宮本君のことで伺ったのです。彼は、今、命を狙われています」

「それは、私も、彼から聞いたよ。警察に、そういわれているんだが、全く、狙われる心当たりがないといっているがね」

「しかし、危険です。今、出かけましたが、どこへ行ったのかわかりませんか？」

「電話がかかって来てね。有田事件のことで、多摩川《たまがわ》まで行って来ますといっていたよ。有田事件というのは、民事事件でね」

と、いってから、春日が、急に、

「おかしいな」

と、首をかしげた。

「どうしたんです？」

「その事件は、もう片付いていたんだ」

春日の言葉で、十津川の顔色が変わった。

「多摩川へ行くといったんですね？」

「そうだ」

「多摩川のどこです？」

「多分、丸子《まるこ》多摩川だと思うが」

「多分ですか？」

「とにかく、多摩川へ行って来るといったんだ」

「電話をお借りしますよ」

と、十津川は、いい、捜査本部に電話した。

留守番役の若い刑事が出た。

「西本君たちから、連絡が入らないかね？」

「まかれたそうです」

「まかれたって？」

「宮本は、タクシーを渋谷のSデパートの前で止め、中に入り、雑踏を利用して、姿を消してしまったそうです」

「ちぇっ」

と、十津川は、舌打ちしてから、

「二人には、すぐ、多摩川へ行けと伝えるんだ」

「多摩川のどこですか？」

「丸子多摩川へ行って、その付近を探すようにいってくれ。早川君のほうからの連絡は？」

「まだ入っていません」

「獲物が動き出したのに、猟師がじっとしているのは、おかしいな」

「どうしますか？」

「私が、早川君たちのところへ行く」

3

十津川は、タクシーを拾って、町田の住むアパートへ向かった。

宮本は、恐らく、町田に呼び出されたのだろう。

(それにしても、宮本は、町田が犯人だとわかっているのに、なぜ、唯々《いい》諾々《だくだく》として、出かけて行ったのだろうか？)

それがわからない。

不安が、急速にわきあがって来るのを感じた。

町田のアパートの近くまで来て、自分の不安が的中していたのを知った。

アパートのある辺りが、猛烈な炎と煙に包まれていたからだ。

火事だった。

民家の密集地帯である。風も強い。火は、どんどん広がって行きそうだった。

野次馬が集まり、次々に、消防車が駈けつけて来る。

十津川は、タクシーを降りると、アパートに向かって駈け出したが、猛烈な熱さに思わず、足を止めてしまった。

「警部！」

と、早川警部補が、引きつった顔で、声をかけて来た。

「これは、いったいどうしたんだ？」

十津川がきくと、早川は、蒼《あお》い顔で、

「とつぜん、町田のアパートから、火が吹き出したんです。灯油でもまいて火をつけたらしく、あっという間に、燃え広がって、この有様です」

「町田は？」

「わかりません」

「町田が火をつけたのか」

「このドサクサに乗じて、どこかへ高飛びする気でしょうか？」

「いや、宮本を殺しに出かけたんだよ。宮本が、彼に呼び出されているんだ」

「宮本は、西本君と清水君が、マークしていましたね？」

「まかれたよ」

「どうしたらいいんですか?」

「車は?」

「向こうに停めてあります。桜井君も車の中にいます」

「よし。すぐ、多摩川へ行こう、町田が行ったのは、多分、丸子多摩川だ。そこで、宮本を殺す気だ」

十津川と早川は、覆面パトカーに駈け寄って乗り込むと、運転席の桜井刑事に、

「丸子多摩川だ。多分、そこに、町田と宮本がいる」

と、いった。

車が渋滞している。サイレンを鳴らして、その渋滞の中を、すっ飛ばした。いくらスピードをあげても、一向に早く思えないのが、こんな時である。

途中で先行する西本たちの車から、無線連絡が入った。

「丸子多摩川に到着しましたが、町田も宮本も見当たりません」

「探すんだ!」

と、十津川は、怒鳴った。怒鳴ったって、どうなるものでもないとわかっているのだが、こういうときには、つい、怒鳴ってしまう。

やっと、前方に、多摩川の土手が見えてきた。桜並木が、やけに美しく見える。

土手に乗りあげるようにして、車を止めた。

多摩川の川面には、春が来たことの証《あかし》のように、アベックの乗ったボートが、のんびりと浮かんでいる。

「向こうに西本刑事の車が見えます」

桜井が、フロントガラス越しに、河原を指さした。

斜め前方の河原に、確かに、赤色灯を屋根にのせた車が見える。西本と清水の二人は、車の外に出ているとみえて、無線電話への応答がない。

「行ってみよう」

と、十津川がいい、桜井が、車を河原に向かって、突進させた。

向こうの車の横で停めた。

十津川たちが、車から降りたとき、前方の草むらから、西本と清水の二人が、蒼白い顔で出て来た。

十津川の顔を見ると、西本が、

「やられました」

と、一言いって、肩をすくめた。

「あの草むらの中か？」

「そうです」

十津川は、早川と草むらの中に入って行った。

何か小さな虫が、飛び立って行く。

宮本孝は、背中を刺されて、俯伏せに倒れ、書類鞄が、放り出されている。

背広にまでしみこんだ血は、もう乾いていて、蠅《はえ》がうるさく飛び回っている。

「わかりませんな」

早川が、憮然とした表情で呟いた。

「何がだい？」

「この男の気持ちですよ。自分が犯人でなければ、町田隆夫が、仲間を殺した犯人だとわかっていたはずです。それなのに、なぜ、電話で呼び出されて、こんな所まで、のこのこ出て来たんですかね？　それも、刑事をまいたりしてです」

「負い目かな」

「何です？」

「宮本は、何か、町田に対して負い目を持っているのかもしれないということだよ。ひょっとすると、それが、今度の連続殺人事件の動機だったということも考えられる」

二人が、車のところへ戻ると、西本が、

「今、連絡しました」

と、十津川にいった。

「君たちが発見したとき、もうこと切れていたのかね？」

「いえ。まだ、かすかに息がありました」

と、いったのは、清水のほうだった。

「それで？」

「まだ犯人が近くにいるかもしれないと思い、西本君が、周囲を探し、私は、宮本が何かいいかけたので、耳を押しつけて聞いてみました」

「宮本は、何といったんだ？」

「一言、『間違えた——』といっただけです」

「間違えた？　それだけか？」

「そうです。それだけいって、死にました。殺した人間の名前もいいません」

「いわなくても、町田に決まっているさ。間違えたというのは、どういう意味だろう？」

「町田に呼び出されて、のこのこやって来たのは、やはり間違いだったという後悔の呟《つぶや》きだったんじゃありませんか？」

「間違いだった、といったのか？」

「いや、間違えた、です」

「それなら、違うだろう」

十津川がいったとき、けたたましいサイレンの音をひびかせて、二台のパトカーと、鑑識の車が、到着した。

「われわれは、捜査本部に帰ろう」

と、十津川は、部下たちにいった。

4

上野署の捜査本部は、重苦しい緊張感に包まれた。

松木紀子が、自分のアパートにいることは確認されていたが、肝心の町田の行方がつかめなかった。

上野署長の君原も、署長室に落ち着いていられないのか、捜査本部の部屋に顔を出して来た。

「町田は、恋人のところへ会いに来ると思うかね？」

と、君原が、十津川にきいた。

「会いに来るというよりも、どこかで落ち合うことになっているんだと思います。それで、松木紀子は、働いている喫茶店を早退けしたんだと思います」

「どこで落ち合うと思うね？」

「署長は、東京の方ですか？」

「浅草千束だ。一応、江戸っ子でね」

「私も東京の人間ですが、亀井刑事は、町田たちと同じ青森の生まれです。その亀井がいってましたが、生活するには、東京がいいが、死ぬときには、やはり、青森で死にたいといっていました」

「町田も、その気だろうか？」

「宮本を殺せば、警察に追われることは覚悟していたはずです。だからこそ、前もって、恋人の松木紀子に、早退けさせておいたんだと思います。二人が逃げるところといえば、青森以外に考えられません」

「すると、やはり、上野から二人は出発するつもりかね」

「亀井刑事にいわせれば、上野駅は、半分、東北だということですから。上野駅には、すでに八名の捜査員を張り込ませてあります」

「青森県警へは？」

「もちろん、連絡ずみです。上野駅で見逃しても、青森駅では、必ず逮捕します」

「町田だって、上野駅に刑事が張っていることは、わかっているだろう。それでも、彼はやって来ると思うかね？」

「それは、町田にとって、上野駅がどんな意味を持っているかにかかわっていると思いますね。私たち東京の人間にとっては、上野駅も、新宿や、渋谷といった他の駅と違っていませんん。違う点といえば、せいぜい、他の駅より古めかしくて、汚ないぐらいのところです。しかし、東北の生まれの亀井刑事には、さっきもいいましたように、全く違う駅に見えるらしいのです」

「東北の匂いのする駅かね」

「そうです。東北からの終着駅であると同時に、東北への始発駅です。故郷の匂いのする駅です。彼が、時々、上野駅に来て、故郷へ帰って行く夜行列車を見送っていたとすれば、上野駅を、東北の一部と考えていたとすれば、彼は、危険を冒してでも、上野駅にやって来ると思います」

十津川は、腕時計を見た。

すでに、午後七時を回っている。

ゆうづる1号が、青森へ向かって上野を出発するのは、七時五十分である。

夜行列車の時間が始まるのだ。青森行きの夜行の特急列車は、次の八本が、次々に、上野を出発して行く。

一九・五〇　ゆうづる1号
一九・五三　ゆうづる3号
二一・四〇　ゆうづる5号
二一・五三　ゆうづる7号

二二・一六　ゆうづる9号
二二・二一　はくつる
二三・〇〇　ゆうづる11号
二三・〇五　ゆうづる13号

十津川が、この八本を書き出しているところへ、亀井が、帰って来た。

「宮本が、殺されたそうですね」

亀井は、部屋に入って来るなりいった。

「やられたよ。君のほうは、どうだった？」

「内野秀子という二十八歳の女を見つけました。片岡のマンションにあった手紙の主です」

「片岡の子供を宿したのを、どうしてくれると書いていた女だね？」

「そうです。彼女は、片岡に無視されて、子供を堕ろしたが、片岡を殺したいと思っていたそうです。そこへ、町田が現われたんです」

「町田は、片岡を殺すのなら、自分が犯人になってやると申し出たわけだね？」

「例の手紙二通と、青酸カリまでくれたそうです。話を聞くと、どう考えても、容疑は町田に行く。それで、安心して、四月十一日の朝、上野駅で片岡を待ち伏せ、偶然、出会ったように思わせ、彼の好きなウイスキー・ボンボンを食べさせたといっていました」

ます」

「そのウイスキー・ボンボンの中に、青酸カリを、注入しておいたわけか？」

「昆虫採集用の注射器を買って来て、青酸カリを溶かし、それを注入しておいたといってい

「それで、内野秀子という女は、どうした？」

「片岡を殺したあと、町田が約束したとおり、警察の追及は、全くなかったそうですが、逆に、自責の念が強くなり、昨日、自殺を図って、今、入院中です。三階から飛びおりたんですが、両脚を折って、全治二カ月の重傷です」

「そうか」

「町田は、まだ捕まりませんか？」

「行方不明だが、私は、上野に来ると思っているんだ。故郷の青森へ帰るためにね。カメさんは、どう思うね」

「町田は、宮本を殺した時点で、覚悟を決めていると思いますね。だから、危険を承知で、上野駅へやって来ますよ」

「青森へは、大阪からも、『日本海』という寝台特急が出ているよ」

といったのは、署長の君原だった。

「われわれの裏をかいて、まず、大阪へ行き、そこから日本海で、北陸回りで、青森へ行こうとするんじゃないかね？」

「それは、考えられません」

亀井が、言下に否定した。

「なぜ、そういい切れるんだね？」

「必死の思いで故郷に帰ろうとしている町田が、そんな回り道をするとは思えないんです。一刻も早く帰郷しようとするはずです。それに、上野は――」

「東北の匂いがする――かね？」

「あの駅に行けば、切符を買わなくても、故郷へ帰る列車を見ることが出来るんです」

と、亀井がいったとき、十津川の前の電話が鳴った。

受話器を取った十津川が、

「カメさん。君に、青森県警の三浦刑事から電話だ」

5

亀井が、代わって電話を取ると、

「三浦です」

という相変わらず几帳面《きちようめん》な声が聞こえた。

「何かわかりましたか？」

「あれから、町田由紀子の自殺と、町田の神秘主義について調べていたんですが、面白い話を聞き込みましたので、お知らせします」

三浦の声が、軽くはずんでいる。

「どんな話ですか？」

「これは、村上陽子の家の近くに住む同年輩の女性に聞いたんです。彼女は、七年前、つまり、町田の姉が自殺した頃に、陽子から聞いたといっていました」

「七年前にね」

「そのとき、陽子はこんなことを話したそうです。当時、七人組で、放課後、校内新聞を作っていたわけですが、町田が、やたらに、霊能者とか、神秘な世界とかいうので、そんなことに興味のない他の六人は、一度、町田をからかってやろうと計画したというんです。片岡の父親は、当時から資産家で、旅役者のスポンサーにもなっていた。そこで、旅役者の一人を、日本一の霊能者に仕立てあげて、町田をからかうことにしたんだそうです。なんでも、三十歳くらいの、ちょっとハーフみたいな感じの二枚目役者で、口が上手いので、町田は見事に引っかかったらしいのです。その証拠に、すっかり信じ込んだ町田は、そのニセ霊能者を、自分の家に連れて行って、家族に紹介したそうです。もちろん、姉にもです」

「彼女を暴行したのは、その男ということですか？」

「これは、私の推測でしかないんですが、当時、町田由紀子の婚約者は、アメリカに留学していました。遠く離れていると、あれこれ考えるものです。日本一の霊能者と相手を信じた町田由紀子は、その男に、婚約者のことをいろいろと占って貰ったりしたんではないかと思うんです」

「男は、それにつけ込んだというわけですね？」

「そうです。この男は、調べた結果、長谷川裕、当時二十九歳とわかりましたが、二年前に、北海道で病死していて、残念ながら、事情聴取は出来ません。すでに、七年前の事件ですし、加害者の六人のほうは、ちょっとからかってみただけと思うから、すっかり忘れてしまっていたが、被害者の町田のほうは、忘れなかったということではないでしょうか？」

と、三浦は、いった。

電話を了えて、亀井がその内容を説明すると、十津川は、眼をきらりと光らせて、

「今度の連続殺人の動機の一つは、間違いなくそれだよ」

と、亀井にいった。

「動機の一つというと、他にも、動機があると、お考えですか？」

「私のいい方が悪かったかな。全く別の動機というのではなく、消えかかっていた火ダネに、油を注ぐようなものが、新しくあったといったほうがいいかもしれないね。もし、七年前のその事件が、動機だったら、この七年の間に、六人のうちの一人や二人は、殺されていなければおかしいいんじゃないかね」

「そのとおりです」

「七年たって、町田たちは、揃って、故郷への旅に出た。そこで、町田の胸に、七年前の事件が、よみがえって来たんだ」

「七人が、顔を揃えたからですか？」

「もし、それで、殺人に走ったのだとしたら、彼らは、上京した年に、揃ってハイキングに出かけているから、そのときに、連続殺人が起きているはずだよ」

「すると、どういうことになるんでしょうか？」

「簡単なことだよ。今度の旅行は、ただ単に、七年前の事件を町田に思い出させただけでなく、そのときの口惜しさを増幅させる条件があったということだ。それが、何かはわからないが、例えば、こんなことも考えられる。七年前、町田は、片岡たち六人に、見事にからかわれたんだ。今度の旅行も、彼らが、自分をからかうために計画したのだと、町田が思い込んだとしたらどうだろう」

と、十津川は、いってから、腕時計に眼をやって、

「そろそろ時間だな。われわれも、上野駅に行ってみようじゃないか」

と、亀井を促して立ち上がった。

6

夜の上野駅は、いつものように、がやがやと騒がしく、そのくせ、甘い感傷に満ちていた。

夜行列車に乗る一団が、一時間近くも前からやって来て、騒いでいる。酒を飲んでいる者もいる。一方、改札口のところでは、何年ぶりかで会ったのだろう。東北から出て来た母親と、東京で働いている娘が、抱き合っている。

十津川と亀井は、中央改札口の近くに陣取った。

上野駅には、五つの出入口がある。

①正面玄関
②広小路口
③浅草口
④公園口
⑤しのばず口

の五つである。それぞれ、二名ずつの刑事が張り込んでいる。

「カメさんは、宮本が最後にいった『間違えた』――という言葉をどう解釈するね？」

十津川は、周囲に眼を配りながら、小声で、亀井にきいた。

「それが、ダイイング・メッセージですか」

「そうだ。だから、今度の事件のことをいったのだと思う。宮本は、何かを間違えたんだ。そのために、町田に殺されたということだろうね」

「何を、彼は間違えたというんでしょう？」

「片岡と橋口まゆみは、上京後も、ずっと接触があったが、他の五人は、七年ぶりに、会って、ゆうづる7号で帰郷した。上京した年に、水戸にハイキングに行っているから、正確には、六年半ぶりだがね。だから、あの帰郷旅行のことをいったに違いない」

「あの旅行を計画したこと自体が間違いだったということでしょうか？」

「いや、それなら、『間違いだった』というはずだ。彼がいい残したのは、『間違えた』だよ」

「しかし、何を間違えたというんでしょうか？　宮本は、生まじめな男で、あの七人の中では、一番几帳面だったような気がします。その上、世話好きです。だからこそ、自分が責任者になって、ゆうづる7号の切符を手配したり、仲間の現住所を調べたりして、あの旅行を実現にまで持っていったんだと思うのです」

「だが、宮本は、何かを間違えたんだ」

「何をでしょうか？　二泊三日という旅行プランは、妥当なものだと思いますよ。働いている人間が多いわけですからね。それを、たまたま、町田に利用されて、殺人旅行にされてしまいましたが」

「そうだな。金曜日の夜に出発すれば、土曜日半日休んだだけで、二泊三日の旅行が出来る。私だって、同じような旅行プランを立てるだろうね」

「切符も間違いなく、六人に送られていましたし、誘いの手紙も、なかなかの文面でしたよ。ひとりひとりに、文面を変えたりして、凝《こ》っていましたからね。よほどの世話好きでなければ、あそこまでは、出来ませんね」

「手紙かな」

ポツンと、十津川がいった。

「何ですって？」

「手紙だよ。あの旅行のプランは妥当なものだった。だから、全員が参加したんだ。切符も間違いなく、全員に送られている。ここまでは、間違いがない。残るのは、手紙だけだ」

「手紙のどこが、間違いだったというんですか？」

「宮本は、六人に手紙を書いた。そのうち、五通は、見ている。君は、五通の文面を覚えているかね？」

「だいたい、覚えています」

「その中で、おかしいと思った手紙はなかったかね？」

「さあ、どれも、なかなか気がきいた文面で、あれなら、旅行に参加したくなるだろうと思いましたが」

「確かに、村上陽子に宛てた手紙なんかも、彼女が、城かおるという新人歌手であることを知った上で、その自尊心をくすぐるようなことを書いている。川島史郎宛の手紙も同じだ。安田章、橋口まゆみ宛のものも、なかなか考えて、書いていると思う。自分が調べたことを、それとなく匂わせているからね。その中で、ただ一通、味もそっけもないのがあったじゃないか」

「片岡清之宛のものですね」

亀井が、思い出す眼になっていった。

「そうだよ。片岡のところにあった手紙だ。今から考えると、あの手紙は、おかしいんだ」

「と、いいますと？」

「七人の中で、良くも悪くも、一番、面白い人物は、片岡だよ。金持ちの道楽息子で、女好きで、バクチにも眼がない。水戸のハイキングのときには、スポンサーにもなっている。それに、とにかく津軽物産東京店の社長だ。トラック三台しか持たず、借金だらけの川島史郎に対してさえ、手紙の中で、宮本は、社長と書いている。それなのに、片岡への手紙には、何も書いてない。おかしいじゃないか」

「そういえば、ひどく遠慮がちに書いたという感じでしたね。相手を傷つけてはいけないと、書きたいことも書かずにいるという感じでした」

「君は、上手いことをいうね」

「ありがとうございます」

「君のいうとおり、あの手紙は、宮本が、遠慮がちに書いたものだと、私も思う。ところで、片岡は、すぐ傷つくような人間だったろうか？　ノーだよ。父親に金を出させていることだって、当然だと思っていたし、女好きやバクチ好きも隠していなかった。それどころか、自慢していたところさえある。そんな片岡への手紙を、なぜ、遠慮がちに書かなければならないのか。六人の中で、一番、宮本が気を使わなければならない相手は、誰だったろう？」

「当然、前科のある町田ですね。何を書いても、相手を傷つけてしまいますからね。自然に、当たりさわりのない書き方になってしまうと思います。そうか。あの手紙は、町田にこそふさわしいものだったんですね」

「よくあると思うんだが、何人かに手紙を出すとき、封筒の宛名だけを先に書いておいて、あとから、それぞれに宛てた手紙を書く。封筒に入れるときには、もちろん、注意していれるんだが、間違えてしまうことがある」

「宮本は、片岡への手紙を、町田への手紙と入れ違えたということですか？」

「だから、宮本は、死ぬ間際に、『間違えた』といったんじゃあるまいか。自分では、六人それぞれに、気のきいた手紙を送ったと思い込んでいるし、高校時代のいたずらなんか忘れてしまっているから、宮本は、なぜ、次々に、仲間が殺されていくのか、その理由がわからなかった。今日、町田にいわれて、はじめて気がついたんだろうね。あれは、本当は、片岡へ書いた手紙なんだと、弁明するために、町田に会いに出かけたが、町田から見れば、単なる言いわけとしか思えなかったのかもしれないな」

「町田には、どんな手紙が届いたんでしょうか？」

「もともとは、片岡へ書いた手紙だからね。片岡は、女好きで、バクチ好きの道楽息子だ。恐らく、それを茶化すような手紙じゃなかったのかな。だが、本人の片岡なら、ニヤニヤ笑いながら読めたが、町田は違った。多分、町田は、自分が、六人の仲間にからかわれていると感じ、それは、否応《いやおう》なしに七年前の事件や、姉の自殺を思い出させることになったんだと思うね。それにもう一つ、われわれが、町田について、思い違いしていることがある」

「何です？」

「彼は、四年前、人を刺殺して三年の刑を受けた。バーで、酔って絡んで来た男から、女性を守るためだった。だからこそ、裁判で、情状酌量されて三年という短い刑になったんだがね。何となく、町田という青年は、強い正義感の持ち主という印象を持ってしまった」

「違いますか？」

「確かに、正義感の持ち主だろう。だがね、普通の人間なら、相手を止めようとして、素手で、武者ぶりついていくだろうし、最後まで、その姿勢を崩さないだろう。だが、町田は、カウンターにあった果実ナイフをつかんで、相手を刺したんだ。裁判では、無意識につかんだと主張し、それが通ったんだが、普通の人間なら、無意識にでも、ナイフはつかまないんじゃないだろうか？　町田が、ナイフをつかんだということは、たとえ無意識にせよだね」

「町田の攻撃的性格の表われですか？」

「違うだろうか？」

と、十津川がいったとき、亀井が持っているトランシーバーが鳴った。

「何だ？」

「松木紀子が、今、アパートを出て、タクシーを拾いました」

7

町田の乗った山手線は、一駅ごとに、上野に近づいていた。

池袋に止まり、乗客が乗り降りし、また、電車が動き出す。

町田は、座席で、眼を閉じた。

松木紀子も、彼が指示したとおり、上野に向かっているだろう。

宮本は、「間違えたんだ」と、何度もいった。

誰が、そんな言葉を信じるものか。

第一、宮本も、他の仲間も、七年前、自分たちが、何をしたか、すっかり忘れてしまっているのだ。

加害者は忘れやすいものだというが、彼らは、結果的に、姉まで、自殺させているのだ。

美しく、優しかった姉。

あの姉は、彼らが、馬鹿げたいたずらをしなかったら、死なずにすんだのだ。彼らが、姉は病死したのだと思っていたとしても、その罪は、軽くなりはしない。

だが、おれは、彼らを許した。事件を忘れようとした。

それなのに、七年後の今、彼らは、また、おれを、からかおうとした。おれの前科を、嘲笑《わら》おうとした。

どうして、それが許されるだろう。

最初に、安田章を殺したとき、彼のボストンバッグは、捨てる場所がなくて、窮余の一策で、拾得物として、駅に届けておいた。

どうやら、それが成功したらしい。

あれは、上手《うま》くいった――。

町田は、眼を開けた。

すでに、日暮里《にっぽり》だった。

間もなく、電車は、上野駅に着く。

町田は、蒼白い、緊張した顔で、座席から立ち上がった。

8

「今、松木紀子がタクシーから降りて来ました」

正面玄関にいる刑事が、トランシーバーで、十津川に知らせてきた。

「駅の構内に入って行きます」

「女のほうがやって来るぞ」

と、十津川が、亀井にささやいた。

松木紀子は、まっすぐに、中央改札口に向かって歩いて来た。

警察が張り込んでいるかもしれぬなどということは、全く考えていないように、彼女は、周囲を気にせずに歩いて来る。ただ、顔色は、蒼白かった。

十津川と亀井は、売店のかげにかくれて、彼女を見守った。

中央改札口の前で、いったん立ち止まってから、ハンドバッグから切符を取り出し、改札口を入った。

ホームには、今、ゆうづる3号が入っている。

十津川たちは、改札掛の傍へ行き、

「今入った若い女の切符は、何の切符だったね？」

と、きいた。

「ゆうづる3号の切符です」

と、若い改札掛が答えた。午後七時五十三分発のゆうづる3号で、町田たちは、故郷へ帰る気なのだろうか？

「君は、ホームへ入っていてくれ」

と、十津川は、亀井にいった。

今、七時四十二分。ゆうづる3号の発車まで、あと、十一分だった。

十津川は、また、売店のかげにかくれ、トランシーバーで、他の刑事たちに連絡をとった。

四つの入口をかためる刑事たちは、まだ、町田は現われないと、返事してきた。

だが、二人が、ゆうづる3号に乗ることは間違いないと、十津川は、信じていた。

七時四十五分。

間もなく、ゆうづる3号が、発車するのだ。

いぜんとして、町田の姿が、現われない。

「松木紀子は、もう八号車に乗りました」

と、ホームにいる亀井が、連絡してきた。

(町田は、彼女だけ先に青森へやるつもりなのだろうか？)

ふと、十津川が、不安になってきた。

そのとき、地下鉄連絡口から、国鉄職員が一人、駈け上がってくるのが見えた。

帽子を、眼深くかぶっている。

十津川は、何気なく見送ってから、

「おやッ」

と、思った。

その国鉄職員が、ボストンバッグをぶら下げているのだ。

ゆうづる3号の発車を知らせるベルが鳴っている。その国鉄職員は、手をあげて、改札を通り抜けた。

(町田だ！)

と、思ったのは、そのときだった。

地下道で、国鉄職員を襲って、変装してきたのだ。

「町田！」

と、十津川は、怒鳴った。

内ポケットから拳銃を取り出して構えた。

その銃口の先で、国鉄職員が、振り返った。

その顔は、やはり、町田だった。

「町田。止まれ！　止まらないと射つぞ！」

と、十津川が、怒鳴った。

だが、町田は、その声を無視して、最後尾の客車に乗り込もうとした。

「止《や》めろ！　町田！」

怒鳴りながら、十津川は、彼の足元を狙って射った。

そのとき、町田が、何かにつまずいて、よろめいた。

それが、不運だった。

足元を狙った弾丸が、町田の胸に命中した。

悲鳴が起き、町田が、ホームに転倒した。その胸から、どっと、血が吹き出した。

十津川は、改札口を飛び越えて、駈け寄った。

ホームにいた乗客たちが、あわてて、道をあけた。

亀井も、反対側から走り寄ってくる。

甲高い女の悲鳴がした。松木紀子だった。

「救急車を呼んでくれ！」

十津川が、叫んだ。

数分後、救急車が到着し、血まみれの町田隆夫は、近くの救急病院へ運ばれていった。

十津川も、町田の身体にしがみついて離れない松木紀子と一緒に、病院へ同行した。

病院へ到着と同時に、手術が行なわれたが、その途中で、死亡した。

町田の持っていたボストンバッグには、彼の上衣が入っていた。

その上衣のポケットをさぐると、宮本孝からの問題の手紙が出て来た。


〈ご機嫌いかが？

七年前のロマンチックな約束に従って、故郷青森への二泊三日の旅行計画を立てたので、君にも、ぜひ、参加して欲しい。君が参加してくれないと、みんなが寂しがるからね。とにかく、君は、いろいろな意味で、われわれ七人組の中の一番の有名人だもの。君から、いろいろと話を聞くのを楽しみにしているよ。僕だけでなく、他の五人もだ。

多分、今度の旅行では、君が中心になるだろう。これは、別に、皮肉をいってるわけじゃないから、喜んで参加してくれ。

君のように、勝手気ままに生きられるといいと、いつも思っているんだ。

では、再会を楽しみに。

日時　四月一日「ゆうづる7号」

　二一時五三分　上野発〉

参考文献として『特急デジタル時刻表』（主婦と生活社）ほかを使用しました。（著者）

著者のことば

私が「終着駅」という言葉が好きなのは、終着駅が同時に始発駅でもあるからだ。ある人にとって楽しい旅立ちへのスタートである駅が、別の人にとっては、悲しい別れの終着駅になる。だからこそ人々は、終着駅に人生を感じるのだろう。日本で最も終着駅らしいといわれる上野駅のホームにたたずんで、夜行列車の赤いテールライトが夜の闇《やみ》に消えていくのを見ていると、特にそうした想いにかられてしまう。希望、出会い、あるいは挫折や別れを、ときには犯罪さえ生み出すのが「終着駅」である。

カッパ・ノベルス版のカバーソデより

撮影・島内英佑
カッパ・ノベルス版の裏カバーより

西村京太郎は、この夏、長年の東京暮らしを捨てて京都へ転居した。京都は昔から憧《あこが》れの地であったというが、生活の本拠を変えてしまった真の理由は誰も知らない。彼は言葉少なく、大好きなバスに乗って古寺めぐりをしたいという。古都を舞台にした書下ろしミステリーが期待できそうだ。

解説

権田《ごんだ》萬治《まんじ》
（文芸評論家）

西村京太郎の書下ろし長編推理小説『終着駅《ターミナル》殺人事件』は、旅情をかき立てる大胆な状況設定と奇抜なストーリー展開で話題を呼んだ『寝台特急《ブルートレイン》殺人事件』（昭和五十三年十月）や『夜間飛行《ムーンライト》殺人事件』（五十四年八月、いずれもカッパ・ノベルス）に続く、トラベル・ミステリーの第三弾であり、昭和五十六年度の日本推理作家協会賞を受賞した秀作である。

取材のため寝台特急に乗り込んだ週刊誌記者が車内で出会った魅力的な女性の殺人事件に巻き込まれる『寝台特急殺人事件』。北海道の海岸から蒸発した全日航札幌行き最終便、通称〝ムーンライト〟の三組の新婚旅行客の行方《ゆくえ》を追う、同じ飛行機に新婚旅行で乗り合わせた警視庁捜査一課の十津川《とつがわ》警部の活躍を描く『夜間飛行殺人事件』。いずれも導入部の鮮やかさに私は舌を巻いたが、第三作の『終着駅殺人事件』で作者は、またまた趣向を変え、独特の雰囲気で人生の哀歓を感じさせる上野と青森という東京と東北の二つの終着駅を結ぶ地点に奇怪な連続殺人事件の舞台を設定している。

人生を感じさせる「終着駅」という言葉が好きだという作者だけに、この『終着駅殺人事件』には、地方から上京して来た人々の人生の哀歓が色濃く漂っている。懐かしいふるさとへの望郷の念が強く流れている。駅の構内を犯罪現場にした作品には、たとえばメアリ・H・クラークの誘拐《ゆうかい》推理小説の秀作『誰かが見ている』（新潮文庫）などの例があるが、西村京太郎の『終着駅殺人事件』のように全編に終着駅の持つ独特の感傷とふるさとの味ともいうべき強烈なノスタルジーがあふれた推理小説は他にちょっと見当たらない。『終着駅殺人事件』の魅力はまず第一にこのような前二作とひと味違った、ふるさとの味ともいうべき独特の味わいにあるといえよう。

思うに西村京太郎の作品の背後には、かっこいい優れたエリートに対するよりも、むしろ見ばえのしない弱い者、虐げられた者、差別される者に対する温かい人間的な共感があると思う。すでに耳の不自由な工員に深い愛情を寄せた処女長編の『四つの終止符』（三十九年）にその傾向がうかがえるが、病弱者へのいたわりは乱歩賞受賞作の『天使の傷痕《きずあと》』（四十年）、人種差別への怒りは『ある朝　海に』（四十六年）と『脱出』（同、いずれもカッパ・ノベルス）、少数民族アイヌへの共感は『殺人者はオーロラを見た』（四十八年）などにはっきりと現われている。

そして、『終着駅殺人事件』の場合も、やはり作者の、地方出身者への優しいまなざしが感じられるように私は思う。西村京太郎は昭和五年東京に生まれた。都立電機工業高校を卒業後、十年間公務員生活を送ったが、創作を志して退職してからは、トラック運転手、保険外交員、私立探偵、警備員などの職業遍歴を重ねている。そのときの苛酷《かこく》な体験が下積みの人々への人間的共感を生むことになったに違いない。そして、東京出身の作者が『終着駅殺人事件』のようなノスタルジーにあふれた作品を書けるのもその根底にそういう人間的優しさがあるからに違いない。

さて、『終着駅殺人事件』は、四月一日の夜東京上野駅構内のトイレで通商省の役人、安田章が他殺死体で発見されるところから始まる。彼は青森県のF高校で校内新聞をいっしょに編集していたかつての校友男女七人の仲間で、七年ぶりにいっしょに故郷の青森に行こうと上野駅にやって来て殺されたのだった。残りの六人は予定どおり上野発の寝台特急《ブルートレイン》「ゆうづる7号」に乗り込んだが、深夜の列車から運送店社長の川島史郎が姿を消し、その後、鬼怒川《きぬがわ》で水死体となって発見される。川島が安田殺しの犯人と見られ、事件は簡単に解決するかに思えたが、男女七人の同級生はその後も次々と殺されていく。

『終着駅殺人事件』の推理小説的な面白さは、まずこのような連続殺人事件の不可解さである。犯人が一体だれなのかはもちろんのこと殺人動機もさっぱりつかめない。これら同級生は、法律事務所に勤める宮本孝から招待状と列車の切符を受け取っている。宮本は文才に自信があり、一人一人の同窓生にそれぞれ気のきいた文章で招待状を出していた。

このように招待状で集まった人間が次々と殺されていくという設定は、孤島に集まった人々が次々と殺されるアガサ・クリスティーの童謡殺人の名作『そして誰もいなくなった』

にあるが、この場合招待状を出した人物は不明ということになっている。これは、天藤真《てんどうしん》の『殺しへの招待』（四十八年）でと同様で、殺人者を名乗る女性が五人の男性に招待状を出すという設定だが、招待者も被害者も最初はさっぱりわからないようになっている。それというのも、招待された人間が次々と殺されれば、第一の容疑者は当然招待者ということになるからである。

この点、『終着駅殺人事件』は、二転三転のストーリー展開で最後まで犯人がわからないようにまことに大胆なトリックと意表をつく殺人動機を用意している。

西村京太郎は、推理小説のトリックの論理性以上にその切れ味を重視する作家である。氏は「切れ味のないトリックなんて」というエッセイで次のように主張している。

「確かに、トリックにある程度の論理性は必要であろう。だが、謎解《なぞと》き遊びやクイズではないのだから、それ以上に切れ味が必要なはずである。少し極端ないい方をすれば、論理性が少しぐらい欠けていても、切れ味のほうが大事だと私は信じている」

人工的な遊びの文学では、厳密な意味での論理性を放棄しているというのが氏の考えである。時刻表によるアリバイ・トリックにしても、純粋に論理的に考えれば、名刑事が何も悩む必要はなく、国鉄の運行の専門家に聞けばすぐ解明できるはずだが、あえてそうしないのは、推理小説が遊びの文学だからだというのである。とすれば、いくら論理性を重視するかといって、長々とトリックを説明する必要はない。むしろトリックの切れ味、小説自体の切れ味のよさが大切だということになる。

氏のいうトリックの切れ味を別の言葉でいえば、単純明快さ、奇想天外な着想とそれが発揮する濃密な意外性ということだろう。たしかに、西村京太郎の推理小説のトリックにはあっといわせる意外性がある。そして、『終着駅殺人事件』のトリックも意表をつく殺人動機という点でまことに新鮮な印象を与えるのだ。

もう一つ注目されるのは、この作品での亀井刑事の活躍ぶりである。名探偵としてすでにおなじみの東京警視庁捜査一課の十津川警部の部下だが、この作品で次々と殺される人々と同じ青森の出身である。彼はやはり高校時代の友人で現在母校の英語教師をしている森下から、自分の教え子で上京して消息不明になっている松木紀子という女性の行方を捜してほしいと頼まれ、調査に協力することを承知する。そして森下と別れた帰り道に上野駅で安田が殺される事件に遭遇、連続殺人事件の捜査に従事することになるのである。十津川警部と亀井刑事のコンビはすでにおなじみだが、この作品ではとくに前半は、亀井刑事の活躍が目立っている。

これは一つには、その昔上司の本多捜査一課長から、「警察官としても結婚しておらんと、信用がなくなるんじゃないかね。私も心掛けておくから早く結婚しなさい」といわれた十津川警部が、前作の『夜間飛行殺人事件』で、四十歳で三十五歳のインテリア・デザイナーの直子と結婚するというおめでたがあり、作中でも大活躍したせいもあるに違いない。しかし、

『終着駅殺人事件』の場合、亀井刑事の活躍が、犯人のアリバイ・トリックの擬装に役立つという皮肉な設定になっているところが面白い。『消えた巨人軍』（五十一年）、『華麗なる誘拐』（五十二年）など奇想天外な大掛かりな状況設定の作品でミステリー・ファンを驚かせた西村京太郎は、この『終着駅殺人事件』でもう一度読者を完全に魅了するに違いない。人生の哀歓を漂わす二つの終着駅の間で起こる連続殺人事件の不可解な謎、難攻不落のアリバイ・トリック、二転、三転するみごとなストーリー展開と意表をつく殺人動機など全編に推理小説の面白さがあふれた文字どおりの快作である。

*『終着駅《ターミナル》殺人事件』は、一九八〇年七月に、書下ろし長編推理小説として、カッパ・ノベルス（光文社）より刊行され、一九八四年十一月に、光文社文庫に所収された作品です。また、一九九七年十一月には、双葉文庫の「日本推理作家協会賞受賞作全集」にも所収されました。

*「西村京太郎ミリオンセラー・シリーズ」として、新装版で刊行された本書の初版部数を含む光文社文庫版の累計発行部数は、百二万六千部。カッパ・ノベルス版の累計発行部数は、四十一万三千部。双葉文庫版の累計発行部数は、十六万一千部。三版をあわせた総発行部数は、百六十万部となります。

*解説は、光文社文庫旧版から再録しました。

*なお、今回の新装版の刊行にあたって、文字を大きく読みやすくするため、版を改めました。

*この作品はフィクションであり、実在の個人・団体・事件などとは、いっさい関係ありません。

（編集部）

光文社文庫　光文社

長編推理小説／ミリオンセラー・シリーズ

終着駅《ターミナル》殺人《さつじん》事《じ》件《けん》

著　者　西《にし》村《むら》京《きよう》太《た》郎《ろう》

2009年10月20日　初版1刷発行
2025年7月20日　6刷発行

発行者　三　宅　貴　久
印　刷　堀　内　印　刷
製　本　ナショナル製本

発行所　株式会社　光　文　社
〒112-8011　東京都文京区音羽1-16-6
お問い合わせ
https://www.kobunsha.com/contact/

落丁本・乱丁本は制作部にご連絡くだされば、お取替えいたします。
電話　(03)5395-8125
ISBN978-4-334-74675-9　Printed in Japan

組版　萩原印刷